远行物语

于秋月 著

作家出版社

图书在版编目（CIP）数据

远行物语 / 于秋月著. ——北京：作家出版社，2023.10

ISBN 978-7-5212-2391-0

Ⅰ.①远… Ⅱ.①于… Ⅲ.①散文集—中国—当代
Ⅳ.① I267

中国国家版本馆 CIP 数据核字 (2023) 第 143355 号

远行物语

作　　者：于秋月
责任编辑：韩　星
装帧设计：刘　美
封面绘画：王焕堤
特约编辑：胡兴亮
出版发行：作家出版社有限公司
社　　址：北京农展馆南里 10 号　　　邮　　编：100125
电话传真：86-10-65067186(发行中心及邮购部)
　　　　　86-10-65004079(总编室)
E-mail：zuojia@zuojia.net.cn
http：//www.zuojiachubanshe.com
印　　刷：河北京平诚乾印刷有限公司
成品尺寸：170×230
字　　数：300 千
印　　张：21.5
版　　次：2023 年 10 月第 1 版
印　　次：2023 年 10 月第 1 次印刷
ISBN　978-7-5212-2391-0
定　　价：58.00 元

神游的乐趣

——《远行物语》序

这几天秋雨连绵，正是读书的好日子。古人说，“读书能养气，乃为善读书”。所谓善读书者，不单纯是喜欢读书，更重要的是喜欢读什么样的书。人间的书多若天上繁星，数星星那是稚儿们的游戏，万不可当真的。所以“善读书’才是读书人必须掌握的要领，如此才能享受到读书之乐，读书之益。不仅如此，此“善”字不仅可似双解，更有它启发的作用。喜欢读书的人是不可以等闲视之的。

伴着淅淅沥沥的秋雨声，捧读秋月的散文集《远行物语》，第一个跳出来的关键词是“神游”。所谓“秀才不出门，便知天下事”也不是妄语。总之读书也可以游天下。在作者这部散文集当中作者就像是一个导游，一个充满激情的导游，而且是一个充满着好奇又善于思索的导游，语言朴素而不乏天然的优美之质，叙述单纯又不乏深厚的文化底蕴。所谓“清水出芙蓉，天然去雕饰”。与此书初次“谋面”，叙人推心置腹的姿度，虽然彼此还不十分了解，但是已然有了前置的好感。

“乡村的景色让人忘却了扑面而来的黄色尘土，硕高、肥厚的仙人球像篱笆一样，把家家户户隔断，一种像雨伞一样的树不时闪过，友人说这叫合欢树，为长颈羚的最爱。”

“路旁好多的黄土包，中间几乎都有尖尖的塔样造型指向天空，我断定这一定是墓地。一问朋友，竟让我大跌眼镜，它叫‘蚁冢’。原来，非洲不论是白蚁、黑蚁和红蚁，都喜欢选择枯死的树或者灌木筑巢，它们的唾液同沙粒混合后就能变成最坚硬的‘混凝土’，一粒沙子就是一块砖，成千上万的蚂蚁大军川流不息地爬上树架，垒成墙、垒成房间。它们的建筑速度惊人，一立方米的蚁冢，十几天就能建成。这些房间狂风吹不倒，大雨浇不垮，据说里面等级严格……”（《孤独了，我们去非洲》）

“一位英国陆军元帅曾经这样评价：‘如果一个人说不怕死，他要么是在说谎，要么就是廓尔喀人。’阿龙也说，若是一个家庭有一个男人被英国人招募去做‘廓尔喀战士’，那么整个家庭的生活水平一下子能提高最少十倍。也许，就在这个地方，有无数廓尔喀人曾经操练武功，从这里走向世界，走向战场。”（《遗落世外的秀美小镇》）

本书的作者虽然是一位女士，但巾帼不让须眉。她说，“我两次入藏，曾在海拔 6000 米左右珠峰大本营经历过考验；我在泰国普吉岛只身玩过快艇拖曳伞，知道瞬间飞上天，生死无奈，只能置之度外的感觉;我胆子大（用东北话说比较‘虎’），和老虎、狮子、小豹子、藏獒、蟒蛇、大象什么的都亲密地照过相……最重要的是,我今年 57 岁了,我不能把遗憾交给未来。”“其实，只要身体好，心理强大，什么都不是事。”

这样看来，作者不仅是一个优秀的散文作者，而且还是一个资深的旅行家了。自古而来，中国文人对旅行的爱好与向往的热情仅次于爱情，但是，比之爱情持续的时间似乎更久远，更富有魅力，冬去春来，岁月更迭，念念不忘，始终将长足的旅行挂在心上 。君不见，那些工作了一辈子的寻常百姓，到了花甲年龄退休之后，第一件要做的事，大抵就是出门旅行了。这不仅仅是对生活的热爱，对生命的尊重，更是他们永恒的梦想。这样内容的书岂能不吸引读者？我曾经记得这样一个小故事，说是在欧洲，每一个职工都有度假的福利，或者去非洲，或者去亚洲，或者去其他的国度旅游，至少也要去那些远离城市喧嚣的高山大海之地去看一看。而那些生活拮据的人，他们不大可能出门远行。怎么办呢？就打赤膊坐在自家的阳台上把自己晒黑，以此谎称自己也曾是旅游回来。所以，旅游不仅仅是一种享受，甚至升级为人的自尊了。

当然，人们的旅游目的地是不同的，旅游的方式也千差万别。那么，作者又是采用了怎样的方式旅行的呢？

“到了非洲，最绕不开的一个英语单词是 safari（游猎，重音在第二个元音上）。

“一部越野车，一部电台，一支步枪，一位当地导游，一名有经验的司机，再加上一车叽叽喳喳，拿着长枪短炮照相机，不时缩脖伸头东张西望的游客，就是很标准的一个 safari 小组。

“我们十几个人分为两个小组，车是一般的越野车，上面的盖子可以顶上去，留个探出头的空间。我乘坐的那辆车导游兼司机叫 Ben（汉语音译‘本’），他是土生土长的马赛人，有着多年的狩猎经验……”（《Safari 游猎》）

我不想过多地引用作者的原文，因为读书每个人有每个人的经验，每个人有每个人的个性，每个人有每个人判断，妨碍他人读书的事，不仅仅说明你是一个外行，更是对读书人不礼貌的行为。

读秋月的这本散文集跳出来的第二个关键词是“思索”。这里我倒是想多说几句。闲来无事的时候我也会读一些书上的，或者是微信朋友们写的那些大大小小的旅游散文，某些文章，我是指某些文章，就是通篇没有作者的思索，像一个个小学生、中学生那样单纯的描景状物。这太不可思议了。进而言之，这恐怕也是当代散文普遍存在的大弊端之一吧。要知道，思索，也是散文灵魂的构成。没有思索的散文如同假花儿一样，美则美矣，但毕竟没有鲜活的魅力。

作者在《尼泊尔篇·神佛的后花园》那篇散文中写道：“有人说，如果一生是个修行，短的是旅行，长的是人生。

“在旅途中修行，在旅途中成长，在旅途中完美，这是真正的旅游。”

看来作者对旅行散文的认识似乎更高，更精准。

我继续看她的这篇散文，“黑暗中他们要离开，我大喊了一声：Chris。就见他转过身，冲我龇牙一笑，挥挥手，夜色中那口牙格外醒目。果然是他啊！我真想把 Chris 留下再聊一会儿，我心中有好些疑惑，见识过繁华奢靡、现代摩登的 Chris 们，还能忍受那个牛粪、枯枝堆积而成的古老简陋的房子，没有水、电的环境？明明眼前就有打火机，何必还‘钻木取火’？

“马赛人曾经是最快乐的人，只消阳光、草原、帐篷和牛就开心地生活，而现在，他们已经离开了野生动物的家园，走入了文明社会，当他们接受我们的拜访时，就走上了商业化，他们怎么在古老和现实的文化中变换角色？还有，他们的医疗、教育、饮食、婚姻的变迁……我觉得有好些更深的东西我没触及。

“我不敢想象我现在的生活里没有水、电，甚至手机、网络等，没有这些，我会痛苦，我会觉得活不下去。可是，在我小的时候，还真的没有手机、电器、网络……那个时候我也很开心啊。

“我现在宁愿不开心也不想过以前的日子，这是个让人非常纠结的问题。那，Chris 们呢？”（《走访非洲原始部落》）

难道不是作者的思索吗？须知，思索与提问是孪生姐妹。问，不仅仅是好奇，也是思索的结果。

进入我脑海中的第三个关键词是“美食”。

常听到人们对美食的那种向往与爱好，在微信圈儿里也常常能够看到人们对美食的那种欣喜与欣赏。这种状态，这种热情，这种晒，也是社会进步，人们生活水平提高的重要证明。但是不仅仅如此，也不仅仅是一种狭义的饮食文化，美食也是别一种历史，别一种风俗。说起来，人们对美食的追求其实并没有高低与优劣之分，而且对“美食美味”的定义也千差万别。有人喜欢妈妈的味道，奶奶的味道，家乡的味道，也有人讲究大餐的精美与情调。凡此种种，都可以对特定的人群构成永久的向往。并不是什么众口难调，而是人们对美食的定义各自不同罢了。当然，我也看到一些人在写美食仅仅是单纯写美食的制作方法，对此美食的评价也仅仅是：“哇，好吃！”作者则不同。

“等待中，就见旁边几位日本大汉吃得正酣，他们把小碟的调汁里面滴进去柠檬汁儿，又把切成小片的红辣椒掺在里面，然后用手把撕下的鸡肉放在调料里蘸了一下，把米饭揉成小饭团，就这样一口鸡肉一口米饭，他们吃得津津有味，我看得垂涎三尺。

“终于在煎熬中等来美食，迫不及待地伸出手，模仿他们的操作，先尝一口肉，禁不住喊道：好香！这烤出来的鸡肉香而不腻，酥而不散，一丝丝透着热气散发着诱人的味道，佐以米饭入口，米饭的绵软中和了肉的浓郁，吃下去但觉唇齿留香，回味无穷，这一顿饭，风卷残云般消灭掉。”（《享受美食》）

这样的文字，将美食、环境和用餐的人，以及当地的历史就自然地融合到一块儿了。让读者有一种阅读上的满足 。

作者在这本书中不单写美食，同时也写了美食环境，“处久了，塞姆和我们说话就随便了。有一次他对我说，他很少看到女人特别是中国女人喝酒，我故作神秘地对他说：第一，我们来自中国的北方哈尔滨，那里可冷可冷啦，喝酒能取暖；第二，我们离俄罗斯特别近，他们喜欢喝酒、吃面包、香肠的风俗影响了我们；第三，这么美丽的地方，这么好吃的晚餐，我们觉得不喝点儿什么就太可惜啦。噢，塞姆仿佛恍然大悟地点着头。以后的每餐里，我们如果喝啤酒，他就从酒柜里拿来凉凉的；我们要是喝红酒，他就偷偷地跑到厨房给我们额外拿来冰块放进去”（《塞姆、调酒员、导游和老旅友》）。这样的写法幽默有趣，看后让人忍俊不禁。

最后一个关键词是“享受”。

好奇从来是跟文化结伴而行的，尤其是异域文化。人们总是渴望扩大自己的视野，获得更多的知识和体验。这是人们生命旅程当中的重要精神需求。要满足这样的需求通常有两个途径，一个就是读书（包括各种媒体），这自然是一种间接的途径。另一种途径就是来一次“说走就走的旅行”。这样，精神需求得到了满足之后，不仅可以丰富一个人的精神生活，同时也会增加他们的自信心，智力水平和创造能力。还有一点不可以忽视的是，精神满足是若干幸福当中的重要一种。所以人们才称之为精神食粮。人们常说“民以食为天”，精神食粮同样是天。或者本书的作者正是基于这样的一种认识，这样的一种渴求，背上行囊，踏遍神州大地。

人们常说读书益智。这话果然是对的。作者带领着我们在世界的许多地方神游了一番，让我们的精神得到了片刻的满足，这便是读书的作用，也是读书的目的。其实，读书与神游还是一剂治愈精神抑郁的良药。当我们的工作、事业、爱情、朋友“背叛”了我们的时候，或者不开心的时候，抑或是不堪生活和工作的重压，读书不仅引领你打开了一扇光明的大门，让你走进一个通透的世界，让你看到了生活原本不完全是你眼下的样子。我记得有一个医生朋友曾经跟我说过，当你精神压力比较大的时候，多出去走一走，走步可以缓解你的精神压力。旅行更是如此，在新的环境，新的风俗和新人的氛围当中，你会把那些毫无价值的，并且缠绕你多年的人间俗事看得很淡，视之尘土。你便在这样的阅读和行走当中获得了解脱，获得了新生，获得了青春，并拥有了一个明媚的春天。

“旅梦乱随蝴蝶散，离魂渐逐杜鹃飞”（唐·韦庄）。我想说的是，在大自然中处处都是诗，是美文，到处都是乐趣，都是知识，都是哲学，让我们思索，并且浮想联翩。有人说散文是用脚走出来的。这话是不错的。古人常说的那句“读万卷书，行万里路”，在我看来，行万里路也是求知、读书的别一种方式。当然，我知道还有另外几种解释，意思是说，读万卷书如同走万里路。不过这样的解释未免浅了一点。我记得某年我初到海南，那位年轻的出租司机跟我聊了起来，他说，他第一次到海南来的时候，看到椰子树还挺激动的。记得我年轻的时候在《世界文学》上读到一首诗，其中有这样一句，“春风啊，请把我的细雨送到 ××× 的耳边“。同样让我年轻的心激动起来，我也渴望在那样的环境体验一番。记得几年前，我观看了前苏联的电视连续剧《春天的 17 个瞬间》之后，我就一直渴望有朝一日能够到瑞士的伯尔尼去看一看。正是这样的一种渴求和愿望，终于使我踏上了瑞士之旅，在那条鲜花大街上，在那座桥上，在那家花店前我驻足了很久。我知道，我这样做似乎有点傻，但是，我感到特别愉快和满足，不枉千里万里之行。或者，放下秋月的散文集，我的心又要开始躁动起来，我希望有一天能到非洲去，到尼泊尔去，到贝加尔湖去，到西藏去，去看看东非大裂谷、喜马拉雅山，去看看我那些从未见，而一直想见的山山水水，风土人情和妙不可言的美味佳肴。

备聊一格，是为序。

阿成

2022 年，早秋

目录 | Contents

国内篇

国外篇

孤独了，我们就去非洲

“孤独了，我们就去非洲。”这句话是我去非洲之前在一篇文章里看到的，看的时候我就有些疑问，为什么孤独了去非洲？而不是欧洲、南美洲……哪片土地无芳草？直到我走进非洲，在马赛马拉大草原 safari（游猎），在观看了惊心动魄的动物大迁徙，在万年地下溶洞烛光下静默，在海伦故居品味《走出非洲》背后的故事，在原始部落与马赛人共舞……渐渐地，我在心中才有了自己的答案。

非洲，被称为人类的摇篮，野生动物的天堂，世界的十字架。当你行走在非洲大地的时候，你会觉得自己变得越来越小，直至成了广袤大地的一粒尘埃。你回到了最原始的地方，你的灵魂似乎找到了归处，这，让你心静；而当你在非洲与原始的土著人相处时，你好像见到了寻找已久的亲戚，他们简单、质朴，他们用纯洁无邪的眼睛容纳你走进他们的世界，你和他们在一起，放松、放怀，和他们一起放声歌唱、纵情舞蹈的时候，你会真正感到我们是地球上的一家人，这，让你心安；而当你在一望无际的大草原上走近那些原始的、野生的动物时，相信你会和我一样，忘记了恐惧，忘记了危险，和它们默默相视，心灵沟通。在同一片蓝天下，在大自然的氛围中，你和它们像是久未谋面的老朋友，这，让你心动。

朋友，当你觉得孤独时，当你想逃离尘世的喧嚣时，去非洲吧，总有一个地方，让你心静、心安、心动。

2018 年 9 月底，我和我的同学，一行 12 人组成了一个自助游的旅行团，兴冲冲坐上南航的飞机，11 个小时后，清晨 5 点（当地时间）抵达肯尼亚首都内罗毕。

来自家乡的当地朋友用火红的玫瑰迎接我们，这几天她将做我们的领队兼导游。

没想到内罗毕的天气和哈尔滨差不多，阳光明媚，凉爽宜人。车子很快驶入朋友家，一进屋，她家的非佣 Joey 正忙着下面条。Joey 是土生土长的肯尼亚人，朋友说 Joey 很好学，能做 52 种东北菜，今天为了迎接我们的到来，他做了一大盆酱牛肉以及用海鲜、鸡蛋、肉混合的面条卤。这样混合在一起的面条卤有种奇怪的味道，大概是非洲特色吧。但他做的牛肉很地道，很东北（重口味），众人抢着吃他做的酱牛肉；至于面条嘛，每个人一海碗，汤都没剩。Joey 看到我们这么喜欢他做的美食，脸上有点儿小得意，我们也很配合地向他竖起来大拇指，表示“赞”。

Joey 是我接触的第一个当地肯尼亚人，Joey 的肤色很黑，笑容很阳光。今年 38 岁的他有个 80 岁的老母亲，还有四个孩子，妻子是全职太太，家里靠他打工维持生计。

非佣 Joey 和我

吃完饭，大约 8 点钟，整装出发，第一站是离这里近五个小时的纳库鲁，在那儿住下后去博戈里亚湖看火烈鸟。

此时正值上班时间，车缓慢地行进，我好奇地望着窗外。所谓的马路，就是水泥和砂石混杂的道路，飞扬的尘土在空气中肆意地飘散，我下意识用衣服领子把嘴堵上。路上有极少的摩托车，大多是步行的人们，人行道就是在马路边上一米左右的砂石路。

上班的人们在人行道上飞速地行走，用“飞速”这两个字一点儿也不夸张，拎着包的男男女女目不斜视，大步流星，隔着窗户，我仿佛听到沙沙的脚步声。非洲人个个体形健美，特别是年轻女人，丰乳细腰、肥臀长腿，黑色的皮肤看起来光泽润滑，美丽的大眼睛炯炯有神。正当我看得有些发呆时，一个广告牌一闪而过，“欢迎您来到冠军的故乡”，我哑然失笑，这个广告还真是名副其实。就在前几天哈尔滨举行的国际马拉松大赛中，前三名都是肯尼亚选手。据说，肯尼亚人之所以能屡次在大赛中拿到各种“跑”的冠军，不仅仅是因为身体素质好，更是由于高原生活和训练对提高肺活量大有好处，所以，人家到平原参加比赛太小儿科了。

路旁比比皆是低矮陈旧的铁皮房子，这让我想起七八十年代我国农村的景象，洗好的衣服就搭在门前，里里外外跑动的孩子们，大大的脑壳，似乎有点儿缺钙，很多孩子都是赤足，看起来好久没洗澡。至于卖蔬菜水果的，就用几块木板搭上几层简陋的架子，用网兜装上，挂在上面。

渐渐地，车子远离了市区，路越来越颠簸，尘土越来越大，显然是过了雨季。炎热、干燥，树叶被风吹得像灰头土脸的孩子，路两侧大多是黄土坡地，间或有绿草地，牛羊耷拉着头在里面寻觅，大片的玉米都晒得蔫蔫的。树荫下有年轻的女人头上盖着草帽，懒懒地躺着，偶尔路旁站着几伙狒狒，瞪着大眼睛盯着车，似乎随时准备冲上去抢东西，吓得我们老远就把窗户关上。

懒洋洋的还有狗、鸡、鸭、鹅，慢慢地在路上“散步”，车子只好躲避着它们，或者干脆停下来让它们过去。

好不容易看到了高架桥或者柏油路，“中国武夷”四个大字出现在眼前。非洲虽然落后，但他们对中国人非常友好，他们说中国人拿他们当“兄弟”，帮助他们改善居住生存环境，所见路上所有的公路和桥都是“中国武夷”援建。

就在我一抹脸擦出脏兮兮的汗水时，车停了。这是“东非大裂谷”观测点，足下著名的“东非大裂谷”犹如一条硕大的裂沟，在地壳表面划过，谷底松柏翠绿，深渊莫测，两侧悬崖陡峭，山峦起伏，湖泊、平原和连绵的群山峻岭呼应，壮观浩荡。

据专家考证，大约3000万年前，这里处于非洲板块和印度洋板块交界处，两个板块张裂拉伸，使得同阿拉伯古陆块相分离的大陆漂移运动而形成了大裂谷，喷发后的熔岩形成了众多的山峰，而断裂的下陷地带则成为大裂谷的谷底。

东非大裂谷整个形态呈不规则三角形，南在莫桑比克入海口，西北点到苏丹约旦河，北点则进入死海。中间有三十多个湖泊，是天然的蓄水库。东非大裂谷的壮观和雄伟是大自然神功雕成，它不仅有美丽的景观，更养育了自然界的植物和生物。

朋友说，接下来的几天，我们会从不同角度领略大裂谷的风光。

上了车继续前行，到了纳库鲁简单洗漱，稍事休息又奔东非大裂谷边缘的博戈里亚湖行进。

乡村的景色让人忘却了扑面而来的黄色尘土，硕高、肥厚的仙人球像篱笆一样，把家家户户隔断，路旁不时有牛羊慢吞吞走着，偶尔看着小鸡扑棱着翅膀不知东西南北地跑着，一种像雨伞一样的树不时闪过，友人说这叫合欢树，为长颈羚的最爱。

蚁冢

路旁好多的黄土包，中间几乎都有尖尖的塔样造型指向天空，我断定这一定是墓地。一问朋友，竟让我大跌眼镜，它叫“蚁冢”。原来，非洲不论是白蚁、黑蚁和红蚁，都喜欢选择枯死的树或者灌木筑巢。它们的唾液同沙粒混合后就能变成最坚硬的“混凝土”，一粒沙子就是一块砖，成千上万的蚂蚁大军川流不息地爬上树架，垒成墙、垒成房间。它们的建筑速度惊人，一立方米的蚁冢，十几天就能建成。这些房间狂风吹不倒，大雨浇不垮，据说里面等级严格。小小的蚂蚁做出了不可思议的事，想起一个成语“蚂蚁撼树”，若是看到这些“蚁冢”，谁还会说蚂蚁不自量力呢?

赤道线

行走的中间又路过一个特别有名的景点，“赤道线”。站在赤道线上，我的双脚分别踩在南半球和北半球。据说，赤道穿越的国家在地球上只有 13 个，我用手指头很轻松地数了一下，我只经过两个地方，另外一个是几年前去过的马尔代夫。这一生，怕是走不全的。

东非大裂谷和赤道正好呈十字形。

处于赤道的肯尼亚却绝不会把人热成狗一般。这是因为肯尼亚虽然全境位于热带季风区，但受其地势较高的影响，为热带草原气候，季节差异大，沿海地区湿热，高原气候温和，全年气温在 12—24 度。

从博戈里亚湖回来天已经黑了，没有路灯的小径那么幽暗，车歪歪扭扭地前行。静谧的大地不时传来几声蛙鸣，抬头看夜空，明亮的金星孤单地望着我。

这是我到东非的第一个夜晚，我的心情充满了兴奋、好奇还有不可言状的期待。

此后的非洲行收获满满。我们在野生动物园营地和狒狒、猴子、狮子、大象……相伴。在热气球上俯视马赛马拉大草原，和斑马、长颈鹿一起沐浴日出。在大草原追逐野生动物，为凑齐动物五大“卡”而欢呼。在马赛村与马赛人一起载歌载舞，感受原始部落的氛围。在 18 万年前形成的地下溶洞——阿里·巴伯珊瑚餐厅，伴着烛光用餐；在凯伦故居徘徊，眺望恩贡山；在美丽的纳瓦沙湖与丑陋的河马对视；在蒙巴萨的海边踏浪欢歌。在友人家里的游泳池旁，一边烤着羊肉串一边畅快地喝着啤酒，讲着我们自己的故事。最值得炫耀、最难忘的还是目睹了动物大迁徙，场面之壮观惊心动魄……

一切的一切，在我心中像一帧帧卷起的宣纸，我要慢慢打开，一点点涂抹与描绘，最后，形成一组非洲行的浪漫画卷。

这幅画卷是装点我生命的彩绘，浓浓的一笔。

Safari（游猎）

标配的 safari

到了非洲，最绕不开的一个英语单词是 safari（游猎，重音在第二个元音上）。

一台越野车，一部电台，一支步枪，一位当地导游，一名有经验的司机，再加上一车叽叽喳喳，拿着长枪短炮照相机，不时缩脖伸头东张西望的游客，就是很标准的一个 safari 小组。

我们十几个人分为两个小组，车是越野车，上面的盖子可以顶上去，留个探出头的空间。

我乘坐的那辆车导游兼司机叫 Ben（汉语音译“本”），他是土生土长的马赛人，有着多年的狩猎经验。在他的带领下，我们总是在第一时间跑到前面看“大鸟”，几天下来，大家伸出拇指夸“Ben”一点儿也不“笨”。

宿营和游猎的地方是马赛马拉国家公园，它在肯尼亚众多的野生动物保护区中，被称为“园中之冠”和“王中王”。马赛马拉公园占地面积 4000 多平方公里，横跨了肯尼亚和坦桑尼亚两个国家，其中肯尼亚境内1500平方公里，坦桑尼亚境内2500平方公里。马赛马拉公园绝对是举世无双的动物王国，是世界上最大的野生哺乳动物家园，拥有95种哺乳动物和450种鸟类，在这片无垠的荒原上，狮子、豹、大象、长颈鹿、角马等生生不息地繁衍生存。

这样的地方充满了刺激和危险，据说有个日本人在游猎的时候内急，下车方便时被猎豹在背后袭击，差点儿丢了小命。

我们在马赛马拉公园里的营地住了两夜。

第一天到达时已是黄昏。穿过架在马拉河上的小桥，就进入营地，reception（接待处）是由原木构筑，一串串大红的灯笼悬挂着（这让我想起张艺谋导演的电影或者什么开幕式闭幕式），很应景。音乐慢摇，左侧是酒吧，右侧是非常大的餐厅，木质桌椅，丰盛的自助餐，颇有“中国风”和非洲土著相结合的特色。

住处很不错，是两家一排的别墅。从餐厅到住宿的地方要走十分钟左右的路，石板小径非常幽静，两边开满了各种颜色的鲜花，它们在芭蕉、椰子树陪衬下，为这个旷野的山林平原注入了温柔的色彩。拐弯处不时有个像灶台一样的东西，上面摆着牛或者什么动物的头骨，漆黑的夜色中，它们空洞的眼睛望着你，有点儿诡异，我们路过时不由得加快了脚步。

刚进房间，就听隔壁伙伴大声喊我们关好门窗注意安全，原来下面藏着一个大狒狒。有个女士把皮包和一包糖果放到门前走廊的茶几上，开门的工夫，狒狒眼疾手快抢走糖，吃完了就在我们这儿家门前徘徊，伺机作案。

卫生间里一个手掌大的蜥蜴在镜子上爬着，虽然有些害怕，但听说蜥蜴吃老鼠，比较起来，还是选择它陪伴吧。半夜被蚊子咬醒（蚊香对它们不起作用），起来放下蚊帐，迷迷糊糊睡了下去。

非洲“safari”，在小动物的相伴下，即将拉开序幕。

清晨5点急忙起床，要在日出之时坐上热气球。踏着夜色奔向一团灯光，那是准备升腾的气球在充气。气球下面的篮子分成四个格子，每格能坐4—5个人，升空的时候要老老实实坐在里面，待到一定高度，随着掌控气球的“球长”的手势一抬，我们急忙拿着相机站了起来。

此时，天空中又升起一团“火”，东方的旭日已经升起，霞光万丈，把大地照得一片明亮和煦。

站在气球上眺望，远处山峦起伏，脚下蜿蜒曲折的马拉河水摆动着窈窕的身躯，在大草原上任性地游走着，隐隐可见河马在里面喷水。一望无际的大草原上，斑马、羚羊、大象、小鹿从晨曦中醒来，陆陆续续走到自己的领地，开始了一天的早餐。轻柔的风拂面而过，这时的草原就像一幅画，那么安静，那么美，让人不忍心破坏这份静谧。

在马赛马拉大草原

一个小时的时间，在天和地间飘荡，不同角度俯瞰着马赛马拉大草原。气球降落在草原的一隅，服务员已经摆好了早餐，上面有烤好的羊肉、煎好的鸡蛋和各种水果蔬菜色拉。端起一杯咖啡坐下来，耳边传来《陪你一起看草原》的歌声，不远处，斑马和羚羊在悠闲地散步，暖洋洋的太阳照得人心旷神怡。这是人与动物的和谐美景，我们抓紧吃完，在草原上摆出各种pose，都是资深美女和老帅哥了，抓住青春的尾巴吧。感谢草原激发了我们的热情，照起相来朝气蓬勃、激情四射，仿佛又找回了“芳华”。

9点左右，Ben开着车过来了，装好了午餐，戴上帽子、口罩，出发，开始游猎。

最先映入眼帘的是那些可爱的小瞪羚羊，站在路边，瞪着无辜的大眼睛，看着我们走来，不惊不跑，婀娜动人，那乖乖的样子让人怜爱。突然听到伙伴们哎呀一声，有人发现羚羊后面的草丛里，一只黑背胡狼在匍匐前进，它的眼睛紧盯着幼小的羚羊，羚羊们似乎有些察觉，停止了觅食，警觉地抬起头四处张望，狼也许意识到真正跑起来它不是对手，没敢发动攻击，可还是让我们捏了一把汗。

草原上数量最多的还有斑马，它们总是和瞪羚羊相邻，这是我最喜欢的动物，黑白相间的皮肤配上丰满的躯干，结实的四肢，奔跑起来是那么健美有力。而当它们伫立时，总是两个一组头尾相接地站着，据说这样观测 360 度无死角，多么聪明默契的斑马。

斑马的伙伴是角马，黑黝黝的大块头，头上长着角，咋看都像牛，英文角马是 gnu，念起来也是“牛”。斑马、角马、羚羊吃草分工明确，斑马喜食高层新草，角马喜欢中层嫩草，而底层的小草便是个头矮小的瞪羚羊的美味了。

疣猪与羚羊

草原上最优雅的非长颈鹿莫属，走起路像模特，优美的身姿，高傲的头颈，淡然漠视。

还有翩翩起舞的鸵鸟。特别难看的是疣猪，脑袋和身体比例严重失调，大大的头，面部看起来有些狰狞。

这都是草原上随处可见的。

Ben 把车开到马拉河边的山坡上，这样可以清晰地看到河水里潜伏不动或者吹着水汽的河马，还有静静地卧在河床上的大鳄鱼，它们用最舒适的姿势享受着自己的生活。

对讲机里传来哇啦哇啦的声音，Ben 掉转车头，加速前进。很快，好几辆车落入我的视野，顺着车里人的镜头方向看，一对中等大小的猎豹出现在眼前，美丽的花斑纹格外醒目，它们朝着一个方向并肩坐着，对瞭望它们的人群见怪不怪，它们在沉思抑或假寐？终于，在一动不动的它们面前，人们失去了耐心，Ben 带着我们离开，继续前行。远远地，一头犀牛在漫步，朋友介绍，园子里的犀牛属于珍贵动物，身上都有标签。又一队野水牛晃晃悠悠在眼前走了过去，赶紧抓拍，突然觉得车子一晃，Ben 又开始加速了。

Ben 在一个没人的地方停下来，映入眼帘的是一对狮子，长长的毛发，嚣张的气势。Ben 好厉害，第一时间找到它们的巢穴，众人屏住呼吸，拿出相机快速拍照。一些越野车陆陆续续赶到了这里。我问 Ben，怎么知道狮子在这里？ Ben 自豪地抬起头，骄傲地说："我是靠嗅觉找到的。"这就是优秀的向导，多年的经验加上敏锐的反应。我凑近 Ben，坏坏地抽了一下鼻子，Ben 警觉地看着我。我笑了起来，说："Ben，我想闻闻你身上有没有动物的味道。" Ben 拍拍自己的大肚子，晃晃脑袋也笑了。

在狮子附近，一群非洲秃鹳吸引了我们的目光，车子开近了才看到，它们在分食一只角马。Ben 说，那肯定是狮子吃剩的。

捡剩饭吃的秃鹳们竟然也等级分明，霸占主要位置的是一只雄秃鹳，黝黑的翅膀毛发润泽发亮。几只雌秃鹳在它旁边卖力地叨食着，估计它们都是它的妻妾，外围有一只雄秃鹳急得来回走动，找个空隙就伸进头去，但立刻就被那只雄秃鹳叨了出来，似乎在警告它不许越雷池一步。而在更外侧，几只小一些的秃鹳用垂涎的目光胆怯地看着它们，不敢靠前。

胖胖的 Ben

一会儿，吃饱了的那个老大抬起头，张开巨大的双翅，端着肩膀，昂首阔步，目中无人地在周围踱步，那姿态，那霸道，那匪气，把我们镇住了。这老大简直像极了电影《林海雪原》里的匪首座山雕（不知道这样比喻是否恰当），看呆了的我们大脑一片空白，忘记了手里的照相机，痛失拍摄的好机会。

Ben带着我们四处游荡，已近黄昏，手里集中了非洲五霸中的狮子、犀牛、野牛和猎豹的珍贵图片，就差大象了。

眺望寻觅的工夫，就见夕阳下一个黑点儿走了过来，越来越近，洁白的大牙，蒲扇一般的耳朵，慢悠悠晃动的身躯，非洲野生大象——陆地上最大的哺乳动物，闯入了我们的视野。夕阳的余晖洒满大草原，大象的身上也披上了一层金色的光环，在霞光中行走的大象，仿佛被赋予了神灵的力量，就那么神闲气定在天地间穿行而过。

我悄悄放下了手里的相机，趴在车边静静地看着它们。早就听说大象是自然界最聪明的动物，它们的智商远远超乎你的想象，它们记忆力和模仿能力超强。我曾在泰国目睹大象作画，有的甚至能画出三维的画面，我家里现在还有一只大象现场作画的帆布兜子，我把它挂在阳台上，陪我读书看风景。当然，我也希望大象赋予我再聪明一点的力量。

大象的后面来了象群，浩浩荡荡地在草原上走向远方，走向落日，目送着它们的身影，我们的车子轻轻地启动了。

夕阳下的大象

收获满满的一天，收获满满的 safari，“五大卡”攥在手里，颇有些自豪和小小的虚荣，当然，这一天不仅让我大开视野，更对自然界多了几分敬畏。英格兰作家赫胥黎说过，“对其他生命产生兴趣，可以让人更客观地认识自己”。确实，大自然是人生的另一个课堂，在与自然的物种接触中，我们能感到智慧、美和自我。

回到住地，第一项任务就是洗漱，脱掉旅游鞋里的真丝袜子，打上肥皂冲洗。第一遍，洗下来的水是黄黄的，第二遍，第三遍，还是浑浊的，可想而知这浑身上下落了多少马赛马拉的尘土。尽管风尘仆仆，却是心满意足。

洗漱干净，来到餐厅就座。就见几位马赛人手捧着蜡烛，唱着歌列队走了进来，原来是一个欧洲小女孩过生日，他们来祝福。烛光中，我心一动，现在是 9 月 30 日晚上 9 点，加上五个小时的时差，中国时间是 10 月 1 日早上 2 点，我跳了起来，大声喊着伙伴们：现在是十一，咱们祖国的生日。伙伴们闻听皆兴奋。我们全体起立，餐厅一角响起了嘹亮的歌声：“今天是你的生日，我的祖国，清晨我放飞一只白鸽，为你衔来一枚橄榄叶，鸽子在群山峻岭飞过……”歌声在露营的草原上回荡，餐厅里几乎所有的人都放下了手中的餐具，安静地听着，结束时，大厅响起了热烈的掌声，我们开心地告诉大家，今天我们祖国过生日。许多外国友人随后拿起手中的杯子，向我们高高举起，同我们一起欢呼。

举杯，为我的祖国，此刻，我们心潮起伏，在异国他乡，在非洲大草原上，我们离祖国很远，我们的心却是和祖国从来没分离过。

赴一场万年约会

蒙巴萨真是个美丽的地方，择海而歇，Diani（迪阿尼）沙滩的美丽和清新让我们一洗几天的劳累，心情也随之放松。

黄昏渐临，友人喊我们到大厅集合，乘车去距 30 公里左右的“阿里·巴伯地下溶洞餐厅”晚餐。穿上自认为庄重的衣裳，宛若赴一场约会。

阿里·巴伯地下溶洞餐厅

若干年前我曾看过地下餐厅的报道，距今几十万年前的地下溶洞被改造成餐厅，人们在里面举杯对酌，珊瑚溶岩像一个布景，烘托着温情的气息……我以为，这样的情景只会是岁月留给我的一片叶子，抑或是一首古老的歌，却没想到有一天会踏入它的传说。

Diani 沙滩【非洲】

博戈里亚湖与火烈鸟【非洲】

马赛马拉公园里的猎豹【非洲】

天国之渡【非洲】

我与马赛女人共舞【非洲】

贝加尔湖【俄罗斯】

站在贝加尔湖畔【俄罗斯】

仰望契诃夫【俄罗斯】

我是怀着怎样的心情啊，从古老遥远的东方，来到万年之久的溶洞，感受大自然的杰作，这对我来讲已经远远超过就餐的意义。

印度洋的风温馨、凉爽，吹拂在脸上、身上，一路把我们送到目的地。夜色中，尖顶白墙的建筑影影绰绰映入眼帘，两个身穿红袍、手里拿着长长棍子的马赛人在门口迎接我们。

金黄色的壁灯挂在溶岩壁上，在幽暗中一步步走下螺旋形的石梯，仿佛穿行在历史的隧道，渐行中感到些凉意，音乐从里面隐隐传来。

进入餐厅，抬头先看到的是卫生间，墙壁上的英文看完让我哑然失笑，上面写道：GENTS to the LEFT because LADIES are always RIGHT［男士去左侧，因为女士总是对的（右侧）］，英语里 RIGHT 这个单词同时有“右侧”和“对的”两个词义，第一次看到卫生间巧妙地利用这个单词，非洲人原来也是幽默的。

站在吧台前环顾餐厅，我们来得早，大厅里空荡荡的，金色的吊灯映照着 12 张小桌子，上面铺着洁白的桌布，摆放着蜡烛、鲜花、红酒杯和餐具，溶洞上面有两个大大的自然形成的洞眼，透过洞眼，月亮的影子掉在地上，它像是一位尊贵的嘉宾，也被邀请来做客。

友人说，餐厅要提前好几天预约，不仅是座位有限，而且食材也非常讲究。

慢摇的音乐、点燃的蜡烛、鲜红的玫瑰、美味的佳肴浸透了古老的溶洞。烛光、月色星星点点洒落在珊瑚礁上，岩壁上辉映着金黄、黛灰、银色混杂的暧昧颜色。

我用手轻轻抚摸着粗犷的岩壁，来之前我已经做了功课，知道这里的珊瑚灰岩是 50 万年的积累。50 万年前它们只是汪洋大海里面的造礁珊瑚，它们的骨架和生物碎末组成的具有抗浪性能的海底隆突，在风雨侵蚀、雷电穿击，甚至天崩地裂中，顽强生存，经过世代交替，浮出身姿，终成永恒的姿态在地球上屹立。

为了照顾我们这些来自遥远东方的客人，店主在溶洞餐厅最里面设置了一个大圆桌。造型精美的海鲜和蔬菜陆陆续续端了上来，伙伴们兴高采烈地享受着美味佳肴，享受着这美好的夜晚。吃过片刻，我悄悄起身走到大厅，我的心在溶洞飘浮。只见就餐的人们基本坐满了，小餐桌上坐的大多是情侣，或窃窃私语，或深情举杯，或默默相望……

我在吧台前驻留，想寻找些素材，低头看见一纸塑封的菜单，背面是餐厅的介绍。照了下来，心里不甘，想留一份做个纪念，遂向服务生询问，能否送我？服务生摇摇头，又眼望前方，似在征求意见。顺着他的目光，我看到一名穿着红色T恤的老者微微点头，好像允许送给我，服务生笑着把精美的菜单递给了我。

我心中一动，走向老者，主动攀谈起来。我介绍自己来自中国，喜欢这里的环境，希望多了解些，老人家高兴地和我聊了起来。他告诉我，他叫Hans（汉斯），这个溶洞餐厅原来的老板叫Barbour。Barbour的祖父在1950年买下来这块地，30年后，也就是1980年，她的父母无意中发现这块地下面居然藏着一个巨大的珊瑚礁岩洞。经考古学家鉴定，这个岩洞最少在12万—18万年前已经形成，于是，他们把它改造成餐厅，如今这里已经是非洲六大神奇餐厅之一了。

听完介绍，我好奇地问，那现在的老板是谁呀？老人微笑地说了，我就是这里的owner（拥有者）啊。我也开心地笑了。我说，遇上您，我也太幸运了，回国后我一定介绍给朋友们您的餐厅。相谈甚欢的我们留下一张对我来说非常珍贵的合影。

地下餐厅老板Hans和我

不可救药地喜欢上了这个地方。如果可以，我愿再来赴一场万年的“约会”。不做匆匆的过客，就在月光下倚壁而坐，在烛光中默然，以星辰为伴，用岁月煮酒，弹一首古曲，携永生情愫，许一世浪漫，与经年的沧桑相守，留下我一生经久耐寻的回味。那一定会天人合一，物我两忘。

其实，再回的机会很渺茫，但是，亲身体验给了我想象的空间，即便是遐想也是美好的。

暮色中与老板和马赛人挥手告别，转身，印度洋海水的味道扑面而来。

如果你爱他，就去一次溶洞餐厅吧，浪漫着你们的爱情，有日月星辰目睹，有万年溶岩做证，天长地久就不是传说。

为了对一位老人的承诺，我以自己的理解，把餐厅的那张历史简介翻译了过来，希望对以后去的朋友们有用。

“洞穴”简史

这个溶洞形成在大约12万—18万年前，它位于蒙巴萨南30公里处，居高水位线200米。它由一系列地下10米深处的相互通融的腔室构成，据说它是从原始的海岸线穿透内陆过来的一个复杂的大洞穴的一部分。

除了客厅和卫生间需要一些特殊功能，一切都是原汁原味。为了达到声音和灯光效果，配备了石地板和一些家具及配件。天花板上面开放的洞是自然形成的，恶劣的天气时，天花板上面有个滑动的盖保护它。鸡尾酒吧上空耸立着一把三角形的马库提伞（带螺纹的椰叶），接待区由一根50英尺（15米多）高的蓝胶杆支撑。

人们认为，这个洞穴的起源是由于地下水下面的地下溶洞被冲破，然后被海平面的剧烈变化、潮汐和波浪作用以及经年地表水流的吞没所形成。

大约在40万年前，这个洞穴形成于珊瑚礁石灰岩中，地质学家称之为“中更新世时期”，当时海平面比今天高出100多英尺（30多米），洞穴被淹没在水面以下约60英尺。

洞穴大约在上更新世时期25万年后发展变化，接下来的15万年没有发生什么事。然而，25年前，在一位建筑师的帮助下，我和我的妻子杰基，把它改造成这个独特的餐厅。

走访非洲原始部落——马赛村

马赛（Masai）人是非洲最著名的一个游牧民族，传说他们是埃塞俄比亚高原上哈米特人的后裔，几百年前赶着牛羊南下寻找水草，来到肯尼亚边境，看着这地方不错就扎根了。马赛人骁勇善猎，生活在草原、丛林中，与野兽为伍。

马赛人崇敬大自然，认为万物皆有灵性，所以他们不仅不狩猎，而且从来不吃包括鱼类在内的野生动物，牛和狮子是例外。他们把牛看作是自己的生命，认为牛是神对他们的赐予，日常需要就是牛的奶和血。饿了，喝牛奶。渴了，就拿出腰间的小刀，往牛脖子一扎，拿根小草管就吸，吸完了，把牛脖子一扭，血就止住了。至于狮子，那是马赛男孩子成长的一道坎，每个男孩必须杀死一头狮子才能成人。若是有一天，男孩没回来，那就是败在了狮子手里。

马赛人鄙视农耕，认为耕作把大地弄脏了（我却认为他们的地实在是太贫瘠，干枯的黄土是长不出来肥硕的果实的），他们的主食似乎就是玉米。也许就是因为他们不狩猎、不吃野味，才使这里成为野生动物的乐园，人与动物相安无事地相处。

马赛人最异于常人的是他们的视力，平平常常在 2.5 以上（最好的飞行员不过2.0），部落里强壮的年轻人视力可达6.0，这意味着他们用裸眼不仅可以观察到远在10公里以外的动物行踪，而且在黑暗的环境下，也能分辨出藏在草丛里的动物种类，物竞天择，“千里眼”还真不是传说。马赛人的这个特异功能，上过央视的《挑战不可能》。

马赛人的装束很有特点，男人披“束卡”，就是两块红底黑条，或者干脆红色的布料，一块遮羞一块斜披在肩上，老远看起来像一团火。在野兽遍布的大草原上，动物们看见这团火或者躲开或者若无其事（狮子例外，它们看见马赛人就魂飞胆破），马赛男人手里都拿着一根棍子或者长矛，用于防身、赶牛；马赛女人服装鲜艳，穿在身上的叫“坎噶”，套上一个大披肩，头上戴着一圈珠饰，浑身上下是手工装饰。别小瞧他们的服饰，这里是许多世界名牌灵感的来源，华伦天奴等品牌曾在马赛村进行拍摄。

在肯尼亚，马赛部落居民是唯一被许可居住在野生动物保护区的人类，拜访马赛村是非常有意义的。马赛人民欢迎您，只是拜访是要付费的，每个人要付25 — 100美元不等。

我第一眼看到的是马赛女人，我们的车刚刚停在马赛马拉国家野生动物园门前，就跑过来几个马赛女人向我们兜售手工制品，有木雕、首饰等。我专心看她们手里的东西，非常喜欢钥匙链的木雕，刚要准备讲价，待一抬头看她们，一下子却大惊失色。她们的耳垂竟然是圆圆的洞，有的像鹌鹑蛋那么大，感到有些可怕，不敢直视了。

后来听说，马赛女孩子生下来就开始扎耳朵眼，往里填塞木棍、树叶什么的，洞，越来越大，越大越觉得美。

这让我想起以前看过的一篇文章，介绍埃塞俄比亚有个美尔西族，女孩子16岁左右就往嘴里放一个木制或者陶制的盘子。为了放置盘子，要在牙龈和嘴唇之间割一条口子以撑大唇部，盘子在吃饭、赶集和干活的时候拿下来。据说盘子越大，女人越美，身价越高，最高的在结婚时能得到多达50头以上牛的彩礼。

我又想到中国的“小脚女人”，包裹得像粽子一样的“三寸金莲”曾经被认为是最美的。

非洲女人的“美”都暴露在外表，中国女人的“美”含蓄，这是文化的差异。女人是为了取悦男人才这么做，这样的代价太可怕，发明这样畸形美的人一定是变态。

不说这些了，言归正传。

在马赛马拉公园游猎的那天，看完动物大迁徙已经快3点了，Ben拉着我们行驶了大约三十公里的路程，来到了马赛村。

一位英俊的黑人小伙子带着几位青年男子笑容可掬地站在门口，看到我们，他身后有个男子吹起了号角。

小伙子迎上来用英语自我介绍叫Chris（克里斯），是这个部落的head（头领）。作为曾经的英国殖民地，肯尼亚人特别是男人的英语说得都相当好，这让我们的交流比较顺畅。

右二是 Chris

待我们站定，Chris并不急于请我们进去，而是示意他身后一排男子表演欢迎节目。在号角呜呜的伴奏下，这些男子轮流出列，立定跳高，这是马赛男人的绝活，两条腿绷直，脚下仿佛有个弹簧，越跳越高，看得我们眼花缭乱。

跳得高，看得远，跑得快。马赛人挑战和超越人类极限，这让人刮目相看。

表演完毕，在我们的掌声中，Chris又示意表演第二个节目：钻木取火。只见一个男子拿着一堆干草、一块木头、一把刀，蹲在地上开始摩擦木头，不到三分钟，火苗成功燃烧。Chris在旁边解释说，我们这里没有电，没有水，所以，这是最基本的事情。

看完钻木取火，直起身体，环顾四周，这是一个相当于四个篮球场大的院落，共有七个房子。Chris开始讲解，这个院子里共有七户人家，房子是女人们用枯树枝、牛粪和泥巴堆成的。为什么是女人？我问。哦，女人嘛，就应该做这些，出嫁之前把自己的房子盖好，才会有喜欢的男人来啊。这是什么逻辑？

“Chris，你多大了，有几个妻子，几个孩子，读过书吗？”连珠炮似的问话让 Chris 有点儿招架不住。

“我今年 28 岁，有两个妻子，四个孩子，我们这里有学校，我读过书的。”

“你的妻子一定都很美丽吧？那你怎么过夜啊，还有，你们允许娶几个妻子，生多少孩子？”又抛出一堆问题。

“我们马赛人最多娶四个妻子，生二十个孩子，至于我的妻子嘛，我当然是轮流到她们家里了。”Chris 开始不慌不忙地回答着。

说话间，陆陆续续从那几间房子里走出来几位服饰鲜艳的女人，每一个女人都像一朵鲜花，在陈旧老土的泥屋子衬托下格外美丽。有的女人还有些羞涩，低着头不好意思，其中有个个头比较高的年轻女子，看起来是她们的头，大大方方领着她们来到我们面前，排成了一列，准备表演节目。

我快步地走到她们中间，一位老人拿下圆环戴到了我头上，一位妇女又把项链拿下来给我戴着。她们开始载歌载舞，我很快就掌握了舞蹈的节律，她们用马赛语唱着歌，一个高音引领着主旋律，其余的人应和着。她们唱什么我听不懂，可这又有什么关系，音乐从来就不需要注释。我模仿着她们的发音也大声唱了起来，伙伴们为我录下了非常难得的视频。

不知何时，伙伴们都加入进来，我们拉着手，在马赛女人引领的旋律下尽情歌唱，尽情跳跃，每个人的脸上都洋溢着欢喜的笑容。

唱累了，跳累了，歇息的工夫，Chris 指着前方的屋子说，到我们的家参观一下吧。

Chris 把我们分成了两组，我紧跟着他侧身猫腰穿过只能容一个人进的门，门口放着一盆脏兮兮的水。

好黑啊，好像进了地洞，伙伴们急忙打开手机上的手电，慢慢适应一下。环顾四周，大约十几米的屋子，墙面上有个碗大的通风口，屋里的简陋让我倒吸了一口气。土墙、土炕，地中间挖了一个四四方方不到半米的坑，上面架着个盆，里面放个饭勺。Chris 说这是做饭的土灶，Chris 指着被土墙隔成了一大一小两个空间的炕，说，大的是他和妻子的，旁边那个小的是给客人住的。正说着，对面炕上有轻轻的咳嗽声，拿着手电一照，天啊，还坐着一个大活人，是位小伙子，Chris 说这是他的伙伴。幽暗加上牛粪散发的气味让人不敢久留，捂着嘴和鼻子，我们依次拽着衣服摸索着走了出来。

门口，一群光着屁股，流着鼻涕，赤着足的孩子在眼巴巴望着我们。来之前友人就叮嘱我们，要在中国带点儿糖，特别是大白兔奶糖，孩子们特喜欢吃。我们拿了出来，Chris 只允许他们每个人拿一块，余下的糖果和小食品都交给了他。

院子里有两个仓房样的房屋，里面摆放着女人自己做的手工制品和家用物件，卖货的女人安静地坐在一旁看着客人，只在询价的时候开口，我买了一对喜欢的木雕。

看到我们要走了，Chris 又把男人们召集在一起，要最后唱两首歌送给我们。他们用马赛语表情丰富地唱着，我静静地看着他们，心情已不是刚来时的好奇，而是说不上来的复杂。

唱完了，问他唱的是什么意思，Chris 说，第一首是欢送客人，第二首是一个传说。传说中一个少年等狮子睡着，趁其不备用刀杀死了它，少年成了英雄。我又好奇了，Chris，现在还能杀狮子吗？ Chris 挠挠头说，现在政府保护野生动物，不允许猎杀了。

Chris 接着说，政府督促孩子们上学，让他们受教育，还鼓励他们多耕地。“可是，Chris, 你还打算娶妻子，生那么多孩子吗？” Chris 哈哈大笑：“一切顺其自然吧。”

分别时，我和出来送我们的马赛女人一一拥抱。马赛村，在尘土飞扬的黄昏里渐渐远了，可他们在我心里却是贴近了。

晚餐是自助形式，牛肉、鱼、蔬菜和水果非常丰盛。拿起啤酒，边喝边议论着一天的见闻，正说着就听到一阵歌声由远而近，循声而望，十几个马赛小伙子来到餐厅。他们绕场一周后在门前列队，又开始表演“立定跳”，那真是一个比一个高啊。我走上前去拍相片，忽然觉得一个面孔好熟悉啊，好像是Chris，黑暗中他们要离开，我大喊了一声：Chris。就见他转过身，冲我龇牙一笑，挥挥手，夜色中那口牙格外醒目。果然是他啊！我真想把Chris留下再聊一会儿，我心中有好些疑惑，见识过繁华奢靡、现代摩登的Chris们，还能忍受那个牛粪、枯枝堆积而成的古老简陋的房子，没有水、电的环境？明明眼前就有打火机，何必还钻木取火？

马赛人曾经是最快乐的人，只消阳光、草原、帐篷和牛就开心地生活，而现在，他们已经离开了野生动物的家园，走入了文明社会，当他们接受我们的拜访时，就走上了商业化，他们怎么在古老和现实的文化中变换角色？还有，他们的医疗、教育、饮食、婚姻的变迁……我觉得有好些更深的东西我没触及。

我不敢想象我现在的生活里没有水、电，甚至手机、网络等，没有这些，我会痛苦，我会觉得活不下去。可是，在我小的时候，还真的没有手机、电器、网络……那个时候我也很开心啊。

我现在宁愿不开心也不想过以前的生活，这是个让人非常纠结的问题。那，Chris们呢？

我想起了这样一个故事，一个富翁在海边度假，见到一个衣衫朴素，晒着太阳的贫穷的渔夫，富翁看到他这样懒散就说，我来教你怎样成为一个富翁，你先借钱买条船，用这条船打鱼，赚了钱雇人干，获取更多的利益。然后买条大船，打更多的鱼，赚更多的钱……慢慢地你就成为富翁了。渔夫说那成为富翁之后呢？富翁说，这样你就可以像我一样休闲地到海边度假晒太阳，享受生活了。渔夫听完大笑，我现在的生活不就是你说的那样吗？

回到家里，我把马赛女人做的木雕拿出来仔细品味，端端正正放到了书架上，带着马赛气味的木雕提醒我，曾经在原始的部落走过，曾经有个叫Chris的小伙子和他的伙伴们与我们相识。

抓紧去非洲看看马赛人吧，也许不久的将来，一切的原始痕迹都烟消云散了。

东非大裂谷下的两滴“眼泪”

曾经有人说，旅游爱好者或者摄影爱好者等，最应该去的有四个地方：南极、北极、亚马孙和东非大裂谷。

我至今只到过东非大裂谷，还是“冰山一角”，就这样，也足够回味的了。

东非大裂谷，世界大陆上最大的断裂带（长 6400 公里，宽几十到 200 公里，深可达 2000 米），犹如一条硕大深沟（也有人说像一条伤疤）划过地球的表面，从约旦向南延伸到红海，覆盖了整个东部非洲，直至马拉维湖。

她像个沧桑的时间老人，几千万年前带着蛮夷的痕迹而来，身上流淌着奔腾的血液和忘我的精力，她纵容着肆意喷发的火山，也有像乳汁一样的营养，滋润着在她怀抱里的万物，生生不息繁衍不止。

到肯尼亚的第一天在从内罗毕到纳库鲁的途中看到了东非大裂谷，大裂谷在足下，远远望去，草原广袤，野草青青，山峦起伏，林木葱郁，也有荒凉的沙漠，隐隐可看到湖泊点点，阳光下闪着晶莹的波光。

那湖泊就像是大裂谷滑落下来的眼泪。

博戈里亚湖

这是东非大裂谷一滴珍贵的眼泪。博戈里亚湖位于大裂谷区的边缘，这个有着30平方公里的湖水，流淌着的是碱性的水，它的成分构成主要是碳酸钙，碱性的湖水极具腐蚀性。

湖里有的区域冰冷刺骨，有的地方（南岸）却是火山活动频繁区，热可灼肤，短时间内就可以将鸡蛋蒸熟。湖中生长着蓝绿藻和矽藻。

千百年来，人们认为这是一个神湖，湖边的人经常屠宰牛羊祭祀湖中的神灵，而因为水的特性，许多动物都远离这里。

只有它们选择了这片美丽的湖水栖息，那就是火烈鸟。它们以湖水为家，以海藻为生，食入的海藻和它们的机体融合，它们的羽毛和皮肤越来越鲜艳。

博戈里亚湖位于肯尼亚的纳库鲁，为了看到美丽的湖和火烈鸟，我们从内罗毕出发走了大约300公里的路程，5个多小时。一路在风沙中颠簸而行，就在觉得浑身都要散了架子的时候，车停了，买了门票，车开进了博戈里亚公园区域。

一股难闻的动物粪便的味道越来越浓，终于看到湖水了。天啊，伙伴们喊了起来，湛蓝的湖面上好像漂动着红色的地毯，起伏跌宕，赶快拿出相机，顾不上气味，也顾不上脚底下踩的是不是什么粪便了，顺着沙滩一路小跑来到了湖边。

淡定，听，火烈鸟在唱歌，成千上万只火烈鸟在夕阳中放开喉咙，它们的身上披着一层圣洁的霞光，它们的足下，湖水赤、蓝、白、绿交融在一起，流淌着，像是美丽的五线谱，又像是抖动的音符。

而当它们在水中觅食时，我诧异地发现，它们连吃东西都那么美了，长长的嘴在水里，向左划一个美丽的弧形，再向右划一个弧形，真优雅啊！

久久地望着它们，突然心里有些感动。能看得出来，它们的腿部皮肤非常粗厚，那一定是为了适应碱性湖水的侵蚀而生长出来的，火烈鸟要经过多少代的变异才有今天的淡定自若，在大自然中守得自己的一处天外之境。

博戈里亚的小火烈鸟，成为我心中的勇士。

纳瓦沙湖

这一次，真真切切地投入到了东非大裂谷的怀抱，这是她的第二滴“眼泪”。

纳瓦沙湖是大裂谷断层陷落而成，虽然都是大裂谷内的湖泊，它却和碱性的博戈里亚截然不同，它是大裂谷唯一的淡水湖，也是肯尼亚最美的湖泊之一。纳瓦沙湖长 20 公里，宽 13 公里，最深处 20 米，湖面海拔 1900 米。

美丽的湖被丑陋的河马看好了，成群结队定居这里，庞大的身躯潜伏在水中，把挤在一起的鼻子、眼睛、耳朵露在水面上，河马的上方，400 多种小鸟在蓝天下歌唱。

坐上小船轻轻划入湖里，靠近大河马，它木呆呆地看着天空，毫不理睬我们好奇的注视，突然，一个河马张开了大嘴，好像打个哈欠，好大的嘴啊，怪不得说它若是发怒能一口把鳄鱼拦腰咬断，领教了这个仅次于大象的第二大哺乳动物，趁它心情还好，赶快离开。

来到湖中心，船夫从盒子里拿出来一条风干的鱼，往空中一抛，几只鱼鹰飞逼扑向湖面衔走。

合欢树与鸟儿

纳瓦沙湖是鸟儿的天堂，它们在树枝上筑巢，传宗接代。湖心有个小岛叫新月岛，是个私人野生动物保护区，据说岛上有很多斑马、长颈鹿。纳瓦沙湖另一个特色是湖中的枯枝残干，它们静默伫立，无声地向天空伸展着手臂，仿佛在述说什么，这些树叫合欢树。我问船夫这里最早是什么样子，树是什么时候干枯的。船夫茫然地说，从来就是这样。看来他和我一样不了解。

3000万年前这里一定是一片茂密的大草原，万物生长，鸟语花香，青青的草地上长颈羚采食着合欢树新鲜的树枝。忽然有一天，天崩地裂，火山爆发，熔岩飞涌，洪水泛滥……最后，形成了连绵起伏的群山峻岭，湖泊草原，山谷悬崖，沙漠森林。

枯干的合欢树，身上刻满了不朽的文字，它与纳瓦沙湖共生，是东非大裂谷的见证。

从湖中返回，见草地上一对恋人亲热的侧影，定睛一看竟是两个男人，合欢树旁谈恋爱，倒是应景，只是错了性别。

Diani 沙滩（外一篇）

伙伴们说，一定要写写 Diani（迪亚尼）沙滩，它实在美得颠覆了许多人对非洲的概念。

Diani 沙滩和东非大裂谷没有关系。它在距蒙巴萨 30 公里左右的地方，

Diani 沙滩让我们的步伐一下子慢了下来。Diani 沙滩人不多，间或有少年牵着骆驼，上面坐着游客，沿着海岸线叮叮当当走过。印度洋和煦的风吹拂着宁静的沙滩，蓝、绿色海水拍打着白色细沙。

沙滩上，两位年轻的男女白人在摆拍，看起来明星气派十足，一旁的摄影师很敬业地跪在地上拍着。小伙子英俊逼人，女孩子花容月貌，一搭讪方知是《花花公子》杂志在拍封面，怪不得呢，全球大牌杂志选中此地拍照，

美景丽人，相得益彰。

Diani 沙滩让我想到马尔代夫群岛，菲律宾的“星期五沙滩”，泰国普吉岛和越南芽庄，都是浩瀚无边的海洋，芭蕉和椰子树下的阴凉，赤足走在沙滩上的惬意，清风拂过皮肤的舒适……

住处在 Diani 海边的五星级酒店（NEPTUNE PARADISE），房间有个大大的落地窗，通透宽敞。院子里水榭花开，花香四溢。露天泳池紧邻 Diani 沙滩，酒吧随时供应茶点，餐厅里每天晚上不仅自助餐丰盛，还有乐手演唱美国民谣。白天可以浮潜、冲浪、扬帆启航，也可以坐玻璃船探访水下世界，起早的话能看到印度洋令人惊艳的日出景色。

我们换上色彩鲜艳的衣裳，把自己彻底融入这迷人的景色里，手牵着手在草地上慢慢踱步，棕榈树下留下倩影，换上了泳装跳进海里潇洒游一圈，然后在海边喝杯椰子汁看云卷云舒，潮起潮落，心情怡然。

也有让人神经紧张的时候。那天早上拉开落地窗的窗帘，刚想推开门到阳台的藤椅上看会儿书，蓦然发现眼前晃悠着好几只猴子，盯着要开门的我，想起在海边酒吧桌子上随意上蹿下跳的，还有闯入邻居家一把拿走面包飞跑的猴子，我放下了要开门的手，和它们对视着。

可是，躲也躲不开，偌大的院子里到处都是猴子，随时闯入视野，我忽然有个新发现，这些黑脸猴子的生殖器颜色是蓝的，女生们又发觉，它们好像有暴露癖，看见美女就不知廉耻地露着生殖器，这让我们一阵大笑。上网查，叫长尾黑颚猴，非洲特有，颜色越深越有侵略性。猴子，为我们的旅游增添了笑料。

长尾黑颚猴

至今，我还怀恋 Diani 沙滩那两天休闲的时光。

永失我爱

去肯尼亚不要错过一个非常著名的人文景点——凯伦故居。凯伦·布里克森与安徒生并称为丹麦的“文学国宝”，可惜我们只知道后者。

1985年根据她的小说《走出非洲》改编，由梅丽尔主演的同名电影获奥斯卡金像奖十一项提名，七项大奖。世人始知凯伦。

1999—2002年丹麦政府发行的钱币中，50 Krone（克朗）正面就是凯伦。她一生两次（1954年、1957年）获诺贝尔文学奖提名。1954年海明威在诺贝尔文学奖获奖答词中说：这项奖应授予凯伦·布里克森。我们可以相信，海明威说的是心里话。

“在非洲的恩贡山脚下，我有一座农场。恩贡山向北绵延一百多英尺，赤道在这儿横穿而过。农场海拔超过六千英尺。这儿的早晨和傍晚清朗安谧，能见度极高。白日里你会觉得自己站得很高，太阳近在咫尺。到了深夜，则气温骤降，清冷无比。”这是1937年出版的《走出非洲》这本书的第一段话，寥寥数语写出了非洲她的“家”。

“我在非洲种咖啡豆，给黑人小孩治病。我在非洲遇见了为自由奋不顾身的情人，热爱动物胜于人，折桂而来，情迷而往。我在非洲写过一首歌，哪里有已逝的热土，哪里有纯洁的朝露？我总是两手空空，因为我触摸过所有，我总是一再启程，因为哪里都陋于非洲。”

上面这段话，又是她人生的一段总结。

凯伦，1885 年 4 月 17 日出生于丹麦一个富有的家庭，1962 年 9 月 7 日逝世于丹麦。她的一生坎坷曲折，10 岁时，作为政治家、作家、军人和商人的父亲，因患梅毒自杀。从商的母亲把她带大。28 岁的时候，为了男爵夫人的头衔，她带着丰厚的嫁妆嫁给了浪荡公子布洛尔。1914 年，两个人来到了她母亲在肯尼亚为他们买的农场，开始种植咖啡，不久因为布洛尔的不检点，她患上梅毒，不得不多次往返欧洲治病。长期服用含重金属的药物使她终生饱受折磨。1921 年两人分居，1923 年离婚。后与英国贵族丹尼斯相爱，丹尼斯却因飞机坠毁而丧生。在烈火的遗骸中，凯伦埋葬了她的爱人，告别了非洲。

故居里陈列的凯伦本人相片

这就是凯伦非洲 17 年的生活，她失去了健康，失去了婚姻，失去了农场，失去了爱人……所有的失去却成就了一位伟大的作家，她写下了很多文学作品：《七篇哥特式的故事》《走出非洲》《冬日的故事》《最后的故事》《命运轶事》《草地上的阴影》……她的作品丰富而独特，深得包括大文豪海明威等人的推崇。

1931 年离开非洲的凯伦，直到逝世再也没回去，尽管那里埋着她的爱人——丹尼斯。但我相信，非洲那片土地、那些人在她心中永存。

我在去非洲之前读过《走出非洲》一书，也看过《走出非洲》电影。回来后，再看这部书，再观看这部电影，经常潸然泪下不能自控，许多熟悉的画面、场景又浮现在眼前。更重要的是，我的心走进了凯伦的情感世界，我理解了她心中挥之不去的“痛”。

Farty 上，少女的她本来钟情于那个叫汉斯的男孩，无奈落花有意流水无情，汉斯心中另有他属。于是，她把目光投到了汉斯的孪生兄弟布洛尔身上，布洛尔轻浮地和她碰杯，提议“萍水相逢”。她定定地看着他：你缺钱，我缺男爵夫人的头衔，我们不妨试试。布洛尔呆了一会儿，大概是终于回到了现实，点头应允了。

婚后，他们双双从丹麦来到遥远的非洲，在内罗毕6000英亩的土地上种植咖啡。她试着爱她的丈夫，当战争爆发时，她冒着炮火和野兽的袭击，领着土著赶着牛车，长途跋涉带着供给来到前线，给她的丈夫送去物资和精神安慰。他的心里有一些小小的感动，就在她以为自己爱上了他的时候，她发现患了梅毒，犹如冰凉的水泼到她身上，失望和绝望穿透了她的心。为了活着，她不得不往返家乡治疗，梅毒使她永远没有生孩子的机会了。不久，又搭上有钱人的布洛尔提出离婚，婚姻随风而逝。

凯伦把全部的精力放到了农场，她发现越来越热爱这片土地和当地人。她在等待咖啡收成漫长的四年里，为当地人治病、得到酋长准许教孩子们学习、领着基库尤人修大坝、月夜里读书写作，甚至为了保护他们的牛拿起猎枪去深林里射杀狮子，她还遇到了一个心心相印的情人……非洲广阔的原野容纳了她失落的心，她变得坚强勇敢。后来她回忆非洲的岁月时形容它：一个人，从嘈杂喧闹的世界走进一座安静的村落，然后，就成了一个安静的存在。

就在她对未来充满了憧憬时，她的情人离去，一场熊熊大火和铺天盖地的蝗虫又毁了她期盼四年的咖啡园，打击接二连三，“月儿落下，昂星隐去，午夜远离。时光慢慢流逝着，流逝着，我，一个人孤独地躺着”。

无助的那天晚上，房门推开，她的情人丹尼斯出现在她孤寂的眼前。

丹尼斯是英国贵族，毕业于牛津大学，仪表堂堂、风度翩翩，他与凯伦性情相投，志趣相仿。当过飞行员的丹尼斯是一匹孤独自由的野马。他们曾是好朋友，在她离婚后，丹尼斯接受了她的一切。丹尼斯是世界上最懂她的人，送给她的礼物是一支笔和指南针。他要她好好写作，要她在森林游猎时不迷失方向。

丹尼斯是一个“打猎时还带着留声机，三支来复枪，一个月的干粮和莫扎特的人”，和丹尼斯在一起是她一生中最美好的时光。英俊潇洒的丹尼斯有着浪漫的情怀，给她带来了留声机，“每当日落时分，骑着马走在回家的路上，夜晚凉爽的空气中流淌着音乐的旋律，向我宣告他的存在，就好像他在朝我笑似的，他平时就总是爱看着我笑”。

他们在莫扎特的音乐中相拥起舞，他带她在原野的月光下斟酒对饮，他们端着猎枪共同射猎雄狮，他们开着飞机从纳库鲁到纳瓦沙，飞越高山和蓝天……笑容又驻留在她漂亮的脸上，她通身上下焕发着女性的魅力。

丹尼斯最喜欢的事是坐在壁炉前的地毯上或者在阳光下的长廊里，头枕在她的腿上，听她讲故事。他开头，她精彩接续，他的眼神很清澈，她的回应很温柔。而她最喜欢的事是在马拉河旁，丹尼斯为她洗理凌乱打结的长发，川流不息的河水就像丹尼斯的爱，润泽她的心。

她想留住这份情感到永恒，不羁的丹尼斯却不肯，他是一个唯我独尊、我行我素的冒险家，不需要她为他整理衣扣。她愤怒了，不再挽留，他头也不回地开着车驶向远方。

那场大火改变了她的人生，就在她变卖了全部家当，一无所有的那个夜晚，孤独的她坐在木箱子上，吸着烟、喝着葡萄酒，听着莫扎特音乐的时候，门，悄悄地推开，她的丹尼斯回来了。丹尼斯拥着她，在烛光下起舞，轻轻地对她说：今天是星期五，等我，处理完事情，下周四中午我回来，我们再不分开。

坚强的她泣不成声，默默抱紧她的爱人。

翘首以盼时传来噩耗，飞机失事，她的丹尼斯永远回不来了。

不眠的夜晚，她望着远方的恩贡山，思念她的爱人。她蓦然想起了他们曾经的对话，她曾和丹尼斯说，我这一生也许要在非洲度过，将来去世了，就埋在恩贡山第一条山脊上（恩贡山一共四条山脊）。那天，他们就坐在家里看着暮色中的山峦。

“自那以后，有时开车，丹尼斯就说，去看看我们的墓地吧。站在墓地四周看，视野很好，落日的余晖中，甚至能看到肯尼亚山和乞力马扎罗山。丹尼斯躺在草地上吃着橘子，他说真的很愿意待在这里。虽然我们都知道万物都要死去，但我们总觉得，在我们死去的第二天，我们就会回到我的房子里，然后一直在那里住下去。”

凯伦想起这一切，她和朋友们，还有基库尤人，把丹尼斯的棺木抬了上来，山涧的小鸟、河里的清泉和山里他走过的路，见证了他的到来，也接纳了他的长眠。

离开非洲前的凯伦，经常一个人到他的墓前，吸着烟，默默地陪着他。非洲接纳了他们，改变了他们，把他们变成了它的一部分，只是她还活着。凯伦走的那天，当地有两万多人为她送行。此时的凯伦在非洲度过了17个年头，由一个娇柔、虚荣的富家女，成长为洗尽铅华之后的素朴、果敢、坚毅的女人，恢弘、原始的非洲改变了她的人生。

后来，基库尤人传话给她，丹尼斯的墓地前，经常看到一对狮子在那里嬉戏、驻留。她想，喜欢大自然的丹尼斯不寂寞了。

1963年丹麦政府买下这栋房子，随后赠与刚刚独立的肯尼亚政府，1985年正式建为凯伦故居，故居按原样摆设，那些买走凯伦家具的人，纷纷拿回来物件，无偿捐献出来。

……

我在凯伦故居前

那个阳光明媚的午后，我漫步在凯伦的故居中，游走在她百年前的居室里，抚摸着她曾用过的留声机，钟表里的那只布谷鸟仿佛随时要跳出来歌唱，那头她亲自射杀的狮子的皮一定还有她的温度，我在园子里那台20年代的拖拉机前留影，也坐在她和丹尼斯经常谈天的长廊里遥望远处的恩贡山，还有丹尼斯。

我在故居的商店里买了凯伦的图像留作纪念，在留言簿里写下自己的心情，我觉得很幸运，穿越百年，走近凯伦。

我不知道从 1931 年离开非洲到 1962 年去世她的情感世界如何，但我觉得，这一生有丹尼斯的爱足够她回味和支撑她走下去，人生就像是一次没有归途的远航，看不见未来，看得见过去，而弥足珍贵的回忆是抚平一个人心灵最强大的风帆。

凯伦在非洲“永失我爱”，她为我们留下的绝不只是《走出非洲》。

天国之渡

动物大迁徙是地球上最壮美的故事，是一部关于动物世界的史诗，是世界自然奇观之一，是本能与野性结合的“天国之渡”。

近乎原始、原生态的自然环境，蜿蜒起伏、一望无垠的东非大草原，这里生存着威猛的狮子、迅捷的猎豹、憨厚的大象、硕大的犀牛、“四不像”的角马……据说每年有超过 20 万人来看动物大迁徙，“天国之渡”却是可遇不可求。

动物大迁徙由来是这样的：每年的 12 月到第二年的 5 月之间，非洲的食草动物们生活在有着丰美水草的坦桑尼亚塞伦盖蒂国家公园，到了 6 月末，旱季来临，它们开始向润泽的马赛马拉大草原迁徙，迁徙路程大约 3000 公里，只为追赶青草和水源。而到了 8—10 月份，马赛马拉大草原野草枯萎，雨水浇灌了塞伦盖蒂大草原，万物生长，并且那里的面积是马赛马拉的 3—4 倍，诱人的环境又驱使动物们拖家带口地回返。

塞伦盖蒂–马拉区域是规模宏大的综合生态系统，几千年的沧桑演变形成了丰茂的草原，养育着动物群落，在这里，一公顷的草原每年提供高达 9 吨的草，可为 400 只大型有蹄动物提供食源。吃草的动物依赖草原生存，食肉的动物以吃草的动物为生存条件，生生不息。

千百年来，生物链就这么形成。迁徙的主角有三种：角马、斑马和瞪羚。每次大约 150 万只角马、30 万匹斑马、50 多万只瞪羚组成百万大军仪仗队。这是一支和谐、默契的队伍，是一个分工明确、不可分开的集体。每天日出或者黄昏，它们结队而出，在草原上共同觅食。斑马喜欢吃长草，就是草的顶端；角马走在斑马后面，吃斑马啃过的草的底部；瞪羚是军团的压阵官，吃草地上刚刚长出来的青草。它们共同的特点是不吃回头草（好马不吃回头草？），吃过的地方也是基本光秃秃了。

我们是 2018 年 9 月 29 日晚上入住马赛马拉国家野生动物园营地的。

第二天早上 5 点，天还黑着，我们就穿好衣服来到大厅，急匆匆喝了杯咖啡，要在太阳出来之前坐上热气球。

随着热气球的升腾，朝阳一点点从东方露出霞光，脚下万物复苏，活蹦乱跳的小羚羊、漂亮而优雅的斑马、四处欢歌的小鸟从各个角落映入眼帘，我的耳畔响起了一首特别熟悉的乐曲《苗岭的早晨》，晨曲带动我内心快乐，我在晨风中俯瞰着苍凉而温柔的土地，摇摆着双手，向大自然中的一切生灵问候。

在野生动物园一隅吃完早餐，司机 Ben 来了，载上我们，开始游猎（safari）。像猎犬一样的 Ben 带着拿着长枪短炮的我们在马赛马拉公园里东奔西跑。观完猎豹去见狮子，堵着犀牛又会野象，掠过羚羊抢拍角马，看鸵鸟跳舞，听秃鹫鸣叫，顺便和长颈鹿、鬣狗、胡狼……打个招呼。

很快，我们手里就攥足了动物世界的五大卡（霸）——野象、狮子、猎豹、犀牛、野牛。

我的心里却一直揣着个小鼓，它不断地敲打着我，仿佛在提醒我，你只有两天时间在这里，看动物大迁徙的机会可遇不可求，但求如我愿！有人说昨天午后有一次大迁徙，这让我们时而摩拳擦掌，时而翘首企盼。询问 Ben，他面无表情，后来，每看他一次我的心就下沉一点儿，绝望在侵蚀着我的情绪，后来干脆不问他了。导游也许感到了我们的沮丧，提示我们不要抱太大的期望，她在内罗毕居住 16 年，来过 12 次马赛马拉大草原，一次也没遇上。听她这么一说，我们心中的期待值直落。

快到中午的时候来到马拉河边，温暖的太阳照在躺在水里懒洋洋的鳄鱼身上，河岸上，一排排河马整齐地趴着，把后背露向天空。

有人说，越是凶猛的动物越看起来懒惰。这句话不久就得到了验证。马拉河水静静地流淌着，一切归于安然，周边的草原空旷无垠，一点儿“暴风骤雨”来临的迹象都没有。看着手里五大卡的相片，失落感却是那么强烈。

Ben 不动声色地把我们拉到一个安全的地方，在一棵大树下停了车，打开后备厢，拿出早上准备好的饭盒，开始分发午餐。我接过饭盒，刚要打开，忽听 Ben 身上的对讲机哇哇响了起来，Ben 和里面说了几句话，跑到车里，大手一挥，不要吃了，动物大迁徙开始了！天哪，我差点儿把手里的饭盒扔到天上去。快，Ben，快马加鞭，我们一边欢呼，一边催着 Ben。

蓝天下，只见远处一片尘土飞扬，马蹄声声，一种隐隐然的骚动，充斥周际，仿佛急流浩荡，大地震颤。Ben 找了个绝佳的观测位置停了下来，我们按捺着乱跳的心，一眼不眨地看着眼前壮丽的画面。

千军万马卷起冲天的黄沙，奔跑的斑马、角马、瞪羚铺天盖地碾过茫茫大草原，从远方疾驰而来，越过丘陵，义无反顾跳入马拉河中，井然有序地飞快向前渡着，溅起的浪花模糊了水面，而在对岸，数不清的斑马、角马似乎听从统一的口令，列着队伍，像一条长长的线，越拉越长，越跑越远。

被鳄鱼紧咬的角马

震撼、惊心动魄、蔚为壮观。忽然，旁边的同学哎呀一声，指向河中说，有只角马被鳄鱼咬住了。果然，远远地看见河水中，一只角马浮在水面上，身体后部被鳄鱼紧紧地咬着，它几度挣扎，一会儿沉入到水中，一会儿又游了出来，它在奋力挣脱，试图摆脱鳄鱼的纠缠。我的心随着角马紧张地起伏，暗自为它加油，岸边，有只角马一动不动地站在那儿看着它们，也许它是那只角马的伴侣。

终于，鳄鱼赢了，角马一点点在视野中消失，岸上的角马转身慢慢离去，我虽然离它很远，但分明能感到它的伤心。

一只又一只角马被咬住，拼命地挣扎也是徒劳，大自然法则啊，弱肉强食，适者生存。据统计，每次动物大迁徙，死去的老弱病残和被捕捉的，大约 30 万只。

慢慢地，马蹄声碎，一切又归于寂静，血红的马拉河水像残阳一样一点点淡去。我们放下了手里的照相机，揉了揉几乎僵直的脖子，坐了下来。

对于角马来说，越过位于肯尼亚的马拉河是无奈的选择，穿过马拉河，前面有肥美的水草，吃到嘴才能活下去，可在 30 米宽的河水里，潜伏着正虎视眈眈的鳄鱼，饥饿的鳄鱼们等着到嘴的美食，吃了它至少顶上 8 个月。不走，后面有狮子、猎豹、鬣狗盯着它们……

为了生存，只能拼了。在无数个敌人的“堵、围、截、追”中，孤注一掷，还有可能在穿行或者上岸时滑倒失足，万一倒下，前赴后继的伙伴们刹不住步伐，就会被践踏在足下，一命呜呼（这也是有名的“角马现象”或者“角马定律”)。迁徙的那个时刻，就是冒着随时走向天国的危险。

悲壮的“天国之渡”由此产生，此情此景，只能在肯尼亚的马赛马拉大草原看到，因为马拉河在这里。

又回到大树下，开始吃午饭，不知为什么，看到大迁徙，大家应该兴奋，但似乎每个人心中都有所触动，默不作声吃完了饭。

Ben 开着车子继续带我们游荡，此时下午两点多，看了两个猎豹兄弟，拜访了长颈鹿家族，准备驱车去马赛村。没想到，Ben 的对讲机又响了起来，大家迷惑地看着他，见他面容激动。Ben 放下对讲机告诉我们，马拉河边聚集了大批角马，马上又要迁徙。My God，这是要给我们加餐啊！导游说，这也太不可思议了。若是一天看两次大迁徙，我这辈子可有的吹了。

果然啊，对岸，很奇怪，是对岸，聚集了无数的角马，这一次我们没有了先前的激情，只是站在车子上，远望着它们。

就见几个打前阵的角马试探着一点点顺着下坡走到马拉河边，然后又折返，换个位置，再下，又折返。后面的大部队还在源源不断地前行，到了眼前就站住了，头一致向着马拉河我们的方向。

几只打头的角马走到一起，头对头挨着，好像在开会。不一会儿，它们散开，分头行动，有的接着往下试探，有三只角马转身贴着队伍往回跑，好像在传达指令。

等待的过程是要有耐心的，这让我有时间好好观察一下角马：角马其实不是马，它叫牛羚，是一种生活在非洲草原上的大型羚羊，长得牛头、马面、羊须。据说角马的生命力极其顽强，出生后五分钟就能走路，两周后就能和妈妈跑得一样快。小角马一出生就注定了流浪的命运。

等了好久，终于角马和我们都失去了耐心，角马再三试探后，还是决定折返。大部队转身离开，我们也顺着马拉河慢慢行驶着。我的心里一直疑问着，10月份动物大迁徙，从马赛马拉到塞伦盖蒂是正常的过程，它们因何又回来？问 Ben ,Ben 摇头，手机上查“百度”，搜索不到，这个结一直打到今天，给我留下一团迷雾。

正想着角马的事，前面，我方这一侧又出现一大波角马，向马拉河走去，试图渡河去塞伦盖蒂方向。

真该翻翻日历看看今天是什么日子，搅动着角马对向迁徙不止，可惜，等候多时，这边的角马也放弃了渡河，是不是它们看到了河水中的鳄鱼凶猛的目光？

若是它们今日都渡河，我们就相当于一天之内看到三次“天国之渡”，我的心脏啊。

“天国之渡”的观看让我们无遗憾地告别了马赛马拉大草原。

回国的前一天，我们又回到了内罗毕的朋友家，Joey 早已包好了韭菜肉馅的饺子，等着为我们送行。多日的西餐，委屈了我们的中国胃，看到饺子，立刻放下斯文的面孔，抢着吃起来。Joey 急忙告诉我们别吃得太饱，还有美食呢。只见他在院子里支上烤炉，拿出一盘盘准备好的牛羊肉串、地瓜、鲜虾、鱿鱼。

吃烧烤，喝啤酒，我们一扫往日的疲劳，一边喝一边回忆小时候唱过的歌：《歌声飞遍亚非拉》《友谊花开万里香》《亚非拉叔叔阿姨请你到我家》……不要小瞧我们这个同学及亲友团，里面有好几位专业和业余的歌唱高手。Joey 显然听不懂我们的歌词，但能感到我们的友好，我们一直冲着他唱，Joey 笑眯眯地忙活着。我们说，Joey，有机会去中国看看吧，我们从小就知道亚非拉是一家，你来中国，我们轮流请你去家里吃饭，教你更多的东北菜。Joey 连连点头。若是有可能，他肯定愿意来。

飞机场候机时，我买了一个雕塑，是一个非洲母亲带着两个孩子，她让我想到人类的祖先“露西”。“露西”陪着我返回家乡，也时时提醒我，曾经去过非洲大草原，去过马赛部落，去过万年地下溶洞，去过东非大裂谷……曾经和野生动物共享一处草原，曾经见证过惊心动魄的“天国之渡”。

带着“露西”登上飞机，我暗自祈祷天气晴朗，让我在途中看一眼乞力马扎罗雪山。可是，好像非洲对我恋恋不舍，希望我再回去，乞力马扎罗雪山一直披着厚厚的面纱，不肯与我会面。

俄罗斯

情牵贝加尔湖

贝加尔湖是我脑海深处挥之不去的烙印。

小时候就知道有个遥远的“贝加尔湖”，那是制造冷空气的地方，收音机里的天气预报经常说，受贝加尔湖影响，最近将要有一股冷空气进入我市。听着就觉得寒战，也充满了好奇。

如今，这是我第三次去贝加尔湖了，自己都觉得奇怪，为什么对贝加尔湖情有独钟？一听说要去就激动，就迫不及待了。

这三次贝加尔湖之行，好像画了一个圆满的句号，从它西侧的火山悬崖到东侧的平原湖泊，我与它结了今世的缘。

初识贝加尔湖，是在满洲里到赤塔的火车上。火车在贝加尔湖边走了整整四个小时，纯净的湖水、洁白的雪山、绿意的草原、茂密的森林、休闲的牛羊，在镜头里交替闪回。西伯利亚广袤的土地让我想到了苏武牧羊的传说，越走近心中越抑制不住地兴奋和好奇。

考古专家考察，贝加尔湖是 2000 万—2500 万年前印度板块和欧亚板块相互碰撞后的强烈地震而形成的盆湖。在我的眼里，它就像一条漂亮的丝巾，铺展开来，随意变幻，随意张扬。

三次旅行，给了我从不同视角、不同背景欣赏它的机会，捕捉它五彩斑斓的幻影。

站在西伯利亚西侧的山崖上俯视贝加尔湖，它是那么深邃，壮观。与东非大裂谷截然不同，东非大裂谷的谷底是荒原湖泊，贝加尔湖裂谷下则是波澜辽阔、蜿蜒流淌的湖水。我曾写过《东非大裂谷下的“两滴眼泪”》，写东非大裂谷下的两个湖——博戈里亚湖和纳瓦沙湖，而贝加尔湖就是西伯利亚的明珠，异常璀璨耀眼。

美丽的贝加尔湖　摄影　王虹艳

阳光照耀下的贝加尔湖，幽深莫测，湖水呈现出高贵与庄重，两侧悬崖峭壁林立，云雾在其间回旋，天光在其间游移，山涧中的湖水不急湍，不奔腾，犹如处子般安静，安静得如时空的寂默。眼下，贝加尔湖又仿佛是一条银河，遥远神秘，美得让人窒息，让人看了一眼就无法忘记，看了一眼就走不出来了。

金色的贝加尔湖是夕阳洒落在格里米亚钦斯克小镇的景色。光芒万丈的夕阳把湖水、大地、小镇笼罩上一层神圣的光芒，湖水火一样地红，站在湖边的人觉得那么渺小，渺小得如同宇宙中的一粒小小的尘埃。贝加尔湖上的落日，是大自然奉献给我们的一道视觉的盛宴。

洁净纯白的贝加尔湖，那是你只有在它怀里才会感觉到。俄国作家契诃夫形容它：湖水清澈透明，透过水面就像透过空气。我坐在游轮上，在贝加尔湖上行驶，不断涌上来的细碎浪花偶尔会打湿衣裳，我把它当作贝加尔湖对我的欢迎，飞翔的海鸥不断在头上盘旋，追随着我们同行。船行驶到湖心时，水手打上来一桶清澈的湖水，他说，贝加尔湖水质是非常好的，透明度可以达到40多米，它具有自动净化的功能，能够分解水草和动物尸体，所以一直保持着非常清澈的水资源。专家鉴定，贝加尔湖的水可以直接饮用。

绿色的贝加尔湖是安加拉河特有的风景（安加拉河是贝加尔湖支流之一）。清晨推开小木屋的窗口，眼前的森林里可以看到树间跳跃的松鼠，还有鸟儿，它们的歌声清脆悦耳，空气像是被过滤了一般洁净。你走到湖畔，会诧异地发现，早上的安加拉河竟然是绿色的！那个绿啊，是带着碧绿、翠绿、青绿、葱绿、深绿、墨绿、黛绿……我不知道还有什么形容绿的词了，总之，这个时候安加拉河容纳了所有的绿，原来，是对面山上松林的影子被霞光映照在河里，这时的河水像流动的草原，一路侵入到远方的云雾里。

而冬天里的贝加尔湖是最打动人的，著名的“蓝冰”引无数人竞折腰，“蓝冰”蓝得犹如魔法下的妖姬，蓝得那样神秘。当然，蓝，是有原因的，据说盐越少，冰越纯洁，阳光中波长较长、衍射能力强的红橙光都能穿透冰层，而波长较短的蓝光被致密坚厚（贝加尔湖特有的特质冰）折射，冰块便呈现出水晶般的蓝色。这蓝色的贝加尔湖呵，就如南极一样让人向往。未看到蓝冰是我的遗憾，但对于从小在素有“冰城”之称长大的我，似也不难想象它的这种别样的美。

有寒冷就有沸腾，雾气缭绕、灰蒙蒙的贝加尔湖是火山留下的珍贵资源。在你享受贝加尔湖美丽的同时，别忘了去泡一下大约70度的温泉（似乎叫“热泉”比较贴切），它会让你的心灵和身体彻底放松在贝加尔湖。

安加拉湖畔小木屋

情，发乎贝加尔湖，却不止于贝加尔湖。有一种浪漫叫相逢在贝加尔湖，它让你此生魂牵梦萦。

也许，每个人心里都有一个属于自己的世外桃源，一个装满了梦想和爱的地方。

我经常幻想着，茂密

的深林里，有一座小木屋，屋前有一个长廊，穿过树林，要有一个池塘，任人垂钓和在水里嬉戏。木屋里飘荡着青草的芳香，我坐在被绿草和白桦林包围的躺椅上，尽情享受着令人销魂的时光。这，就是我心中的伊甸园。

就在一个黄昏，我竟然真的走进了心中的梦幻世界，走进了一幢木刻楞别墅，更让我惊异的是，那条碧柔的水竟然是安加拉河。

我要抓紧一切机会和她亲近。

清晨，我从住处向着她起跑，穿过茂密的白桦林中，踏着松软的落叶，和林中的小鸟啁啾招呼，在朝阳中奔向贝加尔湖，向着湖水大声喊道：嘿，我来了。

黄昏，我在安加拉河畔的湖边独坐，享受夕阳带给我一个人的黄昏。安静的心就如平缓的湖水，眼前是柔美而梦幻的画面，包揽了各种绿的湖面波光粼粼，却又清澈透明。游动的鱼儿，飘逸的水草，像在洁白的宫殿里，据说湖底 1637 米深，这一尘不染的水啊。

静谧的夜，我和伙伴们在安加拉河畔一条闲置的旧船里，喝着啤酒，吃着国内带去的烧鸡，高兴地大声朗诵着普希金的诗，放声唱着《三套车》《喀秋莎》，忘乎所以的时候，我竟然对着月光跳起了舞蹈。

古老传说中的贝加尔湖充满了神秘，萨满教把它视为崇高的圣地，他们认为这里是世界上五个能量极点之一；布里亚特人敬畏它，他们认为湖水中有着神秘的湖水怪，而且确实在贝加尔湖的悬崖上发现过画有类似水怪的古老岩画；西方神圣上帝也眷顾它，传说上帝有 13 个儿子来到凡间，其中最强壮的儿子老大选择在贝加尔湖最大的奥利洪岛居住……我真想知道龙王爷是否也选择这个仙境建个宫殿？

在贝加尔湖东侧的金沙湾里，湖边山坡上的树枝挂满了彩色经幡，沿着沙滩，到处是象征祝福、祈祷和许愿的玛尼堆，这里的蒙古人、布里亚特人信奉藏传佛教、萨满教。一个长着蒙古面孔的少女拿着带有狼图腾的面具在招揽游客照相。

金沙湾的沙子细腻干净，阳光下闪着柔和的光，我赤足走在沙滩上，发现湖边有好多鹅卵石，贝加尔湖水轻柔地冲击着它们，湖边有人在捡鹅卵石，我心一动，何不带回一枚？放眼寻去，我不想刻意寻找什么形状的鹅卵石，我想找一枚合眼缘，让我看了欢喜的。果然，在我游移的目光中，它蓦然进入我的视野，它有一拳大小，像极了人的心脏，灰白的底色上中间一抹血色，好似飘带，就是它了，这一枚有“心”的石头。我轻轻地捧起它，把它浸在贝加尔湖片刻，让它们做个告别，然后，装进我的背包。

我不知道这块石头有多大年龄，千百年也可能，亿万年也可能，这都不重要，重要的是，它是贝加尔湖的子嗣，它曾经和我一脉相承，我带它回家啦。

如今，它就在我的写字桌上与我相伴，闲暇时把它捧在手里，抚摸着，都说石头是有灵性的，我把我的心事放在它的“心”里。

在金沙湾附近，有许多俄罗斯人开着车到这里小憩、玩耍、烧烤。俄罗斯人的幸福非常简单，有啤酒、面包和香肠就足矣。

我喜欢这个快乐的民族，但出于尊重，我在沙滩散步时尽量保持距离，不去打扰他们，更不会去拍照。

可当我路过一家正在准备烧烤的火堆时，男主人竟友好地和我们打招呼，同行的阿成先生懂俄语，也向他问候。男主人忽然一闪身进了帐篷，很快拿出一块俄罗斯巧克力送给我，这让我既开心又尴尬，我的背包里没有可以拿出来送他们的礼物，女主人看出我的不好意思，微笑地摆摆手。

我灵机一动，拿出手机，用翻译软件和她交谈起来，我告诉他们我来自中国的哈尔滨，那里也冷，和你们差不多，我们那里的建筑很多和你们一样，我们也吃香肠面包，喝格瓦斯。看出来女主人有点儿小激动，告诉我她叫丹妮娅，她先生叫果里，是做大葱生意的，他们的女儿叫莎莎，只有三岁，他们去过中国的满洲里和海南。

光着小脚丫的莎莎

可爱的小莎莎，手里拿着一根大大的木棍，煞有介事地拨弄着炭火堆，她的小脚板竟然光着，这里可不是湖边，地上沙子粗糙，还有些小石子和木块。我告诉丹妮娅这样不行，别把脚扎坏了，丹妮娅哈哈大笑地说，没事的。

分手时果里换了一身衣服，郑重地和我们合影。我告诉丹妮娅，我有文章在你们俄罗斯杂志发表过，写的就是贝加尔湖，丹妮娅赶快说，要发给我，我要拜读，她飞快写下自己的邮箱。

喜欢他们阳光般的笑脸，喜欢丹妮娅大方的举止，喜欢果里男人的认真，喜欢莎莎勇敢的风度，他们让我想起小时候，和我住在一个街道的俄罗斯大妈，每一次对面，也是这般的友好。

一想到丹妮娅一家，我的脸上就不由自主出现笑意，小莎莎活泼可爱的样子就在眼前。旅途中不仅有美丽的风景，还会经常碰到一见如故的人，我坚信前世是有缘的，否则，那么遥远的地方，“没有早一步，也没有晚一步，刚巧遇上了……”

我邀请他们到哈尔滨来看看，我期待他们和我一样，到了我们这里觉得亲切，没有距离感，像走亲戚似的。也许我们都一样，会因为一些人、一些细节而爱上一个地方，然后总是念念着去拜访，去探索。贝加尔湖对我来说就像一杯咖啡，初识时闻其香，怦然心动，再品尝，由淡至浓，由浓至淡，最终品出那美妙的醇香感受。

贝加尔湖就像一首诗，一首安逸恬静的诗，一首激情四溢的诗。

此生注定情牵贝加尔湖。

格里米亚钦斯克小镇的美好时光

位于俄罗斯乌兰乌德的格里米亚钦斯克小镇是《孤独星球》杂志推荐的俄罗斯最佳、最值得去的地方之一。

小镇在贝加尔湖月牙湾的中部，一侧临湖。我们是在秋天的一个午后到达小镇的。

格里米亚钦斯克小镇人家

这是独具俄罗斯风格小木屋组成的原始村落，人很少，小镇的街道还是土路，两侧的小木屋由白色或者原色的木板条栅栏围着，窗户、门框、屋檐的边缘都加上了漂亮的雕花，窗前种着果树，院子里种着花草，荡着秋千。

我们住在小镇上一个中国人开的民宿里，偌大的院落，三层楼的木屋。

晚餐有烤鱼和中西餐，餐

厅里摆放着各种贝加尔湖里的冷水鱼，每个都有巴掌大，可以随时加工。老板是东北人，特别善侃，他说，在俄罗斯除了繁殖期不能狩猎外其余时间是不受限制的，什么狐狸、貂、黑熊、狼、野猪……随便打，想吃熊掌和犴达罕鼻子吗？给我钱，我现在就给你弄去。原来俄罗斯人认为，必要的狩猎也是一种平衡自然生态与生物种群的有效手段。喜欢打猎的朋友们去俄罗斯吧，带足钱，西伯利亚的动物世界等着你呢。

简单吃口饭，惦记着洗温泉，几天来除了坐火车就是路上奔波，加上我这一路忽冷忽热，身体好疲惫，太盼望洗个温泉浴解解乏了。国内领队再三叮嘱大家带好泳衣、毛巾和拖鞋。

一行人有说有笑地穿过小镇的马路，前面的俄罗斯导游打开了一扇带锁的大门，哦，原来温泉是不对外的。

进入门来，似乎进了皇家花园。首先映入眼帘的是列宁的塑像，还有一位布里亚特少女，手里捧着哈达的塑像，仿佛在告诉人们，这里是布里亚特人的领地。色楞格河在身边蜿蜒流淌，一座精巧的小桥架在河上方，这是流往贝加尔湖的336条河流之一，禁不住驻足在桥上欣赏美丽的湖。

流往贝加尔湖的色楞格河

色楞格河清澈见底，明镜透彻，淙淙的流水声像轻轻敲打的音乐，两岸湿地呈原生态状，午后的阳光把湖面照得波光绮丽，偶尔见鱼儿跃出水面，打个旋儿，或者仰天一探，然后洒脱地滑入河中，摇头摆尾地游动，这时河水就泛起了阵阵涟漪，圈圈点点的，微风吹过，慢慢散去。鱼儿远去了，河水中刚才好像醉得晃晃悠悠的簇簇树峰渐渐静止了，河水似乎染上了绿色的涂料，一抹一抹地着色，像极了水彩画。

走下桥，眼前弯曲的小路散落着一栋栋漂亮的木屋，我好奇地走了进去，里面有客房，有理疗、按摩室等，据说这里最早是疗养院，达官贵族们休养的地方，现在是接待游客的场所了。

去温泉，还要穿过一大片原始树林，茂密的白桦林和古老的樟树，把阳光斑斑驳驳地洒落在地上，路人很少，间或有三三两两的俄罗斯人静静地从身边走过。

我因为探看小木屋掉队了，倒是落个清净，一个人散漫地在森林里走着，脑海里却还在想着那些曾经作为疗养院的房子，熟悉的建筑风格让我的思绪一下子飞回家乡。哈尔滨太阳岛上我熟悉的工人疗养院，那是1952年苏联专家设计的群体建筑，院内几栋二三层的大楼冬暖夏凉，疗养院有理疗室、针灸室、按摩室、激光治疗室，80年代还有硫黄浴，蜡疗池等等。院落亭廊错落，小径幽静，种着核桃、沙果、樱桃、玫瑰、丁香、芍药、松柏等各种植被，办公楼、电影院、舞厅、食堂、花窖、车库等一应俱全。疗养院对面有一大片俄罗斯小木屋，和小镇上的房子如出一辙，是20世纪俄国人为修建中东铁路的俄罗斯员工建造的，解放后先是工人劳模休养的地方，后被收回变成民宅，现在以“俄罗斯风情小镇”的面貌出现在岛上。

眼前的小镇有色楞格河，家乡的太阳岛旁有松花江，两个多么相似的地方。

前方有些模糊，雾气缭绕，不知不觉温泉到了。举目望去，哪里有池子啊，分明是一条热气腾腾的河流啊，河水表面有大小不一的石头，木板横横竖竖架在石头上，两侧道路泥泞，人们光着脚坐在木板上。

刚把脚放在河里，就被烫得迅速跳起来，天啊，这河水热得能煮熟鸡蛋，同行的伙伴有胆子大的，在河水里跳跃着，看起来像是跳舞，其实是烫得站不住脚，逗得众人禁不住大笑。

俄罗斯导游说这里是天然的火山泉，含有多种矿物质，对风湿、失眠、妇科病、皮肤病和疲乏劳累有奇效。当然，列位要慢慢来，这泉水有六七十度，别烫伤了。

好吧，那就一点点适应吧，我尝试着把双足放到泉水里，只觉得有一股热气顺着丹田热遍全身肌肤，汗毛孔瞬间扩张，一会儿工夫就觉得任督二脉打开，周身通泰啊。

太神奇了，喷发的火山似乎是灾害，却又留下宝贵的泉水。

洗完温泉，迈着轻松的脚步回返，又来到小镇的广场，这里是小镇的中心，妇女和儿童居多（男人都哪儿去了？），电影院、超市和百货商店形成了一个半环形区域，一些戴着头巾的俄罗斯妇女把小商品铺在地上售卖，小孩们在其中穿梭奔跑，不时路过的车带起尘土飞扬，一切从容而散漫。

太阳快要落海（应该是湖）了，我要赶去和它约会，俄罗斯天黑得晚，七八点钟才日落。

小镇的尽头就是美丽的贝加尔湖，就在我匆匆赶到的时候，夕阳马上就要接近湖面，哦，这夕阳一定是在等着我吧，怕我错过它的奢华绽放。

此刻，光芒万丈的太阳把贝加尔湖和格里米亚钦斯克小镇，不，应该说，把天空、湖水和大地笼罩上一层神圣的光芒，湖水火一样地红，波光暗动的水面像是丝绸般飘荡。岸边的沙子闪烁着金色的斑点，被涌上来的波浪轻轻地拥抱。而身后的小镇啊，那一座座美丽的房子，还有鲜花和小草，赤橙黄绿青蓝紫……交融在一起，像一幅世外的乡村水彩画。

贝加尔湖的落日

我沐浴在这无声而大美的境界里，享受着片刻的暮霭。光辉把我的周身洗礼，湖水把我的心灵冲荡，大地把我的思绪禅定，那一刻我觉得自己是如此的渺小，就像宇宙间的微尘，微不足道，来去无踪，又是如此幸运，得天地精华之润泽，好像身体里多了许多精气神。

蓦然间发现到处是飞虫，在我的头上、脸上、身体的周围，密密麻麻，若是往常早就恼了，此刻，我却宽容了，我想它们在这夕阳下也是欢喜的，欢喜地手舞足蹈，欢喜地在我耳边嗡嗡地唱着歌，也许还在大笑呢。

夕阳终于羞涩地坠入贝加尔湖的怀抱，缠绵或者入睡。

夜色已晚，小镇静悄悄的，偷偷溜出来，在小超市买了啤酒和香肠，坐在院子里，仰望皓月当空，星辰闪耀，听贝加尔湖的波涛声，享受夜色带来的惬意和久违的乡村味道。

幸会，格里米亚钦斯克小镇。

小小的乌兰乌德　大大的阿尔巴特

乌兰乌德是俄罗斯东西伯利亚的第三大城市，面积30多万平方公里，人口40多万，它是布里亚特共和国的首府，也是布里亚特人（蒙古族的一支）的故乡。

这片土地曾经是中国的一部分，17世纪，俄罗斯人翻越乌拉尔山，征服了西伯利亚。多数原住民在俄罗斯枪炮之下毫无抵抗之力，束手投降，唯有布里亚特人不屈服，与外来侵略者抗争。但是，康熙年间，清朝和俄罗斯签订了《尼布楚条约》，以额尔古纳河为界，将贝加尔湖及其东岸让给了俄罗斯；而后雍正年间，清朝与俄罗斯又签订了《恰克图条约》，将贝加尔湖以南又让给了俄罗斯。至此，布里亚特彻底成为俄罗斯的领土，布里亚特人也变成了俄罗斯公民。

乌兰乌德有名的大街——阿尔巴特大街起源于17世纪，闲逛的话一个小时就可以走完。当然，你要是深逛，也许要用一天或者更多的时间，这条街实在值得慢慢品味。

阿尔巴特大街上，除了金发碧眼、皮肤白皙的俄罗斯人，还有相当一部分方圆的脸盘，细细的眉毛，高高颧骨的面孔，黑色头发，身材粗壮的典型蒙古（布里亚特）人，猛一看还以为这是在中国的街道上。

街的正中间有个雕塑，两条蛇缠绕着圆柱形的柱子，象征着财运，也许也象征着勇猛。下面是个牛角，牛角里面是各种食品和珠宝。

两侧木屋大多是文艺复兴式建筑，外墙还涂上砖红色或者鹅黄色的粉漆，还有许多典雅的木造房舍。

沿着大街的右侧走，首先映入眼帘的是一座典型的俄罗斯风格房屋，上面写着英俄文的“博物馆”字样。探头向里面看去，似乎摆着俄罗斯生活的老物件。博物馆门前有个俄罗斯人的头像，此时唯恨自己不懂俄文，茫然无望地看着上面的说明。后来得知这里曾经是尼古拉二世居住的地方，这让我非常后悔，没进去看看。

在一个墙角处，俄罗斯大文豪契诃夫的雕像“坐”在那里。作为喜欢文学的医生，我心中对同样曾经是医生的契诃夫觉得亲近几分，我蹲在雕像前仰视着他。

身穿绅士服装的契诃夫目光庄重地注视着前方，他的右手拄着一把伞，左手随意地搭在椅子上，礼帽放在皮箱上。他在想什么？左侧的墙面上有一幅画，上面镌刻着契诃夫的手迹：这是一个漂亮的小镇。

契诃夫和小镇有着渊源。1890 年 4—9 月，契诃夫从莫斯科出发，只身一人去西伯利亚的政治犯流放地库页岛考察。途中经过这里，住了两夜，据说他就住在旁边的邮局那个地方，他参观了教堂，并往家里寄了一封信，称：上乌金斯克（即今天的乌兰乌德）是个漂亮的城镇。

库页岛上地狱般的惨状给契诃夫留下深刻印象，回来后他创作了著名的中篇小说《第六病室》和报告文学《库页岛旅行记》，揭露沙皇专制制度下的暴行。

契诃夫曾经的到来，成了小镇的骄傲，就在我对契诃夫仰望与沉思时，耳边传来熟悉的俄罗斯歌曲《喀秋莎》的旋律，扭头一看，有一组穿着老兵服装的演奏员们，他们一定是看到了中国人，演奏了这支曲子。我微笑地走向前，在乐队前的琴盒里放上 10 卢布，站在他们中间享受着他们带来的快乐。

老兵们一首接一首演奏着我熟悉的俄罗斯歌曲，《莫斯科郊外的晚上》

《山楂树》……在旋律里我听出善意和友好。

告别乐队，继续前行。还是右侧路边，一座雕塑吸引了我的目光，问在旁边修路的工人这个人是谁，他们都不好意思地摇摇头表示不清楚，只有一个人含含糊糊地说这个人好像是第一个去西伯利亚的革命党人。

拍下图片，问在路边长椅上休息的一位年长的俄罗斯老人，他看后干脆地回答：不知道。问导游，摇头。回到宾馆问服务员大妈，她戴着老花镜端详半天，也是歉意地摇摇头。

这让我很不服气，下面不是有俄文吗，知道一个人怎么这么难？

阿尔巴特大街上谢洛夫·瓦西里·马特维也维奇的雕像

后来，回到中国，哈尔滨历史文化研究会的刘克纪老师看了我的文章，懂得俄语的刘老师为我查阅了资料，塑像是谢洛夫·瓦西里·马特维也维奇，俄国革命者，布尔什维克，1917 年当选为乌兰乌德工农兵代表委员会首任主席，1918 年 9 月在赤塔被谢苗诺夫匪军杀害。塑像立在他当年发表演讲的地方。

最著名的凯旋门到了。

1891 年 6 月 20—21 日，当时还是皇太子的尼古拉二世来到这座城市，为迎接他，当地的官员和商人设计了一个木拱门，拱门上面写着“敬亲王殿下皇太子尼古拉·亚历山德罗维奇”，另一面写着到访日期。

阿尔巴特大街上的凯旋门

凯旋门的正上方是俄罗斯标志“双头鹰”。

站在凯旋门前，仿佛看到当年锣鼓齐鸣、喧哗热闹的场面，看到尼古拉二世威风凛凛、不可一世的身姿，看到举城欢呼的人们。

尼古拉二世是唯一到过西伯利

亚的沙皇，也许他和契诃夫一样，从这里走向那片寒冷的土地，他的结局很惨，全家被革命党人枪杀。

穿过凯旋门，列宁头像一下子就映入眼中。

到过俄罗斯好几个城市，每个城市都有列宁广场，都有列宁塑像，可以说，他的形象在俄罗斯大地无处不在，只是这个不同。

全铜的列宁头像

在乌兰乌德这个以钢铁和制造为中心的城市，注定了他们的举措不同凡响。这座列宁头像高 7.7 米，重 42 吨，材料是全铜金属。他是 1971 年俄罗斯雕塑家尤里和格奥尔基两人通力协作而成，这是世界上最大的列宁塑像。

塑像表情庄重，严肃，目光深邃坚定，紧皱的双眉显示出似乎在沉思或者在运筹。据说在头像目力所及，不管你从哪个角度都觉得列宁同志在看着你。

小时候看过苏联影片《列宁在 1918》，列宁的警务员瓦西里对他妻子说过一句话：亲爱的，面包会有的，牛奶也会有的。这句话影响我一生，每当我在生活中遇到挫折和不如意时，我就会想起这句话。

列宁塑像的后面是市府大楼，还有克格勃机关所在地，还有一个大学。

列宁塑像和凯旋门相望，一个是革命领袖，一个是末世沙皇的影子，在静默中陈述历史，是戏剧性抑或是充满嘲讽。

列宁广场斜对面是剧场广场，广场中心是音乐喷泉，嬉笑的孩子们围着喷泉或者溜着旱冰，或者骑着木马玩耍。人们在长椅上悠闲地晒着太阳，聊着天，或者发呆。

布里亚特国家歌剧芭蕾舞剧院就在这里，它是东西伯利亚和远东地区唯一的歌剧院，也是俄罗斯最好的歌剧院之一。大剧院并不壮观，但很优雅，远远看上去像一架手风琴，剧院的正面两侧突出来两个圆柱，好像刚刚拉开的幕帷，露出下面的门和窗，楼的侧面呈弧形。

我走进大剧院，因为没有演出，这里很静。轻轻推开门，这是一条走廊，大约两米宽，面对几扇锁着的门，门之间的墙上贴着各种演出广告，走廊的右侧有个售票窗口，里面坐着一位女工作人员。我们对视了一下，她似乎并不反对我进去，好吧，我就蹑手蹑脚地走了进去。

隔着玻璃门看里面，装饰很奢华，色彩斑斓的地砖、晶莹碧绿色的圆柱、气派的欧式水晶灯…… 给人的感觉高贵而神圣。

布里亚特芭蕾舞剧团在俄罗斯是很出名的，这里走出许多才华横溢的艺术家，就在我回到哈尔滨不久，竟然在哈尔滨大剧院的一个招收小演员的广告上，看到一位来自布里亚特的芭蕾舞教师，顿感亲切。

剧院侧面又是一座雕塑，美丽的芭蕾舞演员在风中展开优美的舞姿。

据说街的尽头还有“二战”纪念碑，可惜，这里是我们团队的集合地，时间已经不容许再逗留。

小小的阿尔巴特大街，集政治、艺术、旅游、经济、音乐、宗教于一体，管中窥豹，实在让人不可小觑。

小小的乌兰乌德，容下了“大大”的阿尔巴特大街。

街头风琴手·蒙古导游·小天使

在俄罗斯，走在大街小巷上都有一种似曾相识的感觉，熟悉的俄式建筑，高大的教堂，低矮的窗棂，砖铺的马路，绿或黄色的木屋，遮挡窗户的板条，手工钩织的白窗帘和窗前摆着的塑料花，闹市里的“集”，还有在大街上咣当，咣当驶过的有轨电车，一切都太熟识，不经意间，就觉得回到了哈尔滨。

在这里，我遇到了三个年龄不同的俄罗斯人，他们用行动感动了我，让我感到他乡的温暖。

拉巴扬的俄罗斯人

第一位是老人。那个下午的安排是购物，我在商圈的街道里边逛边看，忽然，传来一阵风琴的声音，循着音乐，映入眼帘，一个俄罗斯老人正坐在长椅上拉奏着。老人着干净而朴素的衣服，脚下有一个纸盒，我掏出了 100 卢布放了进去，然后就蹲在他面前听着。一首不熟悉的曲子，能感觉到苍凉，再听一首，这次是欢快……

许是看到了我的喜欢，他把手里的琴给了我，示意我可以拉奏，拿到手里我才发现，这不是我熟悉的手风琴啊，右手的键盘在琴箱里，而不是伸展出来的。后来我才知道，它叫“巴扬”，是古老的手风琴。看到我拿着琴不知所措的样子，老人笑了，拿起我的右手一起按着“1,2,3……”

索性把琴还给他，我哼起了熟悉的《喀秋莎》，音乐响起来了，他弹着，我唱着，我们对视着，微笑着。

我们周围聚集的人越来越多，很多人不由自主地轻声合唱，笑意在每个人的脸上挂着。有人说：只要有微笑，文明就不会缺失。音乐是人类最美好的语言，它拉近了我们的距离，它给我们带来愉悦，我在歌声中和他们挥手告别。

俄罗斯导游娜娜

第二个人是我们的导游娜娜（Aryuna），每每看着她阳光灿烂的笑脸，你都会不由得受到感染，不由自主地微笑。

她是俄罗斯蒙古人，大大的脸盘，淳朴的装束。问起她的出身，不知道为什么她不愿意承认自己是蒙古人，再三声明她虽然有蒙古血统，但是在俄罗斯土生土长的。她每一次都郑重地说：“我是俄罗斯人。”不管这些了。

她在丹东师范大学学的汉语，发音稍有些生涩。起初，我并没有太注意她，只顾着陶醉在窗外的景色里，直到中间有一站，停的时间比较长，大约 1 个小时，她对众人说：“下车，前面有风景，我领你们去玩。”

下了火车，哇，眼前一大片油菜花，嫩黄的花迎风摇曳，配上蓝天白云，好美啊！同行的游客们把自己埋在油菜花地里尽情地摆出姿态照相，高兴得迈不动脚步了。我回头看她，见她自顾自地沿着林中的小径向前走着。

稍一犹豫，我决定跟着她前行。于是，她在前面头也不回地快走，我在后面小跑地跟着，众人的声音渐远。前面有扇草门，她熟络地打开，穿过去，还是密林，走。太阳热辣辣地照着，又是一扇门，推开，直到走到第三个门前的时候，我心里有些打鼓了。密林里没有人影只有鸟鸣和风，她要把我带到哪里？正踌躇间，见她回眸一笑，招手说："快来呀，姐姐，我们到了。"

走进去，天啊，我在心中不禁叫了一声，这里简直就是另一个世界。这是一个牧场，不，是一个庄园，大大的草坪上几间木屋，院子里有个躺椅和阳伞，一个老妇人正躺在那里晒着太阳。远处，牛羊在悠闲地吃着草，马儿打着响鼻儿遛着弯儿。牧场只是庄园的一部分，穿过牧场，别有一番洞天，小溪流水环绕，湿石静卧，山林叠翠。欢喜得我踏着石头跑到了河里，捧起水痛快地洗了一把脸。

又一个贝加尔湖的分支

娜娜告诉我说，这条溪流是贝加尔湖的分支，这个庄园主是她的一个老朋友，所以，她可以带着客人来这里玩。娜娜为我拍了好多相片，我在心里对她先前有一丝猜疑而不安，这是一个多么可爱的女孩，她大可不必领着我来到这里。可是，她甜甜的笑脸让我懂得，善良也是没有国界了。

第三个女孩最触动我的心灵，小小的她竟然让我潸然泪下。

那是在等待乘坐森林小火车游览的时候，我们来得早，有两个多小时的空闲，于是，我就拿着照相机开始在周边闲逛。

火车站位于山里，周边的民房不多，人也少。房子基本都是平房，低矮陈旧，外表的油漆斑驳，房子上的天线还是我们 80 年代那种铁丝做成的，砂石的土道。就在我感叹俄罗斯怎么还这么落后时，听到一个楼道里传来声音，探头一看，是三个十几岁的小男孩，并排坐在面对外面的楼梯台阶上。看到他们，我一下子想起小时候的情形，那时，伙伴们经常在放学后不回家，坐在门洞里有一搭无一搭地闲聊。眼前的情形让我感到亲切，招着手和他们打着招呼，刚要举起相机拍照，就见中间那个似乎大一点儿的男孩很不友好地摆手，大声说道：涅，涅（不）……我讪讪地放下相机，不解地看着他，不明白为什么这么充满敌意。

就在这时，忽然，一个小小的身影从黝黑的楼道里跑了出来，还没等我反应过来就飘到了我的眼前。这是一个大约四五岁的小女孩，她来到我面前，把手里一个胶皮做的玩具小马递给我。我试探地看着她，用眼神问她：是给我的吗？她懂了我的意思，使劲点点头。我欢喜地一把接过玩具，顺势把她也抱在了怀里，她有点儿胖，我抱着吃力，可还不想撒手，太可爱的孩子了。放下她，她又把手里的两个胶娃娃送给我玩，拿着玩具看着她，我不知道什么时候眼睛湿润了，我们虽然语言不通，可是，女孩清澈的眼睛告诉我，不用怕，我接受你。

让我最感动的俄罗斯小女孩

美丽的小女孩，就像小天使，带着爱和善良，降临到我的身边，我放下她，想留下点儿有纪念意义的东西给她。可惜，背包里什么都没有，我想若干年后，若是有机会，我就拿着女孩的相片来找她呀，那会是最珍贵的会面。

回头再看看那几个男孩，虽然还不肯和我打招呼，但敌意明显没有了，我微笑着和他们招招手，走向了小火车。

三代俄罗斯人给了我不同的感受却是一样的感动，可他们用音乐、语言和行为告诉我，善良是人的天性，爱是人类最美好的事情，这一切都不远，这一切没有界限。

英国

早安，曼彻斯特

2016年11月下旬，随旅游团去英国，一路畅游，泰晤士河、格林尼治皇家天文台、牛津剑桥校园、莎士比亚故居、曼城、白金汉宫、丘吉尔庄园、爱丁城堡、大英博物馆、逃婚小镇……

飞机徐徐降落，此刻是凌晨5时许，第一步踏上英国的土地就是这里——曼彻斯特，英国第二大繁华城市。

英国的气温比哈尔滨高10度左右，一件薄夹袄正好抵御略带寒气的风。

晨光中的曼彻斯特

曼城似乎还在睡梦中，夜色中星光闪烁，哥特式建筑古老、庄重，红砖之墙是这个城市的特色。教堂上方的钟在夜空中分外亮，市政大楼的门半开着，打更的老人已经起来打扫卫生。

有轨电车咣当咣当从远处徐徐开来，打破了寂静，上班的人零零散散出现在晨色中。

我站在有轨电车前照了张相，带着花花绿绿广告的有轨电车让我感到亲切，以前，哈尔滨也是有的。

天渐渐放亮，我们来到了曼彻斯特大学参观，据说这里曾走出25名诺贝尔奖获得者，也是培养出世界各国现任领导人第二多的英国大学（第一是牛津大学）。

曼彻斯特大学的楼房是典型哥特式的，看上去像是大教堂，校园里已经有了枯黄色的落叶，但遮盖不住草地的绿，红色的教学楼、图书馆的四周到处是灌木丛，背着书包、听着耳机的大学生们从身边匆匆而过。曼彻斯特大学很美，我的心里却念着牛津和剑桥大学，匆匆走过。

提到曼彻斯特，最容易兴奋的莫过于足球迷，曼联的总部就在这里，导游说，有的球迷哪怕一生只来过一次就足矣。在蒙蒙细雨中走进曼联的主场俱乐部，立刻被各种和足球有关的元素包围。

俱乐部商场里足球、大牌球星签名或者编号的球衣、足球纪念品、足球玩具、照片比比皆是。对于球迷来说，来一次曼彻斯特不容易，见到他喜欢的明星更不容易，也许一辈子都见不到，那么，一定要拥有一件他签名的球衣聊以自慰。

俱乐部的博物馆里每一面墙上

曼联雕像下留个影

都有各种球星的照片，还陈设了各种和足球有关的东西，包括一系列大牌球星使用过的球衣球鞋、奖杯，甚至还包括一些年代久远的传奇球星的个人物品。

走进可容纳七万人的足球场，这里曾经举办过世界杯、欧洲杯等世界级赛事，此时静得走路的声音都那么清晰，站在足球场上的围栏后面，我仿佛听到一浪高于一浪的欢呼和呐喊，仿佛看到足球迷们不可抑制的疯狂和冲动，仿佛置身于几万人汇成的沸腾和炽热。在时间的长河里，这偌大的足球场，任凭再欢腾，也是一时的喧嚣，更多的时候是岁月静好。

我在俱乐部里面的咖啡厅坐了下来，小点心很诱人，又要来一杯卡布奇诺咖啡慢慢品尝。外面下着淅淅沥沥的小雨，一切都雾蒙蒙的，这就对了，这才是我心中的英国——雾都。

咖啡升腾着雾气，我趴在桌子上百无聊赖地把玩着杯子，未来的几天会怎样？我的期待太多，徐志摩的剑桥、莎士比亚的故乡、泰晤士河的摇桨、大英博物馆的壮观、爱丁堡的诡异……

我来了，我想把一切都尽收囊中。

沉淀在历史的校园

牛津大学不是世界排名第一的院校，但在我心里，它的气场无可比拟。作为大不列颠教育机构的长子，13 世纪诞生的英语世界中最古老的大学，它受之无愧。

这里是“明星”的摇篮，圆顶的石门后面，已经走出了27 位英国首相，65 位诺贝尔奖得主，数不清的政治领袖、顶级科学家、经济学家、文学家、诗人……牛津大学是“牛”人的世界，是高手如云的“武林大侠”聚集地。

天上的星星亮晶晶，牛津的星星数也数不清，泰晤士河水滋润了非凡的殿堂，对它，只可仰视，膜拜。

医学院校毕业的我，从来没敢想有一天会来到这里，触摸这心中的“金字塔”。

空降到牛津，我却茫然了，四处张望，古老的建筑比邻而立，街上到处是商铺、酒吧，公交车从身边穿梭，行人如织，牛津大学在哪里？我急着寻找。还是导游一句解开我的疑问：你就在牛津大学的怀抱里啊。

咦？我疑惑地看着她。

导游笑了：“这里是牛津镇，牛津大学 38 个学院就散落在小镇，你可以任意走进去。”

没看见标识，没有大门，牛津大学就这么散散落落地，像个不修边幅的老学究，冲你一笑，双肩一耸：你来了？

嗯，我来了，我不知所措，这和我心中的牛津大学反差太大了，想象中，应该是高楼林立，灯火辉煌，校园里铺满草坪，长椅上坐着专心致志读书的学霸，在小径中无意间瞥见的、那慢慢踱步的，可能是哪个领域的泰斗。

定神片刻，迅速调整，快速进入状态。环顾周围，拿着相机四处拍照的，目光涣散的人是如我一样的游客。戴着耳塞，背着书包或者拿着笔记，匆匆行进，目不斜视的年轻人，一定是牛津的学生。

我用崇敬的目光注视着这些年轻人，羡慕和嫉妒油然而生，我是多么想拉住一位请求和我合个影，让我留下牛津的印迹，甚至我还有个小小的秘密，也许和我合影的那位就是未来世界上大名鼎鼎的科学家或者总统啊。可是，看到他们专心致志地从我身边匆忙穿行，我几欲开口，还是没好意思。

终于，过来一对年轻人，也是戴着耳机，也是背着书包，长相很“英国”，只是脚步有些慢，我急忙走上去，硬着头皮说：“请原谅，你们是牛津的学生吗？”他们笑着摆手说：“不，我们是来玩的。”呵呵，我也无奈地笑了，决定不去打扰学生们了。

既然相逢，我就不想擦肩而过，我想走进一个门里，走进它的一个“家”。导游说：“好呀，正好有些时间，你可以参观。”她挥手一指前方，外观像一座教堂的地方说，“这里就是一所学院，只是要购买门票。”

我毫不犹豫地跑向售票处，七英镑，然后快步走了进去。这一步，我迈进了牛津最大、最古老、最有名的学院，只这个学院就出了16位英国首相，20多位诺贝尔奖获得者，还是赫赫有名的爱因斯坦就读的地方——牛津基督教会学院。

英国有句俗语：穿过牛津城，就是穿过历史。意指这座城有着千百年沧桑的痕迹。可我想说，走进基督教会学院，就是踏入牛津历史中炫耀的一段。

打开一扇老旧的小门，眼前是露天的院落，青石板的地上还有着刚下过雨的湿气，按照参观路线走，推开一扇厚重的大门，眼前一亮。

一排排桌椅整齐排列，柔和的台灯错落排列着，桌子上是餐具。抬头看，阳光从对面的一扇窗户里透了进来，墙上是精美的壁画，还有历届校长的相片。

进门一侧有张告示，写着就餐的时间，我明白了，这是学生餐厅。网上说这个能容下 500 名学生用餐的地方，曾是电影《哈利·波特》的取景地，许多“哈迷”会特意来看看，在这么庄重的地方就餐，一定会有仪式感。

牛津基督教会学院餐厅，电影《哈利·波特》的取景地

走出食堂，眼前是二楼，扶梯而上，就是一个教堂。教堂不是很大，设计精巧，庄严肃穆，高高的天棚上吊坠着华丽的灯饰，优美的诺曼底柱上雕刻着精美的图案，支撑着优雅的拱顶和描绘着圣经故事的彩色玻璃窗，教堂里除了座椅，还陈设着许多文物、书籍，甚至木乃伊。

管风琴的盖子合着，键盘在养息。阳光挤进空间，留下斑驳的快乐身影。我在安静中悄悄和它们打着招呼，用目光碰撞出无声的心语。

基督精神让人心存敬畏，基督教的宽容、仁慈、公平、正义，是人类文明的化身，我相信不论是基督教，还是佛教、道教……都会净化人的心灵，启迪人的智慧。

走出教堂，楼下，一对父子的身影落入眼帘，父亲一定是带着儿子来感受牛津的校园气氛，父亲一定也是期待儿子有一天走进牛津的课堂。

学院的中庭大草坪中央是座七吨重的钟塔，又叫“汤姆塔”，汤姆塔是一座宏伟的哥特式复兴风格的钟楼，建于 1682 年，塔内的汤姆钟是牛津大学最响亮的钟，在 1963 年以前，每晚 9:50 都要连续敲响 101 次，据说是为了纪念学院最早的 101 名学生。

在草坪上坐下来，偷得片刻歇息，身边走过的学者都那么彬彬有礼，迈着儒雅的脚步。

在这基督教普照的学院，有一种安静祥和的氛围，岁月和信仰，钟声和时光，沧桑和建筑，变成不可分离的一体，它就隐埋在学院的每一寸空气，每一处石缝，每一个音符里。牛津大学的校园跌落在历史的长河里，或者说历史容纳了牛津的风情。

有座连接两个楼的楼桥映入眼帘。导游说，这是有名的“叹息桥”，左边那个楼是考试的地方，学生们要走过这个桥去参加考试，出来后，几人欢喜几人愁，唏嘘不已，唉声叹气者大有人在，于是，这座桥就被戏称“叹息桥”。

牛津大学里的“叹息桥”

牛津大学还有好多景点，比如：外表城墙像长城，里面高耸的方塔是牛津著名地标的莫德林学院；仅次于英国图书馆的欧洲最古老的博德利图书馆；产生了三位英国首相的三一学院；珍藏大量动植物标本的牛津大学历史博物馆；有着巴洛克门廊的圣母玛利亚大学教堂；只招收牛津大学最优秀学生的万灵学院；涵盖整个城市以及牛津大学历史的牛津博物馆；英国最古老、最精致的植物园；……每一处都像一颗熠熠发光的珍珠，等待你发现它的美丽。

走在返回的途中，心中感慨，这牛津大学果然是接足了地气，它植根在肥沃的大地上，汲取了民间的精髓，时光陪伴它升华，岁月见证它的硕果。

我在街头拐角的一个商店里买了一个带着蛇头的木制登山杖，到了这里，无论如何要带回一样纪念品。

康桥是首永远的恋歌

再别康桥

徐志摩

轻轻的我走了，
正如我轻轻的来；
我轻轻的招手，
作别西天的云彩。

那河畔的金柳，
是夕阳中的新娘；
波光里的艳影，
在我的心头荡漾。

软泥上的青荇，
油油的在水底招摇；
在康河的柔波里，

我甘心做一条水草！

那榆荫下的一潭，
不是清泉，是天上虹；
揉碎在浮藻间，
沉淀着彩虹似的梦。

寻梦？撑一支长篙，
向青草更青处漫溯；
满载一船星辉，
在星辉斑斓里放歌。

但我不能放歌，
悄悄是别离的笙箫；
夏虫也为我沉默，
沉默是今晚的康桥！

悄悄的我走了，
正如我悄悄的来；
我挥一挥衣袖，
不带走一片云彩。

二

是剑桥给了诗人的灵感，还是诗人扬了剑桥的名？

因为徐志摩先生这首脍炙人口的诗歌，去剑桥多了几分渴望，我想寻觅先生诗歌里的彩虹、杨柳、离别的笙箫和那座康桥……

有人说，“牛津”是大学中有城市，而“剑桥”是城市里有大学，它们颠覆了我之前所有对学院的想象，这里的大学城和城市息息相关，接足了地气。

1209 年，一批在牛津的年轻人，为躲避殴斗从牛津大学逃出来，在距伦敦 90 公里的地方建立了剑桥院校。现在，已经有 32 所学院，著名的有“国王学院”“三一学院”“皇后学院”“耶稣学院”……这里曾产生八位诺贝尔奖得主，七位首相。

迫切地走进英格兰东部的剑桥镇，好像一下子融入一幅庄重肃穆的山水画中。

灰蒙蒙的细雨在城市上空飘荡，它像一个满腹经纶的老人，举着他沧桑的双手欢迎着远方的客人，街道两侧的建筑古朴厚重，有 15 世纪哥特式的，有建于 19 世纪维多利亚式的，红砖灰瓦，窄窗镶入，青石的地面透着沧桑。书店、文具店、服装店、酒吧、艺术品商店比比皆是。

像牛津一样，身边走过的学生们都是戴着耳机，目不斜视，夹着书本匆匆而过。行人却是悠闲缓慢的。橱窗里不仅有摩登的衣裳，还有文教用品、陶瓷制品，手工工艺品，甚至就是几幅画。

徐志摩先生就读的国王学院

街市中心有个大型雕塑时钟，叫“圣体钟”，这是剑桥的标志性景点，镀金的不锈钢圆盘上面是一只蚱蜢，没有指针和数字，而是通过蓝色的 LED 灯显示时间，时钟忽快忽慢，表示生命无常。

这样的氛围沉了我浮躁的心，也放慢了我去康桥寻找诗人的脚步。也许，我现在走的路，也有先生的足迹，嗯，一定有的;也许，某个雨天，先生和我一样，在慢慢踱步。

漫步中，仿佛和先生有了心灵的默契，踱着脚步，就走到了“国王学院”，先生就读的地方。

好像考验我的虔诚，抑或想和我开个玩笑。“国王学院”那天竟然不开放，铁面无私的看门人任我怎么央求都无动于衷。

我晓得学院里有一块刻着先生诗句的石头，有先生读书的教室，有先生歇息的草坪……无奈，只好举起手中的相机，透过黑铁门的缝隙，远远照了张学院大楼的相片。

既然这里吃了闭门羹，那么好吧，转身，去寻找康桥，也许，是先生体惜我时间有限，让我在那里多逗留一会儿。

二

康桥定格在镜头里，也定格在心里。

静静地眺望着远方的康桥，想先生当年是怎样的心绪？眼下是曲折蜿蜒的康河，河两岸杨柳垂丝、芳草萋萋，间或见游人泛舟其中，慢慢荡漾。岸边经典的建筑、精美的校舍，庄严肃穆的教堂和爬满青藤的红砖住宅在绿树红花间若隐若现。

写诗的时候，他是第二次回到剑桥读书。第一次是 1920 年，他经狄更斯介绍，携夫人张幼仪来到剑桥的国王学院读书，他就住在不远的民居里。两年后，他孑然一身重回校园，康桥还是那座康桥，康河一如既往流淌着，可先生的心却是波澜起伏的，这个时候，他的感情发生了变化，那个叫林徽因的女孩子触动了他最柔软的心房。

在他写的《我所知道的康桥》这本书里，他表达了最真的心态。他说，他享受孤独，多少个清晨和黄昏，他一个人发痴似的站在康桥上。这个时候的先生是活在“爱”的折磨里。在孤独的爱恋里，一草一木皆有情。于是，“那河畔的金柳，是夕阳中的新娘；波光里的艳影，在我的心头荡漾。软泥上的青荇，油油的在水底招摇；在康河的柔波里，我甘心做一条水草……”

杨柳依依，先生不知是否意识到，那是离别的信息？波光艳影，又岂不若镜中水月？

剑桥一景：康桥、小船、剑河

此时，先生不管那么许多了，在他的眼里，软泥、青荇都带着柔柔的温暖。他愿“寻梦？撑一支长篙，向青草更青处漫溯；满载一船星辉，在星辉斑斓里放歌”。在梦的幻境里，先生是自己的主人，任意撑起长篙，在斑斓的星宇里放歌。康河，是他灵魂的补剂。

他说：“我这一辈子就只那一春，说也可怜，算是不曾虚度。就只那一春，我的生活是自然的，是真愉快的（虽则碰巧，那也是我最感受人生痛苦的时期）。”

痛苦、纠结、欲爱不能、向往、留恋……这种种的一切，在诗人的灵魂里升华，当他要离开时，瞬间，笔墨里流淌出最真挚、最热烈的诗句，《再别康桥》用唯美的语言，打动了一代代人的心。

如果有机会住宿在康桥，我也愿撑一支长篙，在康河里遨游。我愿用眼睛和心，去品味清晨里的雾气和黄昏下的夕阳；去聆听山坡上老牛反刍的动静；去感受风吹杨柳带来的思绪；去嗅嗅古树老宅的气息。

三

伫立在康河上，与康桥对视，久久在诗的意境里不能自拔。可是，康桥不仅仅是先生一个人的“康桥”，就在康河的上游，有个“潭”，据说诗人拜伦在剑桥念书时，经常偷偷溜出来去那里游泳，所以，众人皆叫那池潭水为“拜伦潭”。

拜伦，是我较早崇拜的诗人之一，20世纪80年代上大学那会儿，校园里也充斥着无病呻吟的吟诵声，我曾买回他的诗，躲在蚊帐后面偷偷地看。若干年过去了，除了诗人的名字，一个词也没记住。

康河的水一定有灵性，养育了才子佳人的风流倜傥。

在剑桥，还有一个必须知道的名人，他不是诗人，但他亲手打制了一座剑桥的“数学桥”，也就是“牛顿桥”。

走向传说中砸中了牛顿的那棵苹果树

对，他就是牛顿。相传这座桥是牛顿在剑桥教书时亲自设计并建造的，采用了数学和力学的方法，整个壳体未用一根钉子和螺丝固定。后来，被不服气的学生拆掉了，重装的时候却是再也装不上了，只好用螺丝固定，至今，桥上还有螺丝的痕迹。

说到牛顿，一定要说那棵苹果树。

在剑桥的三一学院门前有一棵孤独却是不平凡的苹果树，有人说那是从牛顿的家乡移植过来的，也有人说，这就是砸在他脑袋上引出“万有引力定律”的那棵苹果树的子孙树。三百多年前牛顿在这里生活，学习。

这棵树岂止是剑桥的骄傲，这是一棵引发人类认识大自然的神树啊。我在树前留影，我在树下仰视牛顿住过的宿舍，墙面的砖已经斑驳，牛顿离我们越来越远，但他留下的对科学和大自然孜孜不倦、一丝不苟、锲而不舍的精神品质永远值得后人学习。

四

圣体钟上金色的蚱蜢在一点点吞噬时间，它告诉我们，逝去的永远无法挽留，可我分明在那个寒风里作画的女孩身上，看到追求永存，精神不灭。

雨，还在淅淅沥沥地下。我撑起雨伞，把自己埋在小巷里。

悄悄地我走了，正如我悄悄地来。剑桥的空气里，也留下了我的气息。

我在小巷中寻觅，临别，舒展衣袖，把诗人的浪漫和忧伤，把剑桥的杨柳和暮霭，把深潭里的月影和青荇……都装在心里，谱成一首永恒的恋歌。

莎士比亚故居

“To be or not to be , that's a question.”（生存或者死亡，这是个值得考虑的问题。）这个来自戏剧《哈姆雷特》的名句许多学习英语的人都会遇到，若是没有前言后语，又没读过原著的人，很难翻译和领会这句话。

语言的妙用就在这里，很多名言警句皆为提炼而成，而莎士比亚，这位欧洲复兴时期伟大的文学家、戏剧家和诗人，他开创了英语这个语种的新时代，去掉烦冗、呆板，写出流畅和自然，他把对语言的独特运用，把对人生的感悟用既通俗又脱俗的写作手法糅进他的作品里，于是有了文学历史上、戏剧舞台上永垂不朽的《罗密欧与朱丽叶》《哈姆雷特》《奥赛罗》……

我曾读过中英文版的《哈姆雷特》和《罗密欧与朱丽叶》，深感莎翁语言的优美、诗意和戏谑，以及富有特色的对人物性格鲜明的刻画，更陶醉于内中表达的哲理和醒世妙句。

能去莎翁的故居拜访，对我来说，狂热的心情绝不亚于足球迷去曼彻斯特的曼联总部朝圣。

朝圣，必得带着敬畏的心情、无比的仰慕和虔诚的灵魂。

大巴飞驰在高速公路上，两侧大多是牧场，蓝天下大片的草原像绿色的织锦，牛羊慢吞吞地吃着草，坐在车里的人看着外面的景色，惬意而放松。

快到下午4点时分，我们到了位于Avon河畔旁的斯特拉福小镇——莎士比亚的故居。

走过小镇，第一眼看到的是个“小丑”塑像，标志性的三角帽，左手举个小铃铛，右手背在后面，顽皮地伸出右腿，让人忍俊不禁。“小丑”在莎翁作品中随处可见，放在这里诙谐、俏皮。

小镇不大，据说只有两万人口，充满了英伦风情，到处是哥特式和维多利亚式建筑。

很安静，也许是因为黄昏，行人不多，莎翁餐厅、莎翁酒吧、莎翁纪念品商店等带有“莎翁”招牌的比比皆是，

这条街叫亨利大街，莎翁的故居在街的中央，典型都铎式带小阁楼的房子，这座16世纪的阁楼是木框结构，浅褐色的泥土外墙，斜顶红瓦，凸出的窗棂，厚重的木门已经被铁栅栏封上。1564年4月，他在这栋房子的二楼出生，一直到新婚的最初五年他都在这里度过。

我在房前久久地徘徊，想象着在那扇窗子的后面，莎翁曾挥笔疾书。也许就在某一个黄昏，他悄悄地推开那扇咿咿呀呀的木门，跑到Avon河畔淘气地跳水，或者，他和妻子安妮手挽手，在这条街上甜蜜地散步……

据说去世前三年，他又回到了这里，是不是久经风浪的他，厌倦了世态炎凉，回归是最好的选择。他的妻子一直在守候，陪他走完生命最后的一段路途。

这个不起眼的木屋走出了一个世界级大师，16世纪的风雨锤炼了一个坚强的青年，对詹姆士一世的失望使大师的写作风格由喜剧变换为悲剧，喜剧也好，悲剧也罢，留下来的是英国文学的文脉、血脉，是世界文学史上不朽的文山、高峰。

命名“莎翁故居纪念馆”的房舍后面是庄园，里面有莎翁出生的小屋和生活的痕迹，可惜，由于我们来得晚，纪念馆已经关门，透过栅栏眼巴巴地看着庭院里开放的鲜花、幽静的小路、古老的房舍却不能入内，从很远的东方来到古老的英格兰，莎翁是我的一个情结，留下了擦身而过的遗憾。

导游领着大家去Avon河畔散步，我不舍莎翁，就在充满莎翁气息的小

街上任意徘徊。走进书店，卖书的美女手捧着一本书，只抬头对我轻轻一笑，又低下头看手里的书。咖啡店里，几个年轻人一边喝着咖啡，一边轻声交谈，我点了一杯咖啡，捧在手里，在大街上边走边喝。卖纪念品的小店有几位游客，我挑选了有莎翁图样的纪念盘和明信片，卖货的小伙子仔细包装好，小心地帮我放在背包里。

看看还有时间，索性哪儿都不去了。回到莎翁的房屋前，席地而坐，晚霞映照，我与相隔四百多年的莎翁沐浴的是同一个太阳，呼吸的是一样的空气，四百多年的空间不过是时间的一个“符号”，此刻，在我心里，莎翁已然很近，很近！

告别莎翁，来到距莎翁家 1.5 公里处他的妻子安妮的娘家。导游说，安妮出生于一个富裕的农民家里，她比莎士比亚大 8 岁。安妮是个贤惠的女子，她曾长期在家抚养她和莎翁的三个孩子，保留完好的安妮小屋是摄影家的钟爱，据说随便一拍就是一张明信片。

我身后是莎翁妻子安妮的娘家

果然是一座美丽的乡间小屋，屋子侧面有一棵古树，枝干交错扶疏，绿叶浓荫，像一树伞盖。屋前种着庄稼，麦秸铺就的房顶散发着大自然的气息，雨后的花草含着露珠的娇气，木栅栏显示出古老的乡间风情，那扇半开的小门仿佛随时会有人走出。

我在这儿暗自祈祷，给我一次重返的机会吧。下榻在斯特拉福小镇，从早到晚，触摸莎翁的踪迹，让空气中散发的文学之雨洒落到我的身上，点滴即可！

莎翁留给后人的是无法用年轮计算的文学财富。

奢华的丘吉尔庄园

有人说，古罗马人学会了奢华，就有了名利的庄园；英国人看透了工业，就有了乡村的庄园；俄国人得到了农奴，就有了贵族的庄园；法国人创造了葡萄酒，就有了飘满酒香的庄园。

丘吉尔庄园就是把奢华和田园完美结合的诱惑。

丘吉尔庄园也叫布伦海姆宫，是1704年英国女王安妮为纪念“布伦海姆”之战的伟大胜利，赐予约翰·丘吉尔的庄园，以表彰他击退法国挑衅的赫赫战绩。

英国人常拿丘吉尔庄园和欧洲第一大的凡尔赛宫相比，它也被联合国列为世界文化遗产，可想而知，这个庄园在英国的地位。

丘吉尔庄园用了17年才建成，里面有许多波折。

这个故事还得从我们熟悉的那位英国首相开始，他就是温斯顿·伦纳德·斯宾塞·丘吉尔（1874年11月30日—1965年1月24日），英国政治家、历史学家、画家、演讲家、作家、记者。他的父亲曾任英国财政大臣。上面说的那位约翰·丘吉尔是他的祖爷爷。

丘吉尔曾两任英国首相，被认为是20世纪最重要的政治领袖之一，领导英国人民赢得了第二次世界大战的胜利。他写的《不需要的战争》获得

1953年诺贝尔文学奖，还曾荣获诺贝尔和平奖提名。他是历史上掌握英语单词数量最多的人之一（十二万多）。

就是这么出色的人，也不能称作光宗耀祖，因为，他的祖爷爷更优秀。

话说他祖爷爷约翰·丘吉尔，也叫马尔德勒公爵一世，是个民族英雄。1702年欧洲战争爆发，他祖爷爷义不容辞地作为盟军的统帅出征，同法国人作战，保卫荷兰。然后，又在1704年在巴伐利亚多瑙河北岸的布伦海姆取得了决定性的胜利，这场战役直接粉碎了路易十四称霸欧洲的梦想，保住了英国皇室的地位。

喜讯传来，举国欢腾，安妮女王心情激动啊，就把数百公顷的皇家猎场赏赐给丘吉尔的祖爷爷，猎场就以这场胜利的地点命名为布伦海姆庄园，就是今天的丘吉尔庄园。

祖爷爷约翰和祖奶奶莎拉都是皇室，祖奶奶莎拉还是女王安妮的闺蜜。

女王说了，咱们不仅在战场上打败法国人，建筑上也要高出他们一筹。于是，女王责令著名的建筑师约翰·范布勒负责“布伦海姆”设计监督工作，范布勒不负众望，竭尽所能，运用了所有的材料、装饰、象征手法和巴洛克风格，以及现代的对称手法和形式……

可惜，人算不如天算，就在施工中，出现问题了，先是资金不到位，到了1712年（第八年头）已经拖欠施工和人工费用45000英镑，而莎拉祖奶奶和安妮女王姐妹情也出现裂隙。工程被迫停止两年。

两年后，公爵决定拿出自己的私房钱继续修建，但已经雇不起大工匠了，只好雇用泥瓦工头继续进行，哪知建筑师范布勒因为和莎拉夫人矛盾重重，也拂袖而去（莎拉祖奶奶貌似不是等闲之辈），公爵只得雇用木匠接替他监督。

历史的车轮滚滚向前，到了1721年，历经17年风风雨雨，英国最具代表性的巴洛克风格庄园终于大功告成。范布勒想回来看看，那里面有他毕生心血啊，可是刚烈的莎拉祖奶奶一口回绝，可怜的范布勒只能在1725年的某一天，趁莎拉祖奶奶不在家的时候，坐着车在庄园外围走了一圈。估计他是百感交集，气火攻身，回去后就一天不如一天，一年后驾鹤西去。

谁也不能否定范布勒的伟大手笔，庄园成了英国最奢华的私人豪宅，成了英国人乡村情结的典范。

言归正传，丘吉尔庄园确实让人大开眼界，不虚此行。

丘吉尔庄园一隅

到达庄园的时候正飘着毛毛细雨，走过有金色族徽的黑色铁门，几根巨大的希腊柱支撑起一座气势恢宏的建筑。穿过拱门，映入眼帘的就是大片的草坪，青草被雨水洗得嫩绿，踏在松软的土地上，泥土的芬芳让人神清气爽。

湖水，镶嵌在青草和绿树的世界里，蒸腾的雾气缭绕，仿佛给湖面披上了一层薄薄的轻纱，湖边松柏衬托，若隐若现，一座桥矗立在湖水上。碧水轻轻荡漾，微风轻柔拂面，碧霞宫映彩，田园露飞溅。

远处，富丽堂皇的宫殿在诱惑，这是两层主楼和两翼庭院组成的建筑，外观混合了科林斯式的柱廊、巴洛克式的塔楼，高高隆起的三角壁，形成错落有致的正立面线条。正门六根古希腊科林斯雕花石柱，支撑着精美浮雕图案的三角形山墙，山墙上是马尔伯勒公爵家族徽章的浮雕。

走进大殿，就走进了张扬的奢靡和厚重的古韵。

金碧辉煌的庄园主厅宏伟肃穆，高高的穹顶上面是一幅大大的天花板油画，画面生动地再现了整个布伦海姆战役过程。

穿过大厅是大大的画室，红色的墙面上挂满了油画，有很多出自世界著名画家之手，白色的壁炉上摆放着古董。

离大厅不远一处很小的屋子，那是丘吉尔首相出生的产房。温馨的灯光，花色的壁纸，洗漱物品摆放整齐。据说 1874 年，丘吉尔的母亲来庄园玩，没想到意外地在这里生下了他。小屋里还陈列着丘吉尔的一些手稿和相片。

丘吉尔去世后，和妻子合葬在庄园附近的教堂里，他曾诙谐地说："我一生做了两件非常正确的事，在丘吉尔庄园出生，在丘吉尔庄园结婚。"

丘吉尔庄园内部一个房间

庄园的藏书馆是仿照法国凡尔赛宫著名的镜厅而建，藏书一万多册，藏书馆的西侧是两层高的宽敞图书室，二楼墙壁里嵌有许多古老的书籍，墙上还陈列许多油画和丘吉尔家族成员的照片。图书室的另一端摆放着一架巨大的管风琴，据说是欧洲最大的私人收藏的管风琴。

许是觉得要给静谧的气氛增些轻松的色彩，穿过图书室是一个阳光明媚的大厅，罗列了大量 3D 的镜子，各色人物造型让人忍俊不禁，若是你参与进来，照出来的相片会有想象不到的诙谐效果。

走出宫殿已近中午，没想到眼前却是另一番风情，这是建筑大师范布勒在 18 世纪建造的"水景园"，此时雨过天晴，霞光满天，喷泉四溅，湖水环绕庄园，白色休闲的桌椅摆在遮阳伞下，侧面有古希腊女神的雕像。若是把进门处的绿地比作春天，那，这里就是收获时节，五色树叶斑斓，风中飞舞欢唱，细碎的阳光在褐色的叶子上翩跹，山坡上，小溪旁，木屋边到处都是秋叶飘逸，优雅而静谧。

忍不住拍了一张又一张美景，把庄园带回家。

丘吉尔庄园展现了卓尔不群的贵族风范和优美闲适的田园风光。这里有金碧辉煌的装裱，有工艺精湛的雕塑，有华丽壮观的灯饰，还有丰富珍贵的图书。每一幅壁画都在重现当年的情景，每一件家具都透露着历史的沧桑，每一块砖瓦都沉积着不朽的传说，每一处壁炉都折射出主人的印迹。华丽典雅中浸透着高贵，深沉细腻中蕴含着精致。目不暇接，唯有感叹。

奢华和自然的身后是厚重的文化和沧桑的历史，它们构成了丘吉尔庄园的唯美。

快乐的“逃婚”小镇

相爱，是最美丽的感受，沐浴爱河的男女，哪一刻舍得分开？

这一生，大多人因循守旧，抑或是中规中矩地走下去。可是，即便是最本分的人，肯定也有过冲破世俗，还我心灵自由的小小祈愿。

越想得到的，就越难得到，特别是爱。

世上有这么一个美丽的小镇，镇子聚集了铁匠、木匠、车夫、渔民等，都是平凡的百姓，本来，他们的生活很平淡，白天做活，晚上哥几个喝点儿酒，吹吹牛，再回到老婆孩子热炕头的家里。

忽然一夜春风吹来，小镇里拥来一批批热恋的情侣，央求着他们放下打铁的工具，为他们的相爱做证。

工匠们挠着头，这辈子也没想到做“爱的使者”啊！

既来之则安之，他们换掉破旧的工作服，穿上西装，长满茧子的大手颤颤巍巍地拿起笔，在纸上签上久违了的自己名字，然后郑重其事地宣布：你等就此结为夫妻，百年好合了！

听上去多么天方夜谭，谁能相信，小镇做这事做了几百年，做得出了名，做得每年有大约 5000 对新婚夫妇到这里举行婚礼，做得全世界的人都想来看看。

小镇被冠以一个最浪漫的名称——“逃婚”小镇。

为什么偏偏就是这个小镇让人趋之若鹜，还美其名曰：逃婚？这还得慢慢说。

话说大不列颠及北爱尔兰联合王国家大业大，统一了疆土，却统一不了各自的思想和习俗，婚姻法就是一例。

那时候，在英格兰，对婚姻的约束比较严格，要求男女双方必须满21岁，且在双方父母同意下才能结婚。可是，在苏格兰和威尔士，合法的婚龄是16岁（现在仍是），不管父母同意与否，只要有两个证人，就可以举行婚礼仪式，承认结婚。

问题来了，同一个女王统治下，英格兰不满21岁的热恋中的情人怎么办？跑吧，去苏格兰，那边的阳光更灿烂。

前面说的小镇——Gretna Green（格林纳格林）地理位置好啊，就在英格兰和苏格兰的交界，隶属苏格兰，自然就成了“逃婚”男女的首选。

1754年的某一天，一对英格兰的小恋人，经过周密策划，摆脱家人，连夜赶车逃离英格兰，飞奔向苏格兰。

午夜时分，他们来到了小镇，放眼望去，只有一间铁匠铺亮着灯光。铺子里铁匠约瑟夫正在忙着，约瑟夫身高体壮，心地善良，据说他最拿手的活是用双手把冷的马铁蹄掰直。

年轻人推开门，向约瑟夫说明了真相，请求为他们证婚，有些不知所措的约瑟夫很快就明白了，成人之美这样的好事要做，他喊来了伙伴，郑重其事地为年轻人举办了婚礼。热心的铁匠们还连夜为新婚夫妇打理出一个新房，让新婚夫妇共度良宵。

一传十，十传百，起初是英格兰的年轻人蜂拥而至，后来，这里成了人们追逐浪漫的乐园，许多人不远万里来到小镇，只为了请铁匠们用他们打铁的手浇筑牢固的婚姻。

当然，这么火的生意铁匠们是忙不过来的，于是，小镇上的人们纷纷放下手头的活，走进教堂，乐此不疲地为年轻人举行婚礼，他们被统称为“铁砧牧师”。主婚费用从一个几尼到几盅威士忌不等。

著名的“逃婚”小镇就这么诞生了，其中发生过许多故事，有浪漫的、有惊险的、有荒诞的、有不可思议的……

风轻云淡，小镇荣辱不惊地随着岁月慢慢走着。

旅行大巴穿行在英格兰去往苏格兰的高速公路上，两侧都是牧场，车很少，路上几乎没有行人。车里放着苏格兰风情的曲子，开车的司机叫 Shonleigh，高高兴兴的样子，大声随着歌曲唱着，他说他有中文名字，叫“胜利”，他喜欢中国，喜欢中国客人，他还喜欢一个中国歌星，我们急忙地问是谁啊，他神秘地一笑，拿出来一个碟片放到音响里，车里传出邓丽君的《何日君再来》，哈哈，我们和“胜利”齐声唱起来。

拐进一个岔路，大巴缓缓停下，“胜利”开心地说：“下车吧，到我家乡了。”啊，原来他就是小镇的人啊，怪不得这么快乐呢。

忙不迭地跑向传说中的小镇。

灰色的砖路，有一簇绿草鲜花，一个简单的铁艺门伫立在前面，门的上方有个白底黑字的牌子，写道：Gretna Green，since（建于）1754.

细雨中的小镇干干净净，几处白墙黛瓦的砖房，人很少，很安静，小镇四处散落着以爱为主题制作的雕塑。

“逃婚”小镇的标志性雕塑

首先映入眼帘的就是一对铁红色交织在一起的手臂，两只手遥向天空，紧紧相扣，手臂下，好像是一扇开启幸福的大门，穿过去，幸福在召唤。在它面前，我也不由得举起双臂，是膜拜，还是祈祷？

所有的雕塑都是那么寓意深长：

紧紧拥抱的恋人憧憬着远方，永不分离的心充满希望，即便是前方有坎坷，有挫折，别怕，我们一起去面对。

手风琴的韵律已经奏响，祝福的歌儿飘向天空，生活中不要忘了有音乐就有快乐，就有希望。

缠绵的小情侣在喃喃私语，是在述说情话还是互相鼓励？亲爱的，我愿在你怀里一直到老，不离不弃。

这对恋人好像还怀着心事，也许，他们在商榷着如何面对家人解释“逃婚”的举动，灰色的胴体是不是寓意他们还在黑暗中挣扎？

这个举着双手，脚踏石头的黑黑的塑像好鼓舞人心。黑夜过去就是黎明，咱们加把劲！

……

我身后那排白色的房子里是小镇的博物馆，博物馆关着门，我抱着试试的心情，轻轻地叩门，出来一位黑人大叔，他说今天休息，我央求他，我来自遥远的中国，这可能是我唯一一次来到这里，我特别想看看里面的陈设。大叔许是看出了我的诚意，略一沉吟，大手一挥，说，那就给你十分钟时间吧。我忙不迭地掏钱买门票，大叔笑着说，进去吧，不收你的门票了。说着，打开了所有的灯。

博物馆是由几个房间组成的。

里面陈列着铁匠们用过的生活用品，打铁的工具，当年的马车，古老的油灯、陈旧的陶瓷碗。

墙上贴满了相片，有最早的铁匠们的生活照，有带故事情节的飞奔的马车，忐忑不安的小夫妻，还有许多结婚照，充满笑容的人们满溢着幸福。

这里并排的两把椅子，也许是新婚夫妇照相留念的地方，还有当年那对夫妻睡过的双人床，装饰得华丽喜庆。

更醒目的是一张桌子，上面放着纸笔和印章。

用过的工具经年留存，斑驳的木漆和陈旧的板面留下了当年的印记，老铁匠们早就离开了它们，可老铁匠粗糙的手磨平的锤子还静静地躺在角落里。

望着它们，好像又看到了铁匠们拘谨又严肃的神态，心中充满了敬意。

都说有情人终成眷属，小镇，用博大的胸怀成全了人间佳话，用最朴素的方式完成了最神圣的礼仪。带着希望走进去，带着祝福走出来。这样的地方谁会不喜欢？谁会不向往？

值得一提的是，小镇的商铺绝对值得一逛，有着许多充满了苏格兰风情的物品，后来的行程发现，这里商铺的东西可遇不可求。

一进门，我一眼就盯上了一个风铃，那风铃也太别致了，让我欢喜得马上就抢到手，风铃上两个弧形的红木仿佛是跳动的音符，下面悬着一个大大的、圆圆的铜锣，铜锣正对着是个木槌，最下方垂挂着一个红木板。

试想啊，那微风拂槌而过，槌摆，木槌敲动铜锣，音乐声便叮叮当当而起，那时刻变幻的音符就是个精灵，随意唱出一首首跳动的神曲，那会是怎样的感觉啊！

如今，我把风铃挂着家里阳台的天棚上，风从窗子吹过来，风铃就快快乐乐地敲着鼓点，唱着歌，伴着我读书、喝茶、写作……这风铃让我每天都享受着快乐，沐浴在如诗如画的美妙遐想里，这时时响起的风铃也常常带我回到英国，那些我走过的、难忘的地方。

茂宜岛风光

去美国的夏威夷是一次诱惑之旅、梦幻之旅。夏威夷三个字，对我来说，就是“迷人的毒药”。

夏威夷州是美国唯一群岛的州，是由太平洋中部的132个岛屿组成，首府位于瓦胡岛的火奴鲁鲁（檀香山），夏威夷岛是其中最大的岛。

茂宜岛（Maui）是夏威夷的第二大岛，它的昵称为“山谷之岛”，由东西两个板块组成。东面最有名的是拉海纳小镇，那里是鲸鱼出没的地方，西面就是世界最大的死火山所在地哈雷卡拉火山口，当地人称为“太阳之屋”，那里有成群的火山口。

这一次，我是和几位高中同学自助游。

卡哈纳小镇的日落

在茂宜岛，我们住在一个叫卡哈纳（Kahana）的小镇。

小镇很幽静，街道两旁大多是二层高的木房，掩映在椰子树的绿色中，每家都有庭院，鲜花缀满了栅栏和墙壁，房车随处可见。

小镇离太平洋很近，近得走在路上就能听到海水拍打岸边的声音。

镇上也有公寓式的楼房，我们就住在这样的公寓里。我们住在公寓的一层，前后通透，穿过客厅，是室外凉台，有个园子，椰树成林，鲜花盛开，中间有个大大的游泳池，旁边还有一个小温泉池子。角落的地方备好了躺椅和烤箱、餐桌，随时可以游泳、烤肉、晒太阳。

院子是由一圈铁栅栏围着，我好奇地推开铁门，眼前一亮，浩瀚的太平洋就在我面前汹涌翻滚，这让我很惊喜。

只要有时间，我便去海边的露台坐坐，不为别的，只为有了和太平洋相处的机会。

旅游是到一个陌生地方的拜访，你之前一无所知，只有想象，到了后，最亲近的不一定是人，而是对你毫不设防的大自然，诸如海水、森林、太阳、月亮或者只是一个温顺的动物，它们让你觉得地球是个家，你的"家人"无处不在，等待你，守候你，陪伴你。

去镇上超市买了晚餐的食物，回到住处一切妥当已经是下午 4 点左右了，这里天黑得特别快，到了 6 点天幕就拉了下来，我们要抓紧去海边看太平洋的日落。

车子在小镇的海边停下，远远地，就见一轮红日披着霞光镶在天空，浩瀚的海水泛着金色的光，逶迤连绵的茂宜山脉像慈祥的老人，静静地守护着它们。真是"一道残阳铺水中，半江瑟瑟半江红"。白居易的诗里写的是"残阳"，我更愿意写成"夕阳"。

此刻，安静得仿佛能听到夕阳坠落到海里的声音，安静得仿佛能听到自己的心跳的声音，安静得似乎人都游离出来，融入夕阳笼罩的海洋、山脉中。

美的显现，让人初见本心，悲喜交集，无以名状。我到过很多地方，看过很多日出、日落，总觉得每一处都有别样的美，每一场都是一个庄严的仪式，每一次都是对我的视觉乃至灵魂的冲击。

拉海纳观鲸鱼

第二天清晨，为了看鲸鱼，我们去了离这里开车只有十分钟的拉海纳（Lahaina）小镇。

拉海纳小镇曾是夏威夷王国的首都，也是19世纪中期捕鲸业发展兴旺的渔村，这里不仅可以看到海上鲸鱼的踪迹，它还拥有众多世界闻名的画廊、古董店以及各种餐厅和夜生活，历史上许多文人墨客来过这里，比如：马克·吐温、杰克·伦敦和《金银岛》的作者史蒂文森……

就在头一天，我在网上看到了一条娱乐新闻，美国著名的电影明星安妮·海瑟薇在这里游泳，差点儿被海水淹没，这个消息登载在头版头条，可见她的影响力，可见小镇的知名度。

眼前的拉海纳果然名不虚传，蔚蓝的天空下海水卷着波涛拍打着海滩，街上可以看到成排深富古味的矮小木造建筑，形形色色的餐馆、画廊和特色商店夹杂其中，木屋有的刷成绿色，有的白色，也有的干脆就是原色，房屋古老而别致，到处都是椰子树和棕榈树，给老街添了色彩，也浓厚了夏威夷风情。

人群明显地多了起来，人们拥向码头，准备登船去观赏鲸鱼。

看鲸鱼的人们

当地人说，若是幸运的话，顺着沿海的道路开车，都有机会望见鲸鱼群远远地在海面上现身。我们心里清楚，这样的好运对于我们这些暂住的观光客是不能奢望的，还是乖乖地买票吧。

每天赏鲸鱼只有两次时间，上午 9:00 和下午 2:30，每次两个小时的行程。上午门票贵，每人 40 美元，下午每人 29 美元。旅行社的人说，所以贵是因为上午海水风平浪静，不容易晕船。来一次不容易，我们自然选择了上午。

随着人流登上船，伴着一声长鸣，游轮载着我们驶向海洋的深处，我在甲板上第一排座椅坐下，海风清凉地吹拂在身上，舒适又惬意，拿出相机时刻准备拍摄鲸鱼。

船开了大约十分钟，就听右侧一阵欢呼，鲸鱼第一次探出了它精灵的身影，陆续地，不断有大大小小的鲸鱼在船的四周玩耍，它们好像调皮的孩子，一忽儿摇晃出大大的脑袋，一忽儿又倒立出美丽的尾巴，浪花被飞溅出各式花样，在蓝天下晶莹剔透。

最后出场的是一对母子鲸鱼，是不是母亲想让她的孩子多些历练 ，它们就在游轮的不远处与我们一同游动，就见它们或者浮出水面呼吸，吹出美丽的浪花;或者跳出水面，翻起白色的肚皮，黑色的脊背;或者母子交错跳跃，或者相对嬉戏。船上的人甚至以它们为背景拍照了。

第一次与野生的鲸鱼直面接触，有些激动和兴奋。

小镇风情

此时已近中午，本来是要找地儿吃饭了，可是，镇上的集市广场吸引了我们。

这是由榕树林围成的场地，一群姑娘在一个弹着尤克里里琴小伙子的伴奏下，在广场的一角跳着草裙舞。姑娘们头上别着鲜花，五颜六色的裙子随着身体的摆动，像盛开的花朵，快乐奔放的舞姿，动人心弦的旋律，展现出古老的风情和别具特色的艺术韵味。

草裙舞是夏威夷最有代表性的一项娱乐活动，舞蹈内容多种多样，讲述传说，追忆历史，祈福或者赞美神灵，观赏草裙舞，能感受到一种力量的迸发，还有乐观的精神，真情四溢，愉快欣喜。

带着草裙舞的余韵，继续观光。

眼前一棵横贯的老榕树拦住了目光，这扭曲和缓、横竖生长、苍老枝蔓的老树霸气地占据了行走的道路，只留下像门一样的空间，从老树下穿过，老树灰白斑驳的枝干瞬间就把岁月和人纠缠在一起。

广场里摆满了销售各种小商品的床子，有衣服、手工制作的工艺品、花草种子，还有现场作画的、弹唱的……

我们在卖花种子的摊床前停了脚步，摊主是笑容可掬的母女两个，我同她们打着招呼："您好，请问今天是什么日子啊，这么热闹？"母亲说："今天是小镇为一项教育项目搞募捐，为一种将要濒绝的语言。"她边说边写下这个语言的名字给我看：Rdwaiian languge。今天所有人销售额的 20% 用于这项活动。

原来如此，这让我肃然起敬，这个语种小得"度娘"都查不到，也许是波利尼西亚人的一种方言吧。一种语言就是一段无法改写的历史，那些音符，那些节奏，那是淹埋在人间烟火里的文明，人间古老的符号，神秘的密码。小镇人的这个举动确实值得敬佩，小镇大爱。

远处歌声吸引了我的目光，一个弹着吉他的歌手在吟唱，声音暗哑低沉，甚至有些忧郁。我听不懂他唱的内容，也许也是波利尼西亚人语言吧，我在他面前的篮子里投入了十美元，然后坐下听他唱完一首歌，拿了一张他的唱片才挥手告别。

拉海纳小镇广场艺人

转过身来，一个红红的

身影映入我的眼帘，在这喧闹的市场里，在榕树下的座椅上，一位黑人青年坐在那里，低头专注地看着手中的书。阳光下的他像一尊神像，茂密的树叶遮住了阳光，却遮不住他身上散发出来的儒雅和书卷气质。

时间短促，没有机会去看看老街，去拉海纳剧院听戏，还有传说中夏威夷国王都曾做客过的、船长们喜欢的“Mr Baldwin 小屋”……

永恒的哈雷卡拉

哈雷卡拉是地球上最大的火山公园，这里有自 1750 年就休眠的火山群。一百万年前，哈雷卡拉在太平洋上卓然挺起。夏威夷人称之为“太阳之屋”，在传说中，它曾经留住了太阳，而在夏威夷土著看来，世界的尽头就在这儿，太阳就是从哈雷卡拉山头升起来的，所以他们认为这里是太阳的家。它的日出、日落和漫天的繁星是所有旅行者的向往。

哈雷卡拉独特的火山地貌与月球表面非常相似，地表全是矿渣一样细碎的暗红色砂石，当年美国执行登月计划时，宇航员就是在这里进行训练。

378 号公路是为哈雷卡拉国家公园专修的公路，险峻的路段，有 30 多个 Z 弯和 U 弯。几乎每拐一个弯就有跨过两山之间的单行桥，我们的车行驶在蜿蜒曲折的山路，车速严格控制在 20 迈左右，车像一条蛇在山间蠕动，即便是这样，每个人的神经都高度紧张，屏住呼吸，直视前方，每过一座桥便放松一口气，转转头，抽空欣赏一下周边的美景。

身边不断有 hiker（徒步者）走过。

就这么一点点向上盘旋着，仿佛从夏天走向冬日，直到看到悬崖上的冰挂，此时我单薄的衣服抵御不了寒风的吹拂，不断地加衣服，冷，是它送给我的第一份礼物，我甚至心里打了退堂鼓。不过，这也提醒我，见它，必得要庄重。

终于，在海拔 2090 米的地方，车子停了下来。我们沿着砂石小路一直走到 3000 多米的高度。

哈雷卡拉火山公园

俯视足下的哈雷卡拉，震撼和炫目一下子占据了我的心，我明白了，擦肩而过就意味着，错过它可能错过了我一生最壮观的风景线之一。

占地面积121平方公里的哈雷卡拉，苍凉、广袤、巍峨，十几个碗状的火山口在锥形的山上静默伫立，似在冥思，似在坐禅，似在沉睡。

火山之间如旋风吹过般，干净利落，但见残壁坚韧，熔岩凝固，平原开阔，山脉逶迤。

山谷、平原、盆地和蓝天白云浑然一体，朦胧神秘，在太阳的光晕中，它们变幻着不同的颜色，黄、灰、红、赭、黑……梦幻般呼应，内敛静定，却又幻影迷惑。

四处的沙砾，有的细沙如云，有的粗犷大气，有的阴柔华美。

此刻它是沉寂的，静谧壮美，可是，我却分明看到200多年前它喷薄而出的壮烈场面，每一处火山口都是熊熊燃烧的生命，在烈火中，它涅槃了，它凝固的废墟勾画出大地上辉煌的美。

这是劫难还是创作，是随意还是镌刻，是废墟还是奇迹？不管是什么，你一定会承认，这分明是大自然馈赠给我们令人震撼的巨幅画作。

眼前的情景让我想起来有一部科幻美剧叫《星际之门》，说的是地球和其他的星球之间有一个连接之门，按上一组密码，你就可以穿越它，走向另一个星球。

也许，就在这里，我已经开启了通向那个“门”的按钮，来到了“月球”

或者某个星球。也许，冥冥中真有一个开关，通向那些神秘的地方。

一声声可爱的鸟鸣拽回了游移的思绪，在荒芜的山野的另一侧，竟然有一片松茸的草地，一对灰褐色相间的小鸟正在觅食，这，一定是传说中濒临灭绝的“黑雁”，是哈雷卡拉火山仅有的鸟儿。据说，它们是外来的鸟儿和当地鸟结合的品种。

哈雷卡拉火山仅有的鸟——黑雁

同伴怕惊着它们，轻轻蹲下，拿出手里的面包撒在地上，它们非常惬意地享受着美食。我望着它们又呆呆地想了：它来自何方？是怎样翻山越岭飞到这里？为什么选择这样一个渺无人迹、尘世之外的地方栖息？谜一样的鸟儿，至今也没有答案解开我的困惑。

哈雷卡拉火山公园里的“银剑”

还有传说中的“银剑”——世界上最稀有的植物之一，那个绝世的花在哪里？我四处寻觅着，这个只有茂宜岛和大岛独有的花种。

原来，在我们停车的后方，一个火山口的边缘，有它生存的土壤，我们却只顾奔向前方，忽略了后面的风景。

“银剑”（Silaver Sword），不知道来自何方，银色的叶子如菊花般团簇着，在火山口周围，无数棵高大的银剑占据了大片的砂石地，那一簇簇指向天空的叶子坚硬无比，仿佛利剑一般要刺破长空，威严和冷傲充满在它凄美的身躯里。因为它只长在火山周围，遍地的石头，炙热的气候，阻挡不了它顽强地生长，人们敬称它为“火山花”。

它的魅力不在外表，而是，它的生命有几十年，这一生只开一次花，花蕊可达上百个，花谢，魂飞。银剑，最美地绽放在告别人间那一瞬。

也许，只有这壮士般的花，才配得上哈雷卡拉的雄伟和奇俊！

鸟儿、花与哈雷卡拉相依相伴，魂魄相随！永恒的山、不灭的鸟、悲壮的花，构成了世上一幅独特的风景。

这天然而就的景色，让人怀疑，是不是月球 copy（复制）了自己一下，顺手丢到了地球上？

美丽的哈纳公路

得天独厚的气候和太平洋海水的滋润，让夏威夷成为世界上最美丽的地方之一。

茂宜岛有一条很出名的 Hana（哈纳）之路，全长 80 公里，是全美最美十大公路之一，甚至有些网友称之为“天堂之路”。

这里除了有绝美的热带雨林、悬崖峭壁，还有瀑布、公园、植物园、小镇、海湾、溶洞……更有著名的黑海滩和红海滩。

哈纳公路位于茂宜岛的东海岸，不到百里的路程，共有 600 个弯道，54 座桥，如此多的弯路和桥，想想都望而生畏，若不是有美景诱惑，谁会去冒这个险？

到茂宜岛三天了，连日的奔波，大家都有些疲劳，早上 9 点睡到自然醒，简单洗漱，吃点儿早点，吹着口哨，轻松上路。

沿着海岸线行驶，车子渐渐驶进了热带雨林，热带雨林是夏威夷一道亮丽的风景线，热带雨林里树木高大，枝叶茂密繁荣。粗壮的乔木接住了太阳的光芒，留给大地斑驳陆离的光；芭蕉树伸开硕大的枝叶，把绿色占满了空间；盘根交错，蔓藤纠缠的榕树任性地生长，还有五彩缤纷、鲜艳绝美的花儿迎风摇曳。

哈纳公路里的热带雨林

行进，不只是热带雨林。

公路两侧时而是原始森林，时而一侧是如剑的峭壁，或者是大片的原野；时而一边是热带雨林，那一边是大海汹涌……走过每一道山弯和小桥，总有惊喜。或是，山涧险要，飘风过耳；或是，碎石遍野，水流急湍。而瀑布总是在不经意间迎面而来，水珠四溅。

天，不时变幻着鬼脸，一会儿晴空万里，一会儿乌云密布，一会儿又小雨淅淅，这样的天气让人有一种穿越感、梦幻感，漂泊不定的感觉，仿佛行进在虚幻的动漫世界，特别是在雨中，随着每一个弯道惊现的美景，若即若离。但一路山风水声相随，不觉燥热。

能做的就是拿着相机，迅速捕捉美丽的瞬间。

在一个高高的观景台停下，俯视山坳下一个 U 形海湾，周围被芭蕉和椰子树包围，岸边是黑黑的海滩。蓝天、绿树、白浪、黑海滩，泾渭分明，蓝的清澈，绿的苍翠，白的透彻，黑的如墨。

这里就是夏威夷有名的普纳鲁吾黑海滩。

找到一条被树木遮住的小径，落阶而下，顷刻间，便走到了海边。

我脱下鞋子，走过光滑的黑色鹅卵石，踏上如粉的黑海滩，感觉如织锦般的细腻柔软从足底传遍全身。

黑色的海滩全世界只有六处，据说夏威夷和冰岛的黑海滩质量最好，这也为它赢得了“全美排名第一的沙滩”美誉。

黑海滩也是火山活动形成，火山喷发的熔岩像一条蛇一样慢慢地前行，熔岩入海，冷却的外壳结块变硬，内部的蒸汽张力导致成碎片，黑色的碎片被海湾拦住，堆积在海岸边，天长日久，海浪打磨、腐蚀着碎片，最终变成了黑色的颗粒、粉末。

从岩石到沙子，岁月像一把磨砂刀，柔了岩块的筋骨，浓了碎岩的颜色，融了海水的润养，最后，留下魔法般的痕迹。

我俯下身子，捧一把沙子，黑黝黝的沙粒浸满了手指间，像沙漏一样从指缝一点点渗出，我伸手一扬，一道弧形的黑光遁向清澈透明的大海，瞬间消失在空气中。

普纳鲁吾黑海滩

我沿着海滩一步步地走着，任风从椰子树下吹拂着头发，任阳光从大海的上方挥洒过来迷离我的目光，任黑色的海滩淹没了我的双足，我想象不出千万年之前汹涌的火山有多么壮观，我只能从足下微细的沙粒中品其千万年锲而不舍的雕琢和耐力。

海滩上有好几只绿色的海龟，一动不动地晒着太阳，修炼真身，海水改造了岩的形象，却养育繁衍了龟的生命。

告别黑海滩的时候，在岸上看到被石块围起来的空地，中间堆砌的土坡上摆满了鲜花，走近看，竟然是一处墓地，土坡旁还有两把淡紫色的长椅。

我很好奇墓地埋葬的是何方神圣，但没去打扰，安静终须安静。

走上观景台，刚要过马路，不经意间，看到旁边的石桌上有一张纸，被四个小石头压着，好奇心驱使我走上前看个究竟。纸上用英文写满了字，大意是：如果你的药（治疗心脏病的）丢在这里，请你打下面的电话，我会尽快给你送去，下面是字迹清晰的电话号码。

这里过路的人居多，药的主人可能是当地人，更可能是游客，想想偌大的茂宜岛，哪里去寻觅？可是，拾到的人不在意他在哪里？他关心的是：你尽快和我联系，我马上就送给你。

一张小小的便笺，折射人性的光辉，让人感到温暖。

继续沿哈纳公里前行，哈纳公路另一道风景线就是路旁的小吃（snack），新鲜水果、面包、汉堡、三明治随处可见而且相当便宜。

我们在一座漂亮的 snack（小吃）屋前停了车子，小屋的主人是两个漂亮的女孩，一边打着招呼一边忙乎着为客人准备东西，聊起来知道一个是法国人，一个是美国人。快餐和水果价格从 3.5 美元到 7 美元不等，我们点了椰蓉做的点心，还有叫不出名字的卷饼、一个大菠萝，几个人就在车旁吃了起来。那个椰蓉面包真好吃，里面好像有巧克力和奶酪，还有，那个菠萝真甜，吃一口，甜得不要不要的！

午后 3 点左右，来到了著名的 Kaihalulu 海滩，这里有罕见的红海滩，据记载，目前在世界上只有两处红海滩，另一处在希腊的圣托里尼岛（我很幸运，几个月后去了希腊，领略了红海滩的风姿）。

这里是一个断崖形成的海滩，深红色的岩石是黑色的火山石里面的磁铁矿，经过漫长的岁月氧化而呈现出红色。

红色海滩的红色沙粒来源于旁边的一座深红色的岩石山，这种红色的火山岩在结构上类似浮石，质地较轻，风吹雨打，它的碎屑飘落下来，沉积在海滩上，红海滩并没有经过海浪的猛烈打磨，沙粒比较粗糙。

这里相对人少一些，海水似乎没那么蓝，海滩呈褐红色，去往红海滩的道路上覆盖着松散的火山灰渣，红海滩的沙粒粗糙，不敢赤足，但那又有什么关系，重要的是它的独特，它诗意的颜色，它遗世的美。

Kaihalulu 红海滩

红海滩人少，悬崖林立，风浪大，站在它的峭壁前，我却从心底有一种快乐的悸动。在哈雷卡拉，我踏上了火山遗留的岩石，见证了最壮美的火山遗痕；在黑海滩，我追随了火舌吞噬的熔岩留下的踪迹；在红海滩旁，我被红色的砂岩和它飘扬的红尘包围。火山给夏威夷留下的不仅是足迹和珍宝，还有壮美和凄婉。

于千万年后，我站在这里，不只是幸运和震撼，宇宙的瞬变，时间的永恒，空间的无限，让人更觉得谦卑和渺小。

黑海滩被动而成，红海滩主动而就。有人把黑海滩想象成地狱（据说拿走沙粒的人会遭受厄运），把红海滩比喻成荒芜的月球，我却以为黑海滩、红海滩是火山以另一种风貌留给我们的礼物，她们就像一对姐妹，一个一袭黑裙，一个一笼红纱，美丽动人，魅力无穷，让人向往，让人留恋。

大自然的神奇不可思、不可量、不可预料、不可破坏，人类所能做的是顺其变化，守其风骨，敬其神奇，崇其庄严。

茂宜岛之行短暂丰富，这里还是户外体育爱好者的天堂，冲浪运动、骑马、赛车、打高尔夫球，或者在火山远足。

茂宜岛的独特注定了它的颜值，我相信它是所有旅游爱好者梦中的地方之一。

行走瓦胡岛

瓦胡岛是夏威夷第三大岛，也是夏威夷人口最多的岛屿，岛上最大的城市是火奴鲁鲁（也叫檀香山，因当年通过这里运送到国内檀木，而被华人命名，早年孙中山先生曾在这里从事过革命工作），这里也是夏威夷首府所在地。

著名的珍珠港就在它的南侧，还有维基基（Waikiki）沙滩、维基基大街、钻石山、伊欧拉尼皇宫（美国国土唯一的皇宫）、恐龙湾（深受欢迎的浮潜地点）、波利尼西亚文化中心、火奴鲁鲁动物园和水族馆等等。

我们的住处在维基基大街上的一个叫“Waikiki beach tower”酒店的21层（听说这期间美国总统奥巴马夫妻也在维基基度假，米歇尔在这度过了她的生日）。

酒店的设施和服务非常完备。客人的车子放到入口处即可，服务生会代客人去停车场停车，用时会有人去提取。您的行李就不要管了，人还没到房间，行李已经放在门前。房间里最让我欣慰的不是厨房、洗衣间，而是它面朝大海，俯身望去，维基基海滩就在脚下。

我还惊奇地看到，阳台上有一对白鸽栖在那儿，鸟儿不怕人，我拿来点心喂给它们，小鸽子一边享受美食，一边旁若无人地交颈缠绵，瓦胡岛的浪漫就从这里开始了。

维基基海滩

全美排名第四的维基基沙滩

下午 3 点左右，几个人一商量，就去维基基海滩游泳，晒太阳。

伙伴们有的换上泳装跳入海里，有的把草帽盖在脸上，躺在沙滩上就睡着了，我戴上了墨镜，一边晒太阳，一边观望。

在夏威夷十大美丽的海滩排名中，黑海滩（普纳鲁吾海滩）排名第一，维基基海滩排名第四，但这丝毫不影响它的魅力。维基基海滩是公认的度假胜地，岸边的维基基大街有世界上最大的开放式购物中心，购物中心包揽了所有的世界名牌服饰，还有免税店、商铺、星级酒店、酒吧、咖啡厅、快餐厅等，维基基大街充满了奢华又流俗的味道。

维基基的沙子黄白而细腻，躺上去特别舒适，夏威夷多数还是这样的白沙滩或者黄沙滩。

黑海滩让人欣赏，红海滩让人惊诧，黄、白沙滩让人亲近。若要比较起来，我觉得黑海滩好比高大上的偶像，要仰视。红海滩是远方的贵客，要善待。黄、白海滩就是你的邻居，无须寒暄，无须客套，只要告知一声，我来了。

从黑、红沙滩来到黄、白沙滩，我好像从遥远的星球跌落到烟火的人间，从古老的荒凉穿越到现代的凡间。

维基基海滩的长度只有一英里，太平洋的浩瀚衬托着她娇小妩媚的身姿，纵容着她任性活泼的炫耀。

海滩上到处都是人。远眺，海水碧绿、湛蓝、青黑三色交替，看久了有些眩晕。海浪很有风度地拍打着沙滩，不急不缓，神闲气定。大海里星星点点的冲浪、划艇、游泳的人们，随着海浪翻滚、冲刺、滑行。

岸边婆娑的椰树摇曳着，顺风送来阵阵凉爽。

回头望街上，到处能看见穿得花枝招展的老太太和颇具绅士风度的老翁，喝着咖啡、午后茶，或者看书，或者只是静静地坐着，悠闲地打发时光。穿着比基尼的少女旁若无人地在大街走着，洋溢青春的气息。穿街而过的大巴把背着行囊匆匆而过的游客埋没在人群里……

人潮如涌，声浪四起，笑语喧嚣，激情飞扬。

“觉得这里好吗？”我问身边的伙伴，她那里传出了轻轻的鼾声，这几天确实有点儿累，弯弯的山路令人神经高度紧张，维基基海滩温暖的怀抱让人一下子就松弛下来了。

在这里，我们又一次欣赏到美丽的落日，太平洋的落日。

白天的维基基婀娜多姿，多彩妩媚，我期待撩开它夜幕下神秘的面纱。

这里的日本料理非常新鲜，晚餐就在附近的日本店，喝着清酒，享受美食。

火奴鲁鲁的夜晚

现在是晚上七点，我来到了维基基大街上。

酒店的拐角处是个二十四小时营业的ABC超市，随意走了进去，买了一双小鞋子图形的“冰箱”贴，一只红一只黄的鞋子仿佛情侣，好吧，就让我“穿”着它们继续走世界。

走出小店，就觉得眼前一亮，有一种异样的感觉，我四处张望，啊！沿着维基基沙滩的那一侧人行路上，一排排火焰在闪动。

原来是火炬点燃了。每三个火把构成一组，每组间隔大约两米，火炬熊熊燃烧。火光，映红了沙滩，映红了大海，映红了夜空，映红了人群，也映红了火奴鲁鲁的夜晚。

红彤彤的火有一股吸引力，我不由自主地走向它。

波利尼西亚人认为，火把代表生命，在举行的宗教仪式中被用来敬神，表达尊重，而点燃的火把是火山女神（Pele）的象征。

在到处是火山的夏威夷，最崇拜的当然是火山女神了，所有古老的传说中，都是从她开始。火山女神是夏威夷群岛的创造者，她掌管着火灾、雷电和风，她美丽撩人，她调皮捣蛋，她嫉妒自私，她兴风作浪，她至高无上，她无所不能，她最出色的作品就是前面提到的普纳鲁吾黑沙滩、哈雷卡拉等等。

有火山女神庇护的维基基沙滩上，似乎所有人都安然。有的旅行者把自己的行囊当枕头，天做被，地做床，悄然入眠；有的乞讨者开出一席之地，以“家”的从容，坦然而卧；还有人在月光里徘徊，在星空下游泳；一对对情侣在草坪旁的椅子上，面对大海而坐；跳草裙舞的女孩子们也安静了下来，走向大街。

而有火山女神庇护的维基基大街上，似乎所有人都是兴奋的。

前方有一群人围着一个雕像在拍照，我也凑了上去，这是一个铜质塑像，几组火炬把他紧紧包围，下面有注释，我俯下身仔细阅读，原来，这是火奴鲁鲁人为了纪念一个叫“Duke”的游泳健将而立的。

Duke是火奴鲁鲁人现实生活的偶像。出生在1890年的Duke是在维基基沙滩长大的孩子，他是世界最伟大的水上运动员之一，也是游泳、冲浪和划浮架独木舟运动的大师，被誉为“现代冲浪之父”。Duke获得过五枚奥运会金牌，难怪维基基沙滩吸引世界各地冲浪高手云集于此。

Duke伸出双臂欢迎着人们，我请身边一对日本夫妻为我和他照了一张合影。

熙熙攘攘的人流从我身边走过，维基基大街上像个大舞台，热闹无比。

大商场、剧院、宾馆、餐馆霓虹灯闪烁，夜幕柔和了耀眼的灯光，黄色的主基调透出维基基大街上烦冗和奢靡的味道，路面折射出暖暖的颜色，它拽慢了纷沓的行走速度，也纵容了款款而来的光影，它们纠缠在一起，变幻出火鲁奴奴迷惑的夜晚。

酒吧、夜总会、咖啡厅属于浪漫者的浪漫，高雅者的高雅，我更愿意行走在谦卑与自由中，接当地风情，触凡俗地气。

我在火奴鲁鲁最美的大街上漫步，看着风景和风情。

一个妇人推着婴儿车，车上车下竟然有十多只大小不同的狗，小狗在车上昂着头东张西望，大一点的在车旁欢快地跑着，路人纷纷让开。妇人一手推着车，一手拉着绳子，还要忙不迭地向路人表示歉意。

年轻人拿着音响，拿着乐器，随随便便占据一块地方，就开始边歌边舞，激情四射，锐不可当，直逼你的视野，你的耳膜，你的心脏。

变魔术的家伙吸引了很多人，围成了好几层的圈子，就见他拿着一副扑克牌，上下翻飞，让人眼花缭乱，旁边的观众和他互动，猜着谜底，一会儿，众人发出哄然大笑。

一位农民模样的中年人落寞地坐在一角，他脚下一堆已经切割好的竹子，面前是几个编织好的竹筐，男人心无旁骛地编着他的作品。

维基基大街上特别造型的男人

在一处街角，戴着墨镜的盲人歌手弹着吉他吟唱着，一位妇人默默地陪伴在他身边。地上的纸板写道：你的支持可能会改变他的命运。我没有犹豫，在他的钱筐里投进了五美元，也投进了对他的支持，我用心听他唱着，为他鼓掌，我希望他能感受到我的鼓励和欣赏。

街头的艺术造型相当别致，他们把自己全身涂抹上金色、银色、黑色等各种颜色的亮漆，然后摆着自认为很酷的 pose，纹丝不动。

一个波利尼西亚男人服饰的造型我觉得不错，拿起相机刚要拍照，他却低下了头，一旁的女孩子走到我身边，轻轻耳语：如果拍照，请丢下一美元。我含笑点点头，其实心里早有此意，只是想照完了再给。拿出钱放下去，回头对女孩说：不如请您为我们拍个合影如何？女孩欣然答应，而那个“造型”看到我已经交了钱，立刻抬起头眉开眼笑地配合了。

最安静的是作画的人，画家仿佛在世外，专心致志绘画，被画的人一动不动，周围的人屏住呼吸在画家身后看着，走到这里，喧闹似乎被屏蔽了。

往回走，快到宾馆，见路边坐着一个人，他的身旁放着自行车、行李箱、背包等等。这肯定是旅行者了，地上有一瓶喝完的啤酒罐，他微笑地看着路人，旁边立着的小纸板上写道：Why lie，need beer（为什么要撒谎，就是需要啤酒）。我乐了，拿出两美元，轻轻地递给他，会意地一笑，我说：Just a beer（就一杯啤酒啊）。他也开心地笑起来了。人生有很多快乐，也有很多幸福的感觉，如果一杯啤酒就能找到，就能放大，那干吗放弃？喝吧，带上我的祝福，祝你愉快。

余秋雨在他的《千年一叹》中有这样一段话。他在巴格达问一位14岁的女孩：“你是不是像大人们一样，觉得美国讨厌？”没想到，女孩用流利的英语回答：“你是指它的人民还是它的政治？人民不讨厌，政治讨厌。它没有理由强加给别人。”又问：“既然讨厌美国的政治，为什么还学英语？”回答竟是：“语言是文化，不属于政治。”这个14岁的女孩回答得干净利落，让人拍手叫好。

语言是媒介，它让心与心有了沟通的平台，它不只是文字，它可以是音乐，可以是表情，可以是行为……

行走在维基基大街上，除了接触到异域的风情，热烈的火焰和奔放的人群激发出内心的快乐，行走的快乐，存在的快乐。

这里是个不夜城，灯火通明，那些游荡的女郎是维基基另一道风景线。

火奴鲁鲁的夜晚充满了魅力……

早上起来，站在宾馆的露台上俯视维基基大街和海滩，有人夹着冲浪板走向海边，海上已经风帆点点，陆陆续续跑步的人多了起来，火奴鲁鲁新的一天又开始了。

走进珍珠港

这是一段不堪回首的往事，这是一个沉甸甸的历史节点。

1941 年 12 月 7 日，日本军国主义不宣而战，偷袭美国珍珠港，毫无防备的美军被击沉战列舰 5 艘，伤 3 艘，毁伤其他舰艇 10 余艘；被击毁飞机 188 架，伤 291 架；官兵死 2408 人，伤 2000 余人，仅亚利桑那号战列舰(Arizona)爆炸沉没时就有 1177 人死亡。

这一天，是美国国耻的一天，美国政府在重创下，终于出手，与同盟国开始了对日的太平洋战争，最终日本战败，第二次世界大战胜利结束。

1962 年 5 月，肯尼迪总统指定亚利桑那号战舰沉没处为国家陵园，并在亚利桑那号沉没处建立了亚利桑那战舰纪念馆（ Arizona Memorial ）。纪念馆于 1980 年落成。

是是非非纠结着这次战役，孰是孰非是历史学家争议的课题，我们走进这里，只是作为观光者的身份去体会和感受。

珍珠港很大，纪念馆只是它的一部分，是当年事发地（ historic sites ）。

珍珠港纪念馆

除了手掌大的东西，一切都不能带进去，我只拿了手机和相机，随着人流走进大门。

走进门，地上一个大大的示意图，详细标明了纪念馆各处的方位。

先进剧场，那里放映着《偷袭珍珠港》的历史纪录片。那些重现的历史画面强烈地震撼着人们的视觉，惨烈的场面让人不忍目睹。

20分钟的纪录片很快过去，人流默默地向门外涌动，沉重、悲伤在空气中滞留。

一艘渡船载着我们驶向纪念地——亚利桑那号沉没的地方。远远望去，长方马鞍形的、纯白色的建筑在蓝色大海的衬托下格外醒目。

纪念堂分为三部分，包括入口处、中央会堂和祠堂。

穿过入口处，走进中央会堂，站在“马鞍”的内部，向外稍一俯身便可以看见战舰的残骸，白色的建筑横跨在亚利桑那号之上，与沉船形成十字形，残骸锈迹斑斑，不时有鱼儿穿行在它的上下，碧绿的海水轻轻地拍打着它的身躯，仿佛在吟唱着一首安魂曲。

会堂中心立着图纸架子，有个满脸沧桑的海军老兵站在那里，他的身上挂着勋章，他不停地讲解着当年的情况。1941年至今，73年的岁月过去了，如果他是幸存者，他的年龄一定在90岁以上。我想问一下他的年龄，问一下他在那场战斗中的感受，问一下他是怎么看待战争的？但周围层层叠叠的人群让我无法和他交流，现在想来，这些问题并不重要，重要的是，战争，可恶的战争，不能再让历史重演了，不能再有人如他一样，站在这里向人们讲解着那惨烈的场面。

在“祠堂”里有一面大大的白墙，墙上有用黑色的字体镌刻着按照字母顺序排列的1177位阵亡将士姓名。走进这里的游客都悄无声息，唯恐惊扰了他们的灵魂，只有照相机不断地闪动着，留下永恒的记忆。

渡船把我们带回纪念地中心。走下船，我长舒了一口气，从踏上纪念堂那一刻，心情就一直压抑。

游客中心的右侧是1990年代建造的纪念环（Remembrance Circle），34个蓝色标牌面向大海呈环状排列，镌刻着1200多名来自空军、海军、陆军部队和平民死难者的姓名。圆环中央是珍珠港平面图的沙盘，清楚地标出在遭受空中打击的那一刻，每一艘舰船所停泊的位置。

历史的画面在那一刻定格，这些无辜的死难者成了战争的牺牲品。祭拜，只是活着的人对他们的一种怀念方式，可是，谁来承担他们鲜活的生命？我只能默默地送上我的祝福，希望他们的灵魂在天堂安息！

和亚利桑那纪念堂遥遥相对的是潜水艇弓鳍鱼号博物馆（USS Bowfin Submarine Museum and Park)。

浮出水面的弓鳍鱼号是美国 288 艘参与第二次世界大战的潜艇之一，在二战中击沉过 39 艘日本货船和 4 艘日本军舰，战功卓著。

通过舰桥走上这艘柴油发电的潜水艇，艇内陈设一览无余，床铺、餐厅、休息室……

在舰艇的甲板上，我依偎在一个角落坐了下来，正午的太阳暖暖地照在大地上，周围静谧，我的心却不平静，这里可以看见纪念馆里陈设的那些炮弹、火箭等等，一切都分明告诫我们这里曾发生过的残酷。

我讨厌战争，憎恨战争给无辜百姓造成的伤害。

此时，一切平和安然。我是如此幸福，可以在日出、日落、月圆、月缺、花开、花落中宁静行走……

传说中牛顿的那棵苹果树【英国】

“逃婚”小镇【英国】

莎士比亚故居【英国】

维基基沙滩【美国】

西雅图街头的圣诞节游行【美国】

珍珠港一隅【美国】

雅典卫城遗址【希腊】

米岛的小巷【希腊】

形色美国人

2017 年最后一个月，北方的雪挟着雾霾，洒洒落落地填充着空气中的每一个缝隙，天灰暗着。手里握着去往洛杉矶的机票，提着装满四季衣裳的大行李箱，开启了第二次旅美的自由行。

这一次不同于上次，那次是和两个同学以自驾游为主，这次我单枪匹马穿行于美国西部几个城市（洛杉矶、旧金山、圣迭戈、西雅图和拉斯维加斯），其间周转的机场因为语言沟通的问题，有的差点儿没赶上飞机，有惊无险啊。原来自以为英语不错，到了这里才发现“书到用时方恨少”，所幸我遇到的美国人，包括黑人，都非常友好、耐心，有的甚至把我送到要去的地方才放心离去，他们让我感动。

下面写的几位美国人有当地华人、艺术家、曾经的小镇市长、百岁美国老太太、越南人，他们给我这次旅行中留下深刻的印象。

103 岁的莱素

洛杉矶的住处是同学的妹妹家。这是个公寓，院子中央是个大游泳池，院子里种满了芭蕉树、常青树，黄色的马齿苋，红色的月季、粉色的牡丹盛开着，美不胜收，还有结满果子的柠檬树。院子里住的大多是美国人。

听说院里有位百岁美国老太太，独居，很爽快的一个人，每天上午出门去超市，若是遇上，总是老远就打着招呼，我一听就感了兴趣，觉得这样的老人肯定有许多故事。

临走前一天，上午 9 点，她每天出门的时辰，我在院里闲逛着，期待“偶遇”。

久等不出，我索性走进一楼，楼道里有个手推车，推车下面有个牌子 LEWSROO，这是她的车，名字翻译过来就叫莱素。

轻轻敲了她的门，很快就有了应答，吱呀一声，门开了，一个个子不高、瘦小但精神矍铄的白发老人出现在眼前。我急忙后退一步，迎着老人有些诧异的目光自我介绍着：“我叫 Nancy（我的英文名字），来自中国，明天就要回去了，听说了您，想和您聊聊，不知道是否方便？”老人高兴地应道：“没问题啊，等我十分钟，我换一下衣服就来。”

不一会儿，穿戴整齐的莱素带着阳光般的微笑走了出来。

103 岁的莱素

莱素拉着我的手，指着蓝色游泳池旁边的休闲椅子说，我们去那儿聊吧。莱素的手传递给我温暖和善意，让我放下不安和局促。

这是个好天气，蓝色的天空没有一丝云彩，清风带着花香轻柔地环绕着我们，我们对面而坐，信马由缰地说着天气、环境和心情。

莱素是个热情的人，走过的每个人都打着招呼，笑容一直挂在脸上。

慢慢地，她对我讲起了她的故事。

刚刚在 2017 年 12 月 23 日过完 102 岁生日的莱素来自澳大利亚的墨尔本。年轻时的莱素做过战地和旅游记者。1945 年 8 月，30 岁的她被澳大利亚政府派到日本采访原子弹爆炸的事件，在那里，她邂逅了比她大一岁的美国军官丈夫，他们一见钟情，随即她辞掉工作，陪着丈夫来到了美国。

莱素55岁时，相爱至深的丈夫心脏病突发，离开世间，留下孤独的她和女儿相依为命。

我问她：没想过回澳大利亚吗？她轻轻地摇头，丈夫在这，这就是家，家乡，偶尔回去看看。

我注意到，只要有飞机从上空划过，莱素就手遮住眼睛，仰望着蓝天，笑着说："这个是飞向华盛顿的。哦，这个方向，应该是向澳大利亚的。"

莱素的心，一头在美国，一头在家乡。

莱素的生活很规律。每天早餐固定牛奶、面包和咖啡。白天看书、听音乐、看电视新闻，要围着楼房走三圈，饮食以蔬菜和肉为主，睡前喝点儿威士忌。她有很多朋友，时常在电话里煲粥。女儿在外地，外孙女经常过来看望她。

聊了大半天的莱素有点儿累，我们约好第二天上午我陪她去散步。

第二天早上9点，莱素准时出门，手里拿着厚厚的一摞贺卡，马上要到新年了，莱素给她的朋友们寄去祝福。

莱素推着车子，车子也是她的助行器，我们在光影稀疏的树下慢慢地走着，聊着。她说，过两天外孙女就来了，她们一起过元旦。说这话时，莱素的脸上荡漾着幸福。

在街头的邮箱旁，莱素停下来，一张张往邮筒里塞着贺卡，我在一旁静静地看着，我没有帮她，更不想打扰她，此刻，她一定在心里默默地念着每一个老朋友的名字，我更愿意与她分享这一时刻。

望着莱素弱小的身影，我想象年轻时的莱素，一定是说话快人快语，洒脱干练，手里端着照相机，甩着一头秀发，美丽而利落。她那个大兵丈夫，更是潇洒英俊，对她体贴疼爱的，否则，她怎么会义无反顾地跟着他来到一个陌生的国度？

莱素，就像院落里那些花儿，开得茂盛，开得不含糊。她抬头，一缕阳光展开，她低头，坚强相随。也许，支撑她在人生道路上微笑前行的勇气里还有她的丈夫，她在用两个人的脚步走世界。

乐观开朗的莱素，她的心里不孤单，那里装满了对生活的热爱。

她就像夏日里最后那朵玫瑰，美丽、耀眼。

算一算，若是莱素还活着，现在应该是108岁了，前些日子问同学的妹妹，她说好久没见莱素了。

可爱的老太太莱素，愿你一切安好。

越南女子 Ham

在旧金山，当地的华人朋友为了欢迎我，举办了一次烧烤party，就是大家常说的BBQ。

我们从头天晚上起就开始准备牛羊肉、龙虾、生蚝、鱼、蚕蛹、鸡腿，还有熟食、蔬菜等等。

这是个周末，一早起太阳就乐融融地露出了笑脸，上午早早地就在后院摆上桌椅、烤炉、酒。

在美国主要吃快餐，特别是跟团旅游，都是越简单越好，看到这么丰盛的食品，除了垂涎三尺，更感谢朋友的盛情款待。

陆陆续续的，客人来了。朋友贴心，叫上几个华人（还有哈尔滨老乡），为了让我多多了解当地的风情，特意请了美国朋友，说是一会儿就到。老乡见面分外亲，不消多说，东北人的豪爽都在酒里，端起酒杯仿佛就在家里。

刚喝一杯，就听门厅传来一阵喧哗，美国人Ben抱着一箱啤酒走进了院子。Ben的后面，跟着一个黄皮肤的纤弱女子和一个五六岁的小男孩。

朋友急忙站起来给我介绍，这是Ben和他的越南妻子Ham。

Ben的性格大大咧咧，而他的妻子却是文静中带着羞涩，长长的头发宛如少女一般，若不是孩子在眼前，谁也不会相信她是一个母亲。

Ben端起酒杯，很快就加入到男人的谈话中，而Ham有些不知所措。我急忙上去，把Ham请到我旁边坐下。“嗨，您好，我叫Nancy。”我用英文自我介绍。Ham矜持地笑了。

沉默了几秒钟，我拿出手机，调出相册，给她看。“我去过你的国家，你看，这是芽主，这是富国岛，这是胡志明市……”一份惊喜在她眼中，她情不自禁地拿着我的手机翻看着。

我们之间的距离一下子拉近了。

斟上满满一杯啤酒，我们先喝一杯认识的酒。我告诉她：“我是医生，我喜欢文学。”“Me too（我也是）.”她答道。她的英文发音完美。

我又说：“我喜欢音乐。”“Me too.”她很快答道。

我接着说：“我喜欢旅游。”她的眼睛一亮，随即有些黯淡，“Me too.”这一次，她回答得有点儿迟缓。

越南女子 Ham 和我

之前朋友和我说过她和 Ben 的故事。Ben 的职业是司机，一个人生活的他很孤单，他所在的公司有个越南人，回家探亲的时候带上了 Ben，打算给他介绍个模特，结果见面后模特没看中他，陪同模特一起来的 Ham 鼓足勇气问 Ben: “我们可不可以试着交往一下？”

就这样，两个阴差阳错的人经过一段时间相处，相爱了，Ham 告别亲人，随着 Ben 漂洋过海来到了美国，找了工作，生了小孩，一家人开开心心地过着小日子。

“想家吗？”我蠢蠢地问了一句。Ham 喝了一大口啤酒，“想。”眼睛有些湿润。

Ham 是个出色的女子，英文好，肯吃苦，素质高，现在是公司里的 leader（头领）。她告诉我，逢年过节时，在越南的父母格外思念女儿和外孙，Ham 脱不开身，有的时候就让 Ben 带着孩子回越南探亲。

娇小的 Ham 让我刮目相看。

我们的谈话越来越投机，从越南女人穿的奥黛（旗袍）到两国的文化、饮食，她没到过中国，没看过冰灯，不时地打听着，不知不觉间忘记了周围的朋友。

“啊哈。”对面坐着的 Ben 突然喊了一下，抬头看，见他不可思议地看着他的妻子，竖起了大拇指。

他大声地对大家说：“我和 Ham 结婚六年了，她喝酒最多的一次才喝了一瓶半，今天，她竟然喝了三瓶啤酒，太了不起啦！”

可不是，我们俩面前，六个空瓶子整整齐齐摆着。Ham 把羞红了的脸埋在手里，不好意思地笑了。

Ham 今天一定是开心了，在异国他乡，遇到了一位也是异国来的姐姐，人相遇话投机，酒逢知己。我们的谈话勾起了她的思乡情结，触到了她心灵深处最柔软的那块沼泽地，Ham 喝的酒里装着乡愁。

分别时，我和 Ham 几度拥抱，她希望我再来，我欢迎她和 Ben 到中国看看，到哈尔滨来玩。

有点儿醉意的 Ben 开动了他的车，Ham 带着孩子上去了。朋友说，在这儿，当地人喝酒驾车警察不管的，望着他们远去的影子，我有些担心，Ham 一定看出了我的不安，到家后马上给朋友打了电话，报了平安。

我佩服 Ham 这样的女人，大胆追求自己的生活，而且有能力驾驭自己的事业和生活，在异国他乡打拼出自己的天地。

Ham 成功的背后一定付出了很多艰辛，我相信，有一天，她会过上自己喜欢的生活，一家人去旅游，去做想做的事情。

Ham 让我对越南女人有了直观的认识，这是个有故事的人，如果有一天我们相逢，如果她不介意，我一定写写她的故事。

Ham 让我唯一感到不同的地方是，她是越南女人，而我心目中的越南女人不是这样的。

西班牙男孩 Renzo

在美国打车用 Uber，相当于国内的滴滴。我一共打了四次，充分体会到美国是个大杂烩国家了。

第一次，去奥特莱斯，接我的是个韩国大叔，服装整洁，白衬衣一尘不染，彬彬有礼，但很拘谨，热情中透着客气，几乎无话。

第二次，当天晚上从奥特莱斯往回返，接活的是中国广东人，因为我说不明白所在方位，导致他在周围绕了大约 20 多分钟才找到我，看我不好意思，反而还劝慰我不要急，一路聊天愉快，下车后坚决不收多绕那 20 分钟的里程，让人心情激动，异国他乡，祖国亲人温暖啊。

第三次，去好莱坞星光大道。一个表情严肃，黄皮肤的胖女人开车，上车后，我说了一句："您好，请问哪里人啊？"简洁地回道："墨西哥。"然后目视前方，一副拒人千里之外的样子，见此，我乖乖地闭上了嘴巴。

第四次，从好莱坞回返。这次是一位帅哥。我和同学已经在星光大道玩了大半天了，累得精疲力竭，上了车，我就靠在副驾驶的座位上闭目养神，不想说话了。

隐隐地，似从遥远的地方传来乐曲，随着越来越清晰的旋律，像清泉流淌，又像瀑布飞溅，让人感到非常舒适。

我睁开假寐的眼睛，问道："这么好听的音乐，是谁写的啊？"

他不动声色地望着前方，答道："Me（我）."

啊，我吃惊地看着他，睡意顿消。他轻轻地笑了。我也来了精神，准备和他神聊。

也许是看出来我喜欢音乐，也许是因为我们能用英语沟通，也许他刚好无聊，他打开了话匣子。

他叫 Renzo，今年 26 岁，西班牙裔，在美国读书后定居。喜欢音乐，作曲。他有个三人乐队，一把吉他，一只鼓，唱自己的歌，灌自己的唱片。

我说，我来自中国的北方，很冷、很遥远的地方，有闻名世界的美丽的冰雕和雪雕，我住的城市很美。Renzo 显然没见过这些，很向往的样子。

Renzo 说他的写作风格偏向于 rock（摇滚），我摇头，我更喜欢 classic（古典）音乐，Renzo 笑了，拿出了手机，里面有他作曲的歌，他请我听。

闭上眼睛，把自己融入音乐里，感觉是一位黑人在唱，歌词听不太懂，只能用心感受音乐荡漾出来的意境。

一曲完毕，我对他说，我觉得乐曲里有徘徊、有纠结、有感伤，但主旋律却是一直贯穿着希望和向往。你的歌里有呐喊，也有青春的阳光。音乐里不只是 rock（摇滚），也有 popular（流行）。

Renzo 定定地看了我一眼，说了句：“You catch me（你懂我）。”我也轻轻地笑了，心里有点儿小得意。

我举起手，示意他接着播放他的歌曲，不再言语，我默默地听着，沉醉在静好的时光里。

音乐真是奇妙的东西，它能让不同语言、不同背景、不同种族的人一下子就找到共鸣和相通。若是这个世界所有的人都在音乐的欢愉下生活，是不是就不会有战争、抢掠，只有和平和爱？

音乐家 Renzo

时间，就在车轮静静的滑动中飞过。

到目的地了，我对 Renzo 说，真的很开心坐你的车，很享受，欢迎你有机会带着你的音乐、你的乐队到我们的城市去，让更多的中国人分享你的快乐。

Renzo 连连点头，给我写下他的联系方式，然后把车停下熄火，跳下车，我们留下了一张合影。

挥挥手，目送他的车消失在远方，脑海里浮出一句话：同是天涯爱乐人，相逢何必曾相识。

曾经的女市长

圣诞节那天，西雅图下雪了。

早上，在同学的惊呼声中醒来。工作在西雅图的同学好几年没看到雪了。雪，对于来自中国北方寒冷城市的她而言，不仅仅是洁白美丽的象征，还有她对家乡的思念，有她年少时青春的味道。

兴奋的她急急忙忙把我们拽起来，一起去自家园子里踏雪。

清清爽爽的空气，晶莹剔透的雪把通向湖边的小路滋润得仿佛刚刚沐浴，片片雪花洋洋洒洒地从天空飘落下来，积累了一夜的雪压得松枝弯了腰。

眼前的湖水雾气氤氲，岸边的游艇宛若在青纱帐中，若隐若现。“瑞雪兆丰年啊！”她自言自语地看着天空，伸出双手仿佛要拥抱着雪花。

司空见惯的我没有她那份惬意，却对着她家的游艇发呆。这艘游艇好多来美的同学都坐着玩过，每每看到他们欢快的相片，心里就充满了向往和嫉妒。不只是因为游艇，而是往左侧拐个弯，几百米远的地方，有一栋别墅，别墅主人的名字太响亮了，是大名鼎鼎的比尔·盖茨。同学曾去过他家里做客，于我而言，能远远地望着，照张相就知足了。

可惜，我来得不是时候，同学的爱人前些日子从高空跌了一下，正在骨折恢复期，开不了游艇，这让我心里觉得特别遗憾。

善解人意的同学看出了我的心思，笑嘻嘻地从背后抱着我的双肩，说：“你不是一直想体验一下老美怎么过圣诞节的吗？今天我就领你去美国人家里玩，好不好？至于游艇嘛，就留下一个遗憾，等你下次哟。”

心灵手巧的同学准备了两个漂亮的果盘，又拿出一盒中国茶，几个人就出发。

林中湿滑的小路静悄悄的，两侧低垂的柳枝几乎掩埋了它的身影，湿漉漉的落叶铺满了道路，慢慢开着车子，大约十分钟就可以到她的美国朋友家，路上，同学简单介绍了一下情况。

她叫 Judee，五十多岁，律师，单身妈妈，有三个孩子，曾是 Beaux arts 小镇的市长。她是同学的患者，现在是认识十多年的亲密朋友。

车在一棵老松树下停了下来，一栋两层小楼的木房子呈现在眼前，胖胖的 Judee 已经在门前的长廊里等候。老朋友见面来个大大的拥抱，她关心地询问同学爱人的伤势，得知无恙，松了一口气。

推开房门，一股热浪伴着浪漫、温馨、浓郁的节日气氛扑面而来。

屋子中间一条长长的桌子，上面摆放着水果和面点，点燃的蜡烛左右摇摆着火苗，好像在欢迎着客人，对面是厨房，左侧大大的落地窗前，一棵一人高的圣诞树绿意盎然，上面彩灯装饰，小铃铛和丝带点缀着。Judee 自豪地告诉我们，这棵树是她和小儿子在山上砍下来，一路拖着回来，很麻烦啊。Judee 夸张地举着双手比划着，把我们逗得哈哈大笑。

圣诞树旁边，老式壁炉上面挂着圣诞帽子和袜子，前面摆放着两个老式的沙发。

Judee 家的有趣摆设

墙上挂着她和孩子们的相片和各类小玩意儿、贺卡。最吸引我眼球的是书柜前面的台子，搭成了台阶状，上面铺着洁净的白布，错落有致地摆满了东西，走近仔细看，天啊，这简直就是活灵活现的西方圣诞节再现。“街道”上商店里金碧辉煌，川流不息的人流，牵着狗的孩子，坐马车的大爷，悠闲地抄着手看游行的市民，唱诗班的人认真地吟唱着，扛着梯子的工人匆忙地走着，情侣们在喃喃私语，孩子们争先恐后地在院子里荡着秋千，转动的木马活灵活现，羚羊在和雪人嬉戏，堆着雪人的老奶奶差点儿跌倒，圣诞树前圣诞老人好像刚从烟道里出来，带翅膀的女神似要飞翔，庄严的教堂前虔诚的人们在祷告，城堡里隐隐约约的灯光。

占据房间一隅的小小台子，像个小舞台，展现了美国本土的文化和民俗风情，可见主人的用心、品味和情趣。

热情的Judee招呼着我们席地而坐，我们就靠在沙发前闲散地聊着。她说，她十六年前去过中国，去过哈尔滨，她很喜欢那里。她又拿出她在世界各地旅游的相片给我们看，相册里年轻的她多了几分妩媚和朝气。

Judee 给我看她的旅游相册

爱好艺术的她又拿给我看她用两天的时间制作的玻璃画，一幅可爱的小鸟。她一边和我们聊着天，一边还不时地跑到厨房照看着，烤箱里有给我们准备的午餐。

Judee 一脸幸福地介绍说，她有两个女儿和一个儿子。儿子刚刚大学毕业，马上要到印度工作；小女儿在身边工作，大女儿在外地上班，节日不能回来。说话间，大女儿的视频就来了，Judee 抛开众人，开心地对着电脑和女儿聊了起来，告诉她家里来了中国客人，Judee 的脸上一直挂着开心的笑容。

要吃午餐了，她喊楼上的小女儿和女婿下楼。

随着踢踢踏踏的脚步声，众人的目光就定住了，简直是一对金童玉女啊，太漂亮了！我不禁在心中赞道。女孩子的皮肤瓷一般透明白皙，宝石般晶莹的眼睛，精巧的鼻子，飘逸的长发，就像是《天鹅湖》走出来的仙女。男孩子洒脱帅气，英俊潇洒，白净的脸上透着阳刚之气。

也许意识到大家的注目了，女孩子羞涩地低下头，跟在丈夫身后。

Judee 说，他们两个是演员，在西雅图上班。怪不得啊。我在心里暗暗地替 Judee 骄傲，优秀的妈妈，才貌双全的孩子们，幸福的一家人。

端上牛排、面包圈、奶酪、点心和水果，大家开心地边吃边聊，时间很快就过去了。

Judee 的家不是豪宅，普通的房子，普通的人家，却让我感到很温暖，空间里散发着文化的气息和浑然一体的而不是刻意雕琢的氛围，让人很舒服。

和 Judee 拥抱告别，坐上车子，我摇下车窗，拍下了绿树掩映下她的房子，她的家。

这是一个多么幽静的地方，四周树木葱葱，她的房子就在大自然的怀抱里，风在枝叶间肆意地穿行。

车辙越来越长，她家越来越远，我的眼前却出现了油彩的画面，画面里，春天的鸟儿在树林里啾啾地欢唱着，毛茸茸的绿色地毯散发着青草的芬芳，一袭披肩在身的 Judee 徜徉在小径中，无比地惬意；而夏日里，骄阳的烈日被茂密的树叶挡住了身影，Judee 坐在长廊的摇椅上，悠闲地看着书；秋天，一地五彩缤纷的落叶装点着她的小屋，烟霭迷蒙中，飘飘扬扬的枝叶与她同行，一同推开她的门扉……

诗，就在她的生活里，而远方不远，触手可及。

雪，不知不觉停了，雪花融化在大地上，被滋润的土地仿佛有了气息，落叶也闪着光珠，一派生机盎然的景象。

身边，同学神情安然地开着车，她也如这雪花一样，融进了美国的生活中。在美国开诊所的她充分利用所学中医针灸手法，治好了许多疑难病，也结交了很多美国朋友，Judee 是其中之一，在美国的他们就像文化使者，促进了中西文化的交流。

前些天同学告诉我，喜欢旅游的 Judee 准备安排一下时间，再次来到中国。我也有许多话题要和她探讨，Judee 的世界是另一番的景色，比如做小镇市长的感受、单亲妈妈的艰辛、旅游的快乐、生活的态度……

Judee 也是一个有故事的女人，故事一定很精彩。

参加旧金山市长的葬礼

也许你不知道他是谁，但你一定要知道这件事。

2017 月 9 月 22 日，在美国旧金山的圣玛丽广场设立了一组“慰安妇”的塑像，怀念在“二战”期间被迫为日本军队提供性服务的各国“慰安妇”。旧金山议会当时提交的理由是“日本政府时至今日都没有向健在的原慰安妇公开道歉”。因设“慰安妇”塑像，旧金山和大阪反目。

这是美国第一个大城市建立的一组塑像，当时的旧金山市长是他——李孟贤，一个祖籍中国广东台山的华裔。

我和他一定是冥冥之中有缘的。

那是2017年12月16日，我和同伴约好了参加旅行社的“旧金山一日游”。早早地，我们就在集合地点等待，约定的大巴已经过了点儿还没到，旅行社在我们的督促中派来了一辆小轿车。原来，游客爆棚，大巴没有座位了，特别派了一台小车，专门陪我们两个和一位北京来的华老师。

特别的待遇啊，我们高高兴兴地坐上车出发，大约一个多小时，到了第一站，旧金山的市政府广场。

此时大约是9点，阴天，偌大的广场有些空旷、肃穆，几台警车在路边。匆忙照了几张相，坐上车刚要走，突然发现不对劲，市政大楼上有面降半的美国国旗，很多人都往那里去。下来一打听，原来今天上午在这里举行12日去世的李孟贤市长的告别仪式。

李孟贤市长

望着那面星条旗，我心一动，想起这几天的网上报道，他是一个非常爱国、有正义感、有担当的华人市长，可惜心脏病骤然发作，去世时才65岁。

和同伴、导游商量，都同意我的想法，压缩下面的行程，我们去祭奠李孟贤市长。这真是缘分，此时此地，若是大巴载着我们，断不可能为我们滞留。

走向前去，市政大楼门前的台阶上摆满了玫瑰、百合等各种鲜花，还有李孟贤生前的相片、悼文、定格在他逝去那一刻的时钟……人们用不同的形式悼念、缅怀着他。

告别仪式还没开始。电视台的记者们在采访他生前的朋友、同事和政府人员，其余的人与我一样，默默地站在鲜花前。望着他的相片，我觉得他更像一名儒雅的学者。

等待的时间里，我迅速在网上搜索了一下李孟贤的生平。

其实，他本是个学者，加州大学毕业的他是一名律师，2011 年起担任旧金山第 43 任市长，是旧金山第一位民选的华裔市长，也是旧金山 160 年历史上第一位华裔、亚裔市长。

李孟贤在任干的最漂亮的一件事就是宁可和日本人反目也要把“慰安妇”的塑像矗立在旧金山的市中心。这组三位手拉手分别来自中国、韩国、菲律宾的少妇和下面仰视她们的韩国老妇代表了数十万在世界反法西斯战争期间遭受了大量苦难和屈辱的“慰安妇”。

网上说，在设立塑像的过程中，日本方面穷尽手段极力阻挠，甚至有些无耻的日本人竟然说，流传的“慰安妇”事件的说法是假的。大阪市长吉村洋文更是威胁道：若是批准“慰安妇”塑像，将解除与旧金山 60 多年的姐妹城市关系（后来果然解除了）。

“道不同，不相为谋”，在公理和正义面前，李孟贤为代表的旧金山做出了正确的选择。

李孟贤还是第一个把中国国旗高高飘扬在美国旧金山市政大厅的市长，那是 2016 年的国庆，和祖国一起欢欣鼓舞的他，把国旗举起，国旗的后面是他那颗拳拳的爱国之心。

李孟贤市长的灵柩

曾经在 2008 年担任北京奥运会火炬传递旧金山站火炬手的他说：“虽然我出生在西雅图，但我的根在中国，在台山，我是中国人。”

看到这些报道，敬重之心油然而起，这是个血性男儿啊！心里更增加了几分沉重，为他英年早逝而惋惜。

随着悼念的人群缓缓走进市政大厅，庄严肃穆的长廊里所有的灯都点亮着，大厅中间，李孟贤市长的遗体静静地在那儿。大厅里悄无声息，人们默默地走向他，鞠躬默哀，表达沉痛的心情。

一路走好吧，您一定是太累了，一言不发地就走了，撇下了苍苍白发的老母亲，撇下了你挚爱的妻子，撇下了疼爱的孩子，还有旧金山爱戴你的市民。这样的好人一定会上天堂的。

告别大厅出口处有个留言簿，我拿起笔，未假思索地就写下：God bless you（上帝保佑你）. 我不知道他是否信奉上帝，但在这个基督教信仰至上的地方，上帝也许最有发言权。

《圣经》说：上帝无所不在、无所不能、无所不知、无所不有。那就请保佑李孟贤市长安息吧。

作为来自祖国的同胞，有机会向他表达我的致意和哀思，或许对另一个世界的他，会多一份欣慰和安宁。

于我，这是一次可遇不可求的“相望”。

后来听友人说，我留言的那份文件将永久保留在市政府的档案里，我好后悔，若是知道这样，我一定用中文多写几笔，我心中有话说啊。

曾经看过这样一段话：“去不同的城市，感受不一样的人文风情。在旅行中，和有趣的灵魂相遇，邂逅真诚的故事，在路上过一种很酷的人生。”

这个世界，总有一些穿高跟鞋走不到的路，喷着香水闻不到的空气，写字楼里永远遇不见的人。

在美国短短的旅途接触的人，不同肤色、不同种族、不同年龄、不同经历，但他们善良、开朗、自信、快乐、负责……他们让我看到生活的美好和希望，也足以让我用另一种眼光重新审视自己，让我深思。

希腊

情系“爱琴海”

2014 年情人节出品的电影《北京爱情故事》有这样一个镜头：圣托里尼岛的傍晚，刘嘉玲穿着橘黄色的晚礼服，推开门，慢慢走向梁家辉，此时，晚霞在氤氲中缓缓降落在爱琴海上，烛光摇曳，音乐轻起，两个人四目深情相望，起舞……

画面里的爱琴海，成了我心中最浪漫的地方。她是那么地蓝，衬托着圣托里尼岛的墙洁白如玉，衬托着夕阳光芒耀眼。

8 月的一天，机会来到眼前的时候，我毫不犹豫地抓住了，这一次，是和我 13 岁的小外甥女同行，美丽的小姑娘第一次被她的妈妈允许放飞。

从北京出发，乘卡塔尔航班，13 小时的里程，走向希腊，走向圣托里尼和米克诺斯岛，走向我梦中的爱琴海，那个现代欧洲的摇篮。

希腊，是地处欧洲东南角、巴尔干半岛的南端的共和制国家。全国由半岛南部的伯罗奔尼撒半岛和爱琴海中的 3000 余座岛屿共同构成。属于地中海型气候，全年气温变化不大，冬季气温在 6℃ ~12℃之间，夏季则在 28℃ ~31℃之间。

飞机降落在首都雅典。在很多人眼里，希腊是西方文明的发祥地，创造过灿烂的古代文化，在音乐、数学、哲学、文学、建筑、雕刻等方面都曾取得过巨大成就。古代的希腊曾产生了受全世界儿童喜欢的神话传说，如《伊索寓言》里的《狮子和老鼠》《狐狸和仙鹤》《披着羊皮的狼》和《狐狸和葡萄》等。伊索寓言通常短小精悍，思想性颇强，体现了古代希腊人的智慧，对后世全世界的文学都产生了影响。外甥女一听说那些童话故事立刻兴奋起来，眼神中充满了向往。

很幸运，接待我们的导游毕业于大学历史系，一个扎着小辫子的小伙子，我们一路听他讲解一路恶补历史知识。一串串似曾相识的单词在他的口中脱口而出：阿基米德、柏拉图、苏格拉底、亚里士多德、宙斯、雅典娜、潘多拉、普罗米修斯、奥林匹克等。

雅典古城遗址

在一片荒凉的古迹中，车停了下来，举目望去，仿佛是一幅历史的画卷沉重地打开了画轴，恍惚间，像是置身在远古的战场。断壁残垣，荒漠沙石，高大恢宏的神庙建筑、环形运动场和剧院。

一面希腊国旗迎风飘扬，微风卷着沙土，带着岁月的沧桑迎面扑来。

当时我在日志里是这样留言的：“希腊。雅典卫城，宙斯神殿，烈日下，断壁残垣，透着苍凉，昔日的辉煌随着沙尘飘去，沉淀下亘古的神话。我赤足走在光滑的岩石路径上，仿佛看见苏格拉底、阿基米德在远处默默地思索，而众神在眼前交替变幻，此时，唯有无语的静观方能表达对这一切最高的敬意。”

曾经的厮杀、喧嚣、搏斗、争夺伴着血和泪悄无声息的印迹在这古老而神秘的土地上，所有的一切是静默的，我的眼前却晃动着疆场、运动场、音乐厅交替上映的喧嚣画面。我的思绪在远古和现实中穿越！

爱琴海在远处荡漾，一如既往地拍打着砂石和岩壁，仿佛一切的发生都是自然的，任意的，天成的。

米岛的小巷、风车和天堂海滩

爱琴海的浪花缓缓把我们送到仅逊于圣托里尼岛（圣岛）的米科诺斯岛。如果说希腊拥有世界上最美丽的岛屿，米岛以其独特的气质首屈一指，它被西方游客称作“最接近天堂的小岛”。

米岛的建筑是整个希腊群岛中最引人注目的奇迹之一，所有房屋的外墙都是白色，门窗则为鲜艳的蓝、绿、红或者橙等色调，营造出一种神话般的梦幻情景。

行在蓝白相间狭长的小巷里，独特的首饰和漂亮的丝巾比比皆是，不时有浓浓的咖啡香味随风飘来，随处可见小 bar and snack（酒吧和小吃）。人走在里面仿佛是进了迷宫，脚下是不规则的格子石板，鲜花不经意地从门窗或者白墙上面垂落下来，点缀着小巷的空间。

据说，爱琴海上各个岛屿都是4—10月份开放的，非常清静。是的，我们的到来打乱了它的平静。米岛让我又一次想起丽江古镇那些小巷，若是比较起来，那里的人间烟火比较浓厚，而米岛更像是世外仙境。

在米岛，教堂随处可见，小小的米科诺斯岛上竟然有三百多座教堂，这些形状各异的教堂，总是适时地出现在街道或者商店旁，与周围环境和谐地连为一体。

帕拉波尔蒂阿尼教堂，意为边门圣母，这是座与众不同的教堂，是米岛最为著名的教堂，洁白的颜色让人印象尤为深刻。帕拉波尔蒂阿尼教堂是拜占庭式教堂的瑰宝，由四座教堂合而为一，教堂雪白的墙面在蓝天映照下棱角分明。教堂每年要重新粉刷，所以一直会保持着白色的状态。教堂有上下两层，上层的教堂已关闭了，下层的一间教堂有一个小门，因此也称为小门教堂。

帕拉波尔蒂阿尼教堂

无论是阳光明媚还是阴云密布，在大海的衬映下，白教堂都是爱琴海上的最美妙绝伦的画面。

米岛上卡特米利风车群和临海的小威尼斯建筑遥相呼应。卡特米利风车建于16世纪，屋顶用茅草覆盖，是米科诺斯岛的另一个标志，因为位于米科诺斯岛的半山，所以在这里可以俯瞰全市美景，海风推动着风车，海鸥翩翩起舞，米科诺斯也因此被称为“风车岛”。

风车群在小巷的尽头，海边。我坐在海边的酒吧里，远远地眺望着它们，一切已经尽收眼里，遥远的距离留下了神秘的念性……

米岛最大的特色是“天堂海滩”。曾经爆发的火山留下了褐灰色的颜色，它和暗色岩石成了岛上所有建筑的基调，仿佛有一股绵延不断的气息从千万年岩石的石缝间透出，她和爱琴海纠结在一起，和褐色的沙滩呼应，形成了独一无二的“天堂海滩”。

天堂海滩上褐色的火山岩、湛蓝的海水、洁白的沙滩、明媚的阳光、披着蓑衣的遮阳伞、诱人的美食和震耳欲聋的摇滚乐让人心情荡漾，激情四射，也有点儿不知所措。这里也是情侣们浪漫的圣地，这里“爱”不分性别，据说这是全世界男同性恋最集中的地方，果然抬头望去比比皆是，有些人心无旁骛地裸体或者半裸地躺在海滩上晒太阳。

海滩上有三个露天的酒吧，四个快餐厅。许多人在舞台上，或站在凳子、沙滩上，端着酒，如痴如醉地随着音乐任意摆动身躯，尽情发挥舞蹈的想象力。而快餐厅里有各种希腊的小吃、甜点、啤酒、三明治、色拉和汉堡包。

我端着相机，从沙滩的入口一直拍到海边（为了尊重隐私，我没有拍裸体的身影），然后，一点点赤足走进海水里，清澈透明的海水让人感到那么舒适、清凉。来希腊已经两天了，总是有一种穿越感，历史和现实，厚重和轻松，安静和狂热，一切的一切让人眼花缭乱。

天堂海滩给这座古老的岛屿带来了激情和暧昧，直至午夜，疯狂的音乐还在米科诺斯岛上空回旋……

天堂海滩

圣岛，最美的落日

圣托里尼等待看落日的人们

终于来到了圣岛，爱琴海上最璀璨的一颗明珠。据说，这是柏拉图笔下的自由之地，这里有世界上最美的日落、最壮阔的海景，这里蓝白相间的色彩天地让艺术家惊叹，让摄影家痴迷，让旅人神魂颠倒。

从米岛到圣岛是要坐船的，将近两个小时的里程，终于，圣岛在人们的欢呼声中渐入眼帘。我按捺不住内心的激动，拿出相机拉长镜头，赶快近距离看看这个神秘的岛屿。

圣岛是个火山岛，从海平面高高跃出的火山口宛如上帝一幅美丽的杰作，是谁把它比喻成卡布奇诺咖啡了？简直太形象了！那棕褐色的火山岩石就像是苦涩的咖啡，而上面排列错落的白房子就是厚厚的奶油泡沫，房屋上飘落的鲜花随意点缀在咖啡和白沫的上面，下面的爱琴海啊，恰似一块湛蓝的桌布，托起这款极具人间风情的咖啡杯。

圣岛有着神话般的传奇。1500 年前这里发生了一次几千年来最猛烈的火山爆发，留下一个大火山口和几百米厚的火山灰。在圣托里尼岛上有厚约 60 米的白色火山灰沉积，它们的底部才是当时的地面。

很多考古学家和历史学家认为，圣岛很有可能是古代神秘消失的，有着高度文明的亚特兰蒂斯古国。

随着游轮的靠岸，我们来到了圣岛上最著名的伊亚小镇，关于伊亚小镇，网上曾经流传这样一句话：带上这个世界上你最爱的人走遍天涯海角，与她牵手，到圣托里尼伊亚小镇去看世界上最美的落日。

一脚踏上这片土地，心又觉得莫名的激动，圣岛的美丽超凡脱俗，它没有大片的草原，没有遍地的鲜花，它是在临海的天涯里，用圣洁的白色，用无邪的蓝色装点着自己独特的风景线，而这个美丽，却是用血与泪的代价换来的。

当初，希腊人为了抵御土耳其人的侵占，保卫自己的家园，在悬崖上崎岖的山石之地建筑了房屋，这让我想起中国电影《地道战》，我们的防御在地下，希腊人的防御在错综复杂的崖壁上。

随着比肩接踵的人群，把自己埋没在弯曲的鹅卵路里。此时正值午后，火一样的太阳照得人热汗淋漓，抬头望，白色的房屋层层相连，高低错落，建筑风格各异，有的人家屋顶可能是别人家的阳台；有的人家的院落里放着藤椅和茶几，仿佛主人刚刚还喝过咖啡；有的院落里有游泳池，蓝色的池水在白墙的映照下格外醒目。

火红的三角梅从屋顶、从窗棂里悄悄下垂、开放，给岛上添了一丝娇嫩的色彩，酒吧、咖啡厅随处可见，浪漫的气息在圣岛的空气中弥漫。蓝顶教堂像是珍珠一样散落在石屋和小路中，格外庄严和静穆。

上帝确实偏爱这个地方，把这里布置得像童话世界，而这童话世界里最耀眼的光芒是“落日”，世界上最美的落日。

圣岛的落日

落日的时间是在晚上 8：10，6 点开始，弯曲狭窄的街道上行进的游人在拥动，围墙上，房屋顶，甚至台阶站满了各种肤色的人群，人们用朝圣般的心情等待着落日时分。

快到 8 点，人群攒动，就见红彤彤的落日把天空和爱琴海印染出红色、金色、黄色、蓝色交织的光芒，海天相连，而它就像一位圣女，优雅地伫立在天际，霞光似锦绣衣裳，飞扬在天地宇宙间。此时，一片寂静，人们都屏住了呼吸，生怕惊扰了大自然的美景，只是都高举手中的相机，用镜头留住这壮观的景象。

渐渐地，落日和湛蓝的爱琴海接壤，海水轻托落日，像迎接情人般，小心翼翼地，温柔地纳入它的怀抱，当落日彻底淹没在爱琴海时，人群中爆发一阵热烈的掌声，人们为大自然完美的谢幕鼓掌。

回返途中忽见天空一轮明月夺目而出，听说今晚的月亮比平时满月时还大出 14%，那轮圣洁的月儿照映了我们行进的小路，望着它，一下子想到家乡的亲人们，是否也在欣赏这样美丽的月亮。

我等何其幸运，刚观红日盛装归返又逢月亮女神优雅出场，千年难得之相啊！

希腊，这个充满神话的地方，日月同辉呈现万灵之气，也许那些美丽的神话故事不只是传说……

爱琴海的传说

关于爱琴海名称的起源有各种解释：源于古爱琴城；源于一位名叫爱琴的亚马孙女王，她葬身于海中；源于忒修斯王子的父王爱琴斯，他误以为忒修斯死了，心碎地跳海自尽；源于古希腊著名竖琴师琴，她收集的露水形成了爱琴海……

我最钟情最后那种说法。那个叫“琴”的女人，新婚之夜，她的丈夫希腊国王为了子民的安全不得不奔赴战场。琴每天都到曾和他约会的地方弹着琴，她用琴声传递着思念，却等来了他战死沙场的消息。她很坚强，泪水根本没机会溢上她的眼眶，琴披上国王的染血战袍，用拨动琴弦的手指挥着残酷的战场，琴赢了战争。

胜利归来的琴，每天晚上都对着夜空弹奏，她希望在天堂的国王可以听到。而每天清早，她就到处收集散落的露珠，她知道那是国王对她爱的回应。

终于，在许多年后，直到她永远睡去不再醒来的那天，人们把琴用一生收集的五百二十一万三千三百四十四瓶露水全部倒在她沉睡的地方。就在最后一滴落地时，奇迹发生了。琴的坟边涌出一股清泉，拥抱着她的身体。由泉变溪、由溪成河、由河聚海。

从此在希腊就有了一片清澈的海，人们都叫它“爱琴海”。

这个美丽动听的传说让人听了潸然泪下，在希腊的几天里，总是有机会坐在爱琴海岸边，望着湛蓝的海水，脑海里回旋着关于这个古老国度5000年文明历史的传说，经历了残酷的浴血抗争，希腊人更懂得珍惜生活。他们享受着大自然得天独厚的垂爱，同时更用自己勤劳的双手构建美丽的家园，他们对生活的追求有了更高的层次。

导游说，希腊人有些懒惰，他们一年只有十一个月工作（我们去时刚好赶上全民放假，城里除了游客就只有商家了），一周工作四天，一天工作六个小时。余下的时间，他们携家带口出去旅游，他们更注重的是家庭的沟通，亲情的交融，生命的质量。我在想，出现过苏格拉底、柏拉图、阿基米德这样名人的国家，人们是否更睿智、更冷静、更超脱？抑或是爱琴海博大的胸怀给了希腊人更高的视野和胸襟，不得而知。但若是比较我们的生活，我倒更欣赏他们这样的"懒惰"。

从得到去希腊的消息起，"爱琴海"这三个字就把我的魂勾得紧紧的，我渴望站在悬崖上俯视它的美丽，我渴望走近它的身边感受它的壮观，我更渴望和它拥抱，把自己交给它，和它有片刻共度的时光。这个想法实现了。

那天早晨风和日丽，我和外甥女欢呼雀跃地登上了双体豪华游艇，驶向爱琴海的深处，去火山岛（卡梅尼岛），见白沙滩和黑沙滩。

游艇是双层的，下面是厨房、卫生间和休息室，竟然有一个大大的双人床在房间的中央。露天的上层就是观光游览的地方了，前面两侧均是皮椅，后半部是餐区。

早上的爱琴海几乎是风平浪静，朝霞在海面上泛起金色的涟漪，一望无际的海水用轻柔的波涛欢迎着我们，随着游艇的加速，风掠过的脸感到了清爽，而船帮传

爱琴海上

来嘭嘭的撞击声，那是海浪和船的碰触唱出的音符。

我趴在高高的围栏上，呆呆地望着爱琴海。这就是琴的眼泪，这就是他们爱情的归宿吗？在这儿深不可测的海水下面，琴，你还在等待你的爱人吗？勇敢的国王，这女子的痴心你是否知晓？这片海因为有了你们的爱情故事让人向往，让人留恋。

在海风的吹拂下，周围的人仿佛离我远了，我在和爱琴海的拥抱中进入到物我两忘的境界。

随着游艇渐行渐慢，远远的一座岛屿映入眼帘，导游的话语拽回了我的思绪，他说，那就是著名的活火山岛——卡梅尼岛。在公元704年一个海底火山破水而出，逐渐形成了现在的新卡梅尼岛，火山活动的中心。20世纪这里发生了三次喷发，最近的一次是1950年，现在是无人居住的活火山岛。

卡梅尼名称意为：新生燃烧出来的。还有高达八十几度的火山口像呼吸般拼命地吐出硫黄气，所以，岛的附近形成了富含硫黄的温泉。船只能停泊在卡梅尼岛的附近。低头看，清澈的海水里大片的鱼儿在游动，伙伴们早就换好了游泳衣准备潜游，我是旱鸭子，不敢下水，外甥女在同伴的照应下，也毅然决然地跳了下去。

他们在海水里开心地游玩，我也不由得受到感染，赶快拿出相机，拍下他们快乐的身影，还有黑沙以及卡梅尼火山岛的风姿。

忽然，在镜头里出现了一座陈旧的房子，一个老人和一条狗坐在那里晒着太阳。我诧异地问导游和船员，这个岛不是无人岛吗？怎么会有人居住？他们笑了，告诉我一个近乎传奇的故事，三十年前的某一天，岛上来了一个男人，他用废弃的木板和砖瓦为自己盖了一个遮挡风雨的小屋。偶尔，他离岛采购一些必要的生活用品，很快就返回。后来，岛上又多了一条和他相依为命的狗。三十年来，他们过着与世隔绝的生活。曾有人接触过老人，问他不孤单吗。他说，他的世界里除了女人以外什么都有了，阳光、海水、沙滩和宁静，还要什么？

我把镜头使劲拉近，想把老人和狗留在我的相机里，一句话在脑海里飘浮出来，“择一城终老，遇一人白首”。我无法更近地和老人探讨，但我想我能理解他一部分，他一定或是看破红尘，或是脱俗出世，在这远离人烟的世外里，享受一个人的世界，这样的取舍非常人能做到的。远远地，他安详的样子告诉我，他在自己的世界里活得很好。

时近午时了，船上的服务员开始准备午餐，煎煮大虾、海鱼和螃蟹的鲜味不时飘来，海里的人也陆陆续续返回了。在上层的餐桌上，大家尽情地喝着红酒，吃着美味佳肴。

下午三时左右，游艇载着余兴未尽的我们回到了圣托里尼岛，稍作停留，又回到了雅典城，逗留半日，返回中国。

尼泊尔

神佛的后花园

有人说，如果一生是个修行，短的是旅行，长的是人生。

在旅途中修行，在旅途中成长，在旅途中完美，这是真正的旅游。

尼泊尔，曾是我旅行计划特别向往的一笔。尤其是两次从西藏回来，我特别想去那个地球上紧邻着我们，像叶子一样的国家看看。然而，2015 年 4 月 25 日，一场噩梦伴着天崩地裂的呼啸滚滚而来，8.1 级的地震给尼泊尔古老的建筑，尼泊尔的人民造成了重大创伤，望着电视机里面那些建筑坍塌的画面，望着尼泊尔人无助的眼神，心如刀割，我也为自己之前没去尼泊尔而懊悔。

地震报道，约 51.70 万座建筑部分损坏，另有 51.34 万座建筑完全损坏，1.6 万所学校遭破坏，成千上万人死亡，文化古迹损毁严重，许多历史悠久的寺庙被夷为平地。专家预测整个修复需要 8—10 年。

尼泊尔，渐渐淡出了我的视野。

谁知偶然在微信朋友圈看到网友“冰城馨子”招募团员，她要和一个摄影团去尼泊尔，我看到消息莫名其妙地激动，是不是缘分到了？我不想等了，我要去看看它，即便它伤痕累累。

去尼泊尔的理由太多了。据说这是个庙比屋多、神比人多的国家，这是唯一印度教和佛教共存的国家，这个幸福指数全球最高的国家之一，旅行最安全、花费最便宜、最适合自助游、户外运动最齐全、风景最完美、节日最丰盛、手工艺术最血拼、离我们最近的境外天堂（这些是旅游攻略里大家共识的），当然，还是世界上最贫穷的国家之一。

哈尔滨——成都——拉萨——加德满都。飞机不断起落，在拉萨上了飞机后，我的眼睛一直望向窗外，我心中有个愿望，期待与珠穆朗玛峰来一次空中约会，可惜，云雾太大，终究珠峰将我拒之在外。

虽然没看到珠峰，却意外看到队友“清风徐”发上来的带着海拔高度、北纬东经数据的图片，让我大开眼界，赶快请教一下，手机里下载了“实时高度表APP”。学习是随时随地的事，到了这个年龄，最不喜欢的话是“我老了，什么都不会，落伍了”。这个世界给予每个人平等学习的机会，为什么要自动放弃而自叹自怨呢？

用这个软件，我在返程的飞机上给大家回了一个礼物。

在土著的尼瓦尔语中，“尼”是圣人的意思，“泊尔”的意思是养育。“尼泊尔”的国名意思就是“圣人养育的地方”。

尼泊尔是一个历史悠久的国家，从公元前6世纪起，经历了基拉特、李查维王朝、玛拉王朝、沙阿王朝，又被拉纳家族、英国和印度控制，1972年比兰德拉国王即位，实行君主立宪的多党议会制。2001年发生王室血案，比兰德拉国王等十余王室成员遇害，其胞弟贾南德拉登基，2008年尼泊尔当权者宣布废除君主制，将国体改为联邦民主共和国，成立以尼共（毛主义）为首的，包括尼共（联合马列）、马德西人民权利论坛等党的联合政府，几经周折，现在的总统是比迪亚·德维·班德利，总理卡德加·普拉萨德·夏尔马·奥利。

其中玛拉王朝是尼泊尔历史上最繁荣的时期，艺术、文艺达到辉煌的台阶。

尼泊尔是南亚内陆山国，位于喜马拉雅山中段南麓，北与中国西藏接壤，东、西、南三面被印度包围，国境线长2400千米。是一个近似长方形的国家，从东到西长度885千米，从南到北在145—241千米之间。

尼泊尔的气候只有两个季节，每年10月至次年3月是冬季，雨量少（我们在那儿十天遇到一次下雨，感觉像甘霖一样），早晚温差大，10—25度。4—

9月是夏季，最高温度达到36度，雨量丰沛，常泛滥成灾。

尼泊尔最值得骄傲的是山峰。世界上超过海拔8000米的14座山峰，有8座在中尼边界的喜马拉雅山区。特别是和我们共有一座世界最高的山峰珠穆朗玛峰。

几年前，我曾到过海拔6000米左右的西藏珠峰大本营之上，目睹过美丽的珠穆朗玛峰，跪拜在它雄伟高傲的身姿前，我心中充满了圣洁的期盼。越过珠峰就是叫尼泊尔的地方，那里称珠峰为“Everest”，那里有个地方叫蓝毗尼，2500年前诞生了佛祖释迦牟尼，他在喜马拉雅山脉下修行，把佛教通过遥远的国度引入中国西藏。

珠峰的那边充满了神秘，向往的种子就在那一刻落入心田，一旦触动，不由分说。我期待有机会去珠峰那边，那样我就会看到一个完整的珠峰，再去拜会佛祖的圣地，那将会是我人生多么美妙难忘的回忆。

走出了不大的飞机场，直接汇入人流、街道和空气中。穿着漂亮纱丽的女人，行色匆匆的背包客，破旧楼之间窄小的街区，飘荡着尼泊尔焚香的味道，落满灰尘的树叶枝干，汽车、摩托车、三轮车、单车组成拥挤穿梭的队伍，广场上懒洋洋酣睡的狗和飞翔的鸽子，还有光影里摇着转经筒的老人和端着托钵的苦行僧……

这就是尼泊尔，从远古灰蒙蒙的暮景中，带着沙尘飞扬的气息，带着千年仍在喘息的呼吸，带着万年创伤的躯体，带着淡定的微笑向我走来。

我怀着一颗真诚、好奇、热烈的心迎向它，等着它向我这个陌生人述说峻山与湖泊、战争与和平、神灵与百姓的故事，我等着它，一如等一千年知己，告诉它我跨越了千里风云、万米高空，只为和它赴一场心灵的约会。

佛祖释迦牟尼的故乡，印度教湿婆的家园，世界雪域高原汇聚之都，尘世间最后一个世外桃源，想想都激动啊。

二

行囊还没来得及放下，直奔位于首都加德满都的博达哈（Bodhnath）大佛塔。2015 年地震，周围建筑坍塌无数，佛塔仅上端有裂缝。

具有“天使之眼”之称的博达哈佛塔建于公元 14 世纪，是世界上最大的覆钵体半圆佛塔，世界遗产，塔高 38 米，周长 100 米。

佛塔的四面是彩绘的佛眼，象征佛陀无所不在地关注世人。这里是尼泊尔境内的藏族人的宗教中心，据说佛塔供奉迦叶佛的舍利。

远远望去，三层八角形的平台的白色佛塔在蓝天的映衬下磅礴宏大，像从天上坠落到人间的一个神圣宫殿，彩色的经幡像羽翼一样披挂在它的身上，那是天使在向宇宙传递人间的声音。走向前仔细观摩，塔的圆形土堆底部围绕着 108 个阿弥陀佛小神像，佛塔周围的砖墙上有 147 个壁龛，每个壁龛内有四五个转经轮。

“博达哈”大佛塔

大殿里面装饰着华丽的壁画和唐卡。虔诚的藏教徒一边上楼朝拜，一面转动经轮，口中念念有词。钹的撞击声、木鱼的敲打声、诵经的喃喃声，以及空气中弥漫的酥油和杜松熏香味道结合在一起，形成寺庙特有的味道。

沿佛塔螺旋楼梯上行，来到第三层，一些义工正在往摆放整齐的灯盏里面放一条条棉芯，然后注满蜡液，凝固后就是一盏盏蜡台。我蹲在一旁呆呆地看着，他们把手中的棉芯递给我，示意我也可以做，我忙不迭地接了过来，认真地放到每一个灯盏里，心中暗自想着这是多么幸运的事，我做的蜡台不知会送到哪尊菩萨面前？这样想着就不由得祈祷，期待灯盏带着我虔诚的心意，求佛祖保佑家人一切吉祥。

万物皆有灵性，即便是无声的烛光。希望自己变成佛前那盏烛灯，用微弱的光在佛陀世界里前行。

走下楼，一楼一个房间里有一个大大的转经轮，我轻抚轮筒，默念着六字真言，顺时针走了三圈。心到佛知。

佛塔下面是一个大广场，中间一片阵地被鸽子占据了，这些不怕人的小生灵自管自地在地上觅食，吃饱了就扑棱着翅膀在附近的房顶上休息片刻。

许多虔诚的佛教徒，在佛塔的外墙下铺上长条的薄被，一遍遍叩着长头，那么认真忘我，有的人肘部的衣服已经磨出洞，有的人额头有着黑黑的印迹，那是岁月留下来的茧子。他们神色安详，目中无人，只管一遍遍重复着磕长头的动作，让人感动于他们的虔诚。

我们只是过客，匆匆而来，陪伴他们的是广场上象征和平的鸽子们，无论日月星辰，风寒雨骤。而相对鸽子而言，他们也是过客，朝拜的佛教徒。对世界而言，我们都是过客，唯有善念永恒。

走出佛塔才感到周围环绕的街道有点儿像西藏的八廓街，因为这里曾经是中国西藏和尼泊尔通商的要道，所以这一带成为尼泊尔藏传佛教的圣地，难怪被称为“小西藏”。

四周到处是工艺品商店，兜售着当地的木雕、唐卡、首饰衣服等，熙熙攘攘的人流拥挤在街道上，川流不息。我在这里买了冰箱贴和带有佛塔标记的黄色 T 恤衫，期望把吉祥带回去。

二

和博达哈佛塔同样壮观、同样神圣、同为世界文化遗产的是著名的“猴庙”——斯瓦扬布寺（Swayambhunath）。建于公元前 3 世纪的斯瓦扬布寺是亚洲最古老的佛教圣地。

蒙蒙的细雨中走上位于加德满都斯瓦扬布山巅的圆形巨塔，只见这里一样满布着经幡，川流不息的朝拜人群，到处是点燃的酥油灯，还有大大小小的佛像。

高大的白色半圆形的基座上是一座四方佛塔，四面绘有四双巨大的眼睛，独特传神，关照四方，眼睛下面的鼻子是一个红色问号形，这是尼泊尔数字

“一”，意为一元复始，代表佛祖至尊至圣。尼泊尔人又将此处称为“四眼天神庙”，“大眼睛”图案甚至成为尼泊尔的形象代表，在尼泊尔的大街小巷里，灯笼、T 恤衫、挎包、冰箱贴等，到处都有“大眼睛”的图案。

“猴庙”——斯瓦扬布寺　摄影　莫涛

据传文殊菩萨曾在此劈山引水造福百姓，百姓感激菩萨厚德，特建了文殊庙（离此地不远的山上）。释迦牟尼也曾来此传经布道招收弟子。

公元 7 世纪，中国唐三藏第三次出使尼泊尔，曾代表皇帝将贵重的黄袍赠送给该寺庙。1957 年周恩来总理参观此地，也曾捐款给寺院。

斯瓦扬布佛塔主建筑是一座巨型的舍利塔，塔身为圆锥形，底座为四方形，就是绘有四面眼睛的图案。佛塔由 13 层相轮组成，表面镶嵌着铜片和金箔。塔顶是结构复杂的华盖，华盖之上高竖着鎏金宝顶，称为塔刹，顶端东部是一个硕大的青铜金刚杵（雷电），是密宗权力的符号。塔冠嵌有一颗巨大的宝石。在主塔的四周，还分布着一些小型的舍利塔和转经轮。

佛塔的建筑中还体现了五大元素，基座代表土，圆顶代表水，尖顶代表火，华盖代表气，极顶代表提案。这种在尼泊尔叫作“柴特亚”式的佛塔，被誉为尼泊尔佛教金塔建筑的杰出典范。

我在院内的一座镶嵌进去的红色庙里膜拜了释迦牟尼金身佛像。

传说中，预知释迦牟尼佛将在蓝毗尼出世，而当时的尼泊尔（加德满都）

还是一片荒凉的沼泽地，于是文殊菩萨不畏艰辛，提前二十余年率领弟子二十余人，由五台山来到尼泊尔，移山填沼建造城池，以迎接伟大佛陀降临人间。所以，当地百姓更信奉文殊菩萨，据说她圣诞（四月初四）那天，举国欢庆，是尼泊尔人选择婚嫁的最大日子。又因为文殊菩萨是大智大慧的化身，一些升学子弟应试之前一定要到文殊菩萨庙里跪拜，祈求菩萨保佑一切顺利。

斯瓦扬布寺最绕不开的是众多的猴子。仿佛也受了神佛的关照，这里的猴子非常和谐，猴儿们在寺庙的石雕、尖塔、佛像周围嬉戏玩耍，没有骚扰、抢夺游客的举动，若遇游客撒下食物，它们亦不相互争抢，彬彬有礼地吃着东西。

寺庙里还有不少的狗和鸽子，它们和猴子们友好相处，互不干扰，给这里又添了几分情趣。

斯瓦扬布寺里的猴子　摄影　莫涛

在山门入口处，有一个印度女神庙，一些尼泊尔人把带来的大米、鲜花、奶酪等供奉上，并在旁边席地而坐，不停地供上点燃的油灯。

也许因为在山上，这里好似离开了人间烟火，没有喧闹和嘈杂，猴子是安静的，狗在游客身边也静静地散步，只有鸽子不停冲下地面吃食，才带来一番跃动。

在淅淅沥沥的雨中，我随导游阿龙绕着佛塔顺时针慢慢地走了三圈，默念六字真言，不断用手转动经轮，心里好像越来越静，越来越空，又仿佛和菩萨近了几分。

要走时，在旁边的小摊上花了 100 卢比买了一个蜡台，点燃，敬献印度女神，既然来了就不能厚此薄彼。回头看，很多游客和我一样，佛、神都拜，真是入乡随俗啊。

这次行程有一个遗憾，因为从加德满都到蓝毗尼要 7—8 个小时的车程，时间不允许，错失机会，可在我心里，已经和佛祖走得很近。

在印度教中有三大主神：梵天（Brahma）、毗湿奴（Vishnu）与湿婆（Shiva）。我将在巴德岗和帕坦的杜巴广场那篇重点介绍，他们的主场不在这儿。

博达哈佛塔是我们在尼泊尔的第一站朝圣，而斯瓦扬布寺是我们最后一天告别之旅。两座佛寺像一条线的两端，伴随着我们有始有终，冥冥之中似乎保佑着我们一路旅途平安。

行走尼泊尔，心灵一直处于宁静、坦然、净化状态，不怪人们称这里是“神佛的后花园”。

寻找活女神

建于公元 6 世纪，位于加德满都谷地的邦戈马迪（Bungamati）村是尼泊尔最古老的村庄，尼瓦（Newars）人的群居地。被称为伟大的尼瓦人来自东方，据说是蒙古人和高加索人的后裔。这个只占尼泊尔人口 5.4% 的少数民族，聪明睿智，创造了尼泊尔绝大多数的文化、艺术和文明古迹，世界文化遗迹上的传世木雕、神像，很多都出自这里。

导游阿龙就是尼瓦人的后代，他说他 10 岁就会木雕，12 岁开始雕刻佛像，对于尼瓦人后代来说，这是必须掌握的手艺。

邦戈马迪村庄掩映在一大片翠竹和梯田地里，是依山而建的红砖房村落。沿着黑亮光滑的石头台阶前行，两侧都是古老的房屋，广场中心建于 13 世纪的精美绝伦的鱼尾寺遭受地震破坏，正在修建。

邦戈马迪的早晨

此时正是早上，村子

里几乎没有游人，显得异常安静。狭窄的街道边，老人们在炭火盆前烤手取暖，妇女们拿着水桶去打水，孩子们陆陆续续走出家门去上学，狗在遛弯，人们见面都微微弓腰问候“纳摩斯德（你好）”。我也学着用这句话和他们打招呼，每一次都换来善意的微笑和回应。

红砖房后面都是庭院，这是每个家庭的起居室和工作间，中间一般都有一个小型的佛塔或者神龛。早上起来，一家人做的第一件事就是拿出米、酸奶、鲜花等敬神，感谢神佛的庇护。

因为这里是木雕发源地，所以几乎家家的院里都摆着工具、木雕和凌乱的家什。这是男人们的天下，他们就在这里日复一日地创作手工雕塑。村民告诉我，手工雕塑和流水线生产的木器不同之处在于，手工雕塑花样复杂，更有灵气与心气，它不仅是艺人的技术活，更是艺人的艺术活，制作过程融入了艺人的想象和创新，每一件制品都是独一无二的。特别后悔没带回来一件木雕，因为当时我的心思全在寻找“活女神”上。

之前我做了功课，知道邦戈马迪村是除了加德满都、帕坦、巴德岗外唯一可以供奉“活女神”的地方。

活女神又称为库玛丽（Kumari），意为处女之神，是智慧女神和力量女神的象征，也是印度教王权和庇护的神源，一向受到印度教徒和佛教徒的共同崇拜。尼泊尔上至国王下至百姓对活女神的崇拜都非常虔诚。人们相信她拥有预知未来和治愈疾病（特别是血液病）的能力，活女神建立了世俗社会与神的世界沟通的渠道，让凡人的精神有了寄托。

尼泊尔所有的活女神必须出自尼瓦人中的释迦种姓（也许这就是邦戈马迪村子可以单设活女神的特权吧），选择活女神的过程类似于寻找西藏的“转世灵童”。

首先，在尼瓦人 3—5 岁的幼女中普选，然后过关筛选。第一关是要满足 32 个特征，比如眼睛的颜色、牙齿的形状、说话的声音等等；第二关是将候选人集中在一个黑色的屋子里，男人们戴着魔鬼面具跳舞，发出凄厉恐怖的声音，四处摆满血淋淋的牛头。只有始终保持沉静，不惧黑暗的女孩才被认为是女神的化身。阿龙说，每一次选择总会有一个女孩，而且只有一个女孩经得住考验，走出来。真是匪夷所思。第三关是在一大堆珠宝服饰中选出前任活女神的东西。

活女神一旦确定，就要和家人搬进库玛丽神庙（邦戈马迪村除外）接受信众的顶礼拜膜，直到月经来潮或者不小心流血受伤，她的任期结束，血是活女神跌下神坛的“魔手”。然后，新一轮的活女神选拔又将开始。

活女神形象是身披红色细纱纱丽，美丽的莲瓣之眼，眉心点缀着象征第三只眼的蓝点。

拜见活女神是我此行目的之一，在我执意的要求下，阿龙在村里四处打听，有人说去上学了（后来得知是前任活女神），有人说不在家。就在打听中，忽然抬头眼前一亮，一个红砖房的上面有个牌子，说明这里住着邦戈马迪的库玛丽活女神，名字叫 Kripa，喜不自禁，真是“踏破铁鞋无觅处，得来全不费工夫”。轻叩房门，出来一男子，说 Kripa 和妈妈出门了，请我们稍候，他去找。

脱鞋，轻轻上楼，在她的房间门前静候，不一会儿，Kripa 被妈妈抱着回来了。

4 岁的活女神 Kripa

4 岁的 Kripa 长着像葡萄一样的大眼睛，眼神里有超出同龄孩子的淡定。阿龙赶紧在她面前跪下，行礼膜拜并敬上手中的卢比。我们一一效仿。

整个过程 Kripa 端庄大气，表情严肃。

Kripa 的妈妈 Santa 告诉我，她有两个女儿，Kripa 和她的姐姐 Kinjal，Kinjal 也曾经是活女神，因为来月经而告别活女神生涯，现在上学去了。

我问 Santa，有两个女儿都是活女神，你有什么感受啊？她回道：我特别自豪和荣耀。

经过允许，我和 Kripa 及她妈妈都照了相，这张相片对我来说非常珍贵，能见到活女神，让我感到幸运，于我而言，是否有宗教色彩的生活或者事情不重要，重要的是我们能彼此尊重，去敬畏那些未知的事情，保持一颗童稚的心。

出门时，阿龙说要感谢我，他来过这里多次，也没见到活女神。我说，这是缘分。

从 Kripa 家出来，我一个人在村子里慢慢踱步，阳光越过红砖小楼洒落在石板路上，此时渐渐热闹起来，去寺庙维修地震坍塌建筑的工匠们已经拿起工具，开始了叮叮当当的操作，拿着相机四处张望的游人拍着一张张好奇的相片，村里晒太阳的老人和妇女对拍照毫不见怪，需要时还配合微笑。

犹如时光倒转，这里弥漫着一派田园牧歌的景象。人们日出而作日入而息，炊烟袅袅却没有废气和雾霾的污染，一切平稳、有序、协调。水牛慢吞吞地散步，小狗会亦步亦趋跟着你走好长的一段路，乌鸦在阳台上歇息，红色、黄色的蔓藤花爬满了门窗四框，古老的建筑遗址仿佛在述说经年往事。

走过邦戈马迪村落，不仅有了对尼瓦人聪明智慧与生存技艺的敬重，还有对已经消失的古老文化的回顾与追忆。

初识“鱼尾峰”

世界上海拔 8000 米以上的山峰有 14 座，尼泊尔占据了 8 座。可是，尼泊尔最神圣的山却是海拔只有 6997 米的鱼尾峰（Machhapuchhare），是安娜普纳山脉中的一座神秘的山峰，尼泊尔人视为“国宝”，至今仍是处女峰。鱼尾峰与云南的卡瓦博格、西藏的冈仁波齐是世界上禁止攀登的三座神山。

我带着问题而来，问阿龙：为什么叫鱼尾峰？为什么不能攀登，它又不是最高的山峰？有什么传说吗？

阿龙回道：因为形状像鱼尾。为什么不能攀登，大概陡峭吧？传说，好像没听过。这样的回答我不满足。之前两次西藏行，我不仅对雪山充满了敬畏，千百年来经久不衰的传说也让我充满了好奇，我更愿意相信那里是神灵居住的地方。

为了看鱼尾峰日出，早上 4 点多就爬了起来，穿上所有的厚衣服，拿着酒店预备的早餐，夜色中出发。

大约半个小时来到山脚下，天还黑着，通向观景台的小道上，人们井然有序地向上走着。因为来得比较早，我们抢占了一个有利地形，团里摄影大咖们支上了长枪短炮，严阵以待。

黑幕在一点点退去，影影绰绰的山峰显现在远方，我屏住呼吸，瞪大了眼睛，今天的天看起来还好，就在充满希望的时候，不知道从哪儿来了一大片云，浓浓的云雾在寂静中散开，又把山峰送入到灰色的弥漫中。

失望蔓延在等候的人群中。人们开始放松下来，照相、聊天、吸烟。

忽然，有人惊叫，只见远方一轮红日喷薄而出，瞬间照亮了安娜普纳山脉，为它披上一层金黄色的光芒。安娜普纳山脉像婀娜多姿的少女，羞涩地、渐渐地展现她轮廓丰满的胴体。

阿龙兴奋地指给我们一个个山峰：安娜普纳 1 号峰（海拔 8091 米）、安娜普纳南峰（海拔 7219 米）、鱼尾峰（海拔 6997 米）、安娜普纳 3 号峰（海拔 7555 米）、安娜普纳 4 号峰（海拔 7525 米）、安娜普纳 2 号峰（海拔 7937 米）。

平均海拔 7554 米的群峰壮观巍峨，从西向南逶迤连绵。

鱼尾峰虽在其中，却又卓尔不群。它站立在群峰之前，安娜普纳几座山峰像是它的守护神，将它众星捧月般呵护在其中。它虽然是最矮的山峰，但它那酷似鱼尾的山峰在我看来像一顶皇冠，镶嵌在它高傲的头上，屹立在陡峭的绝壁之顶，整个峰体又像一座金字塔，超凡脱俗、高贵傲然。我似乎一下子理解了当地人为什么对鱼尾峰崇拜。

感谢队友，用当时拍摄的七幅照片合成一张鱼尾峰大全景，展现出鱼尾峰及安娜普纳山脉立体雕塑般的画面。

鱼尾峰　摄影　莫涛

告别鱼尾峰日出，来到费瓦湖，寻觅一叶彩色的小舟，滑入到它宝石翠绿般的水中。

桨声欸乃的水声隔绝了尘世的喧嚣，尼泊尔船夫快乐的歌声在水上荡起了阵阵涟漪，享受旖旎的湖光山色和远离世俗的宁静，那份惬意让人忘记一切。

湖中小岛上夏克蒂女神庙为这里增加了神秘的色彩，而鱼尾峰近在眼前，远在天边，它在水中不离不弃的倒影让人倍感亲切。

在岸边木棉树下，花五美元从尼泊尔人手里买了一把萨伦吉 (Sarangi)琴，尼瓦人的形象刻在背面，简单的尼龙琴弓，看起来像倒着的葫芦，琴头像大象的鼻子，拉起来声音纯美，像当地人一样干净朴实，带回去和我的琵琶做伴，从此琵琶不再形单影只。

体验空中“滑翔伞”

作为世界三大滑翔伞圣地之一的博卡拉（另两个是墨西哥的阿卡普尔科的海滨飞行和阿尔卑斯山勃朗峰的山峰飞行），它的滑翔不同之处在于，它飞行在世界最高峰之间（喜马拉雅山脉），七色彩云之巅、最美的费瓦湖之上。

来之前我就打定主意要参加这个项目，虽然惊险，但我有无数理由：我有十多年的舞蹈训练基础，身体素质好；我两次入藏，曾在海拔6000米左右珠峰大本营经历过考验；我在泰国普吉岛只身玩过快艇拖曳伞，知道瞬间飞上天，生死无奈，只能置之度外的感觉；我胆子大（用东北话说比较“虎”），和老虎、狮子、小豹子、藏獒、蟒蛇、大象什么的都亲密地照过相……最重要的是，我今年57岁了，我不能把遗憾交给未来。

其实，只要身体好，心理强大，什么都不是事。

教练员Ramesh是一个尼瓦族小伙子，我们简单沟通后，他在我身上拴好安全装置，一声“Let's go”，一同从海拔1400多米的山崖纵身跃下，降落伞随即打开，随着高度的上升，风在耳边的呼啸声越来越大，我不时地对Ramesh说：Higher（高），Please. 我在心中欢唱着：我要飞得更高、更高……

Ramesh不断地调整角度，让我在空中盘旋，我想象着自己像一只老鹰，遨游在云中，蓝天向我张开了怀抱，喜马拉雅山脉为我喝彩，足下镜子般的费瓦湖为我加油，不时在身边飞过的滑翔伞像小燕子一样和我打招呼。

此时，陆地、湖泊、草原、森林、山峰、云朵尽收眼底。到了一定高度，我向 Ramesh 做了个停止的手势，请他不要打扰我，我闭上了眼睛，静静地体会飘飘欲仙的感觉。

空中滑翔

大约半个小时后，滑翔伞在费瓦湖边落下，虽然有些头晕，但挑战的胜利让人畅快淋漓。

从天上到人间，从山顶到湖面，大起大落的时空，有种穿梭隧道、岁月无常的感觉。

再见，喜马拉雅山脉

纳加阔特，这个尼泊尔靠近喜马拉雅山的一处村庄，让我的尼泊尔行有了浪漫的味道和庄严的仪式感。

对于来尼泊尔的游客来讲，一定要来一次纳加阔特，加德满都山谷边缘所有的景色，纳加阔特被推为第一。这里是欣赏喜马拉雅山脉的绝佳地点。导游说站在房间的阳台上，就可欣赏壮观的喜马拉雅山脉。想想都让人激动不已。

从班迪布尔出发，转了大约六个小时的盘山道，时而悬崖峭壁，时而山泉环绕，时而是梯田的农庄，傍晚时分来到纳加阔特，穿过破旧、喧闹的小镇，我们来到一处山间别墅酒店，打开房间的阳台，喜马拉雅山脉的气息迎面而来。

酒店餐厅的装修奢华带着风情，复古考究的木质地板，红砖堆砌的外墙，暖色的壁灯，布艺沙发，摇曳的蜡烛、盛开的鲜花，氛围温馨。

暮色中，我端着一盘尼泊尔美食，又花 450 卢比点了一杯啤酒，来到餐厅外面的大阳台上，眼前的喜马拉雅山脉似黑色的剪影，绵延起伏的山脊默默不语，云雾在身边缭绕，夜空中闪烁的星星似乎触手可及，舒缓的尼泊尔音乐从室内隐隐传来，酒未喝，人已自醉。

喜马拉雅宁静的月光，将我柔曼地引入了它的怀抱。在这旷野的夜晚，坐在海拔 2099 米的山地，眺望无数静默的神山圣峰，很容易让人思绪万千。

纳加阔特的夜晚　摄影　莫涛

第二天，我早早起来沐浴，又来到了外面的平台。虽然天还是有些阴沉，但喜马拉雅山脉已经若隐若现依稀可见。

郑重地端上咖啡、面包和鸡蛋饼，端正地面对山脉而坐。也许，这是我此生唯一一次和喜马拉雅群山共度的辰光。

我已把朝圣的心放下，见与不见，它就在那里，与我分享阳光、云彩和清风，足够了。

背上行囊，恋恋不舍回头告别，仿佛有心灵感应，天际忽然云飞雾散，喜马拉雅山脉清晰地定格在我脑海里，成了永恒的经典。

据说，在西藏的经典中，香巴拉是一个有着神山峻岭的地方，那里有雪山环绕，天地间纯净如水，到处林立着佛塔，人们安详平和地生活。

我觉得我找到了心中的“香巴拉”。

神灵与国王

在尼泊尔，若是你看到一个当地人从印度教的神庙出来，又走进藏传佛教的寺庙参拜，不要惊讶，受远古流传下来的万物有灵思想影响，尼泊尔人往往同时崇拜两种宗教的神。

事实上，印度教和藏传佛教几乎同时主宰了尼泊尔人的全部生活。据统计，尼泊尔居民中印度教徒占 80% 以上，佛教徒占 10% 左右。

很有意思的是，佛教徒视印度教三位一体的神：梵天（Brahma）、湿婆（Shiva）和毗湿奴（Vishnu）为原始的佛祖化身，而印度教徒也视释迦牟尼佛为毗湿奴的化身。

有人说，在尼泊尔人微笑的额头上，可以看到他们生命中最重要的两样东西：信仰和大米。把大米混合上涂料，由长者、苦行僧或者活女神点到额头上，意味着神的赐福和保护。

说到这儿，有必要谈谈嫁给松赞干布的尺尊公主，我曾在西藏大昭寺二楼的法王殿看到过松赞干布和尺尊公主、文成公主的塑像，记忆深刻，没想到有一天会寻到尺尊公主的家乡。

公元 635 年，西藏的松赞干布迎来了尼泊尔的尺尊公主，遂决定修建大昭寺，安放尺尊公主带来的释迦牟尼 8 岁等身佛像，松赞干布特意让大昭寺面向西方的尼泊尔，聊解尺尊公主思乡之心。

尺尊公主嫁入西藏，对推动西藏的佛教文化传播确实起到了先遣作用。尼泊尔因为尺尊公主，而和我们有了源远流长的联系，就像一门远房亲戚。

言归正传。杜巴广场，也称为王宫广场，这是印度教的主场，也有必要介绍一下。

简单地说，梵天、毗湿奴和湿婆是印度的三大主神。印度教徒认为，“梵天”创造了宇宙，“毗湿奴”保护了宇宙，而“湿婆”破坏宇宙。梵天有四张脸，四只手，分别持有莲花、吠陀经典、念珠和匙子。毗湿奴也有四只手，分别持有轮宝、法螺、仙杖和莲花，其坐骑是大鹏金翅鸟。湿婆是尼泊尔人最崇尚的神，却有着复杂的性格和不同的形象，他既是毁灭者又是生殖力量的象征；既是伟大的禁欲苦行者，又是欢乐的舞蹈之王。

我对汉语把“Shiva”翻译为“湿婆”持有异议，第一眼看到这个词时，还以为是个女的呢，当时很奇怪她怎么会有妻子？但我很理解湿婆是破坏宇宙之神，因为喜欢折腾，1934 年、2015 年尼泊尔遭遇严重地震，是不是他在考验人类的修复能力，抑或是怕忘了雕刻的建筑手艺吧？导游阿龙说，按照规律，尼泊尔每隔百八十年都要有一次灾难。但愿不要这样。

在尼泊尔历史的诸多国王中，马拉国王贾亚司迪提 · 马拉是最伟大的，他将 14 世纪晚期的尼泊尔变成了井然有序、富饶的国家，去世前，他将王国分给了 3 个儿子，即加德满都的普拉塔布·马拉、巴德岗的布彭庭达拉·马拉和帕坦的纳兰德拉 · 马拉。

三位统治者爱艺术，爱江山，也爱美人，富裕的生活加上对神的崇拜、对艺术的鉴赏、权力的追逐、统治的体现，兄弟几个分别在自己的领地大展宏图，导致了近三个世纪各个方面的竞争，于是，就有了遗留千古的加德满都、巴德岗、帕坦三个杜巴（王宫）广场。三个广场使尼泊尔达到了宗教、文化、艺术的顶峰。

创造这一成就的人，不会想到他们留下的是绝世的瑰宝。

所谓“分久必合，合久必分”，1769 年，沙阿王朝收复三国，至此统一。

这三座广场均在 1980 年之前被联合国教科文组织列入世界文化遗产

名录。

纵观三处遗址，个人认为，加德满都广场最辉煌、巴德岗广场最奢华、帕坦广场最艺术。

可惜，在 2015 年地震时，加德满都广场 50 座神庙被摧毁了三分之二，重创后的修复难度系数可想而知，我们这次错过了加德满都杜巴广场，只游览了巴德岗和帕坦广场，这，我已经很知足了。

帕坦杜巴广场

帕坦杜巴广场有今天，要感激希达·马拉国王和师利纳瓦萨·马拉国王，父子俩都是极富才华的诗人、剧作家和艺术爱好者，因此，帕坦在16、17、18世纪时，已经达到了空前的建筑高峰，成为加德满都谷的第二大城镇。

从停车场到杜巴广场，要走10—15分钟的路程，行走在纵横交错的庭院和小巷中，不时有汽车在身边蹭着过去，摩托车见缝插针摇摇摆摆地穿梭，我一边小心翼翼地躲着，一边四处张望。路两侧大多是红砖小楼房，穿插着庭院，而迎头看到的，到处是佛像、小庙宇、佛龛，简直“三步一岗，五步一哨”的布局，导游说小小的帕坦城区，有600多座佛塔，185座庭院。众多庄重的神佛注视着喧嚣的市井，像是城市的“守护神”，让人心生敬畏，让人心里安定。

佛经里记载释迦牟尼佛曾在帕坦一间精舍里（可惜我没找到）修炼过2—3年，据说这里曾经是金刚乘佛教的中心。

站在高处看，帕坦杜巴广场（感谢队友们，不辞辛苦爬到对侧屋顶拍到那张俯视图）像坛形。广场东西南北四个方位有四个城门，各建四个佛塔。在城门有收费点。这座被称为“露天博物馆”的广场在2018年地震时受损最轻。

砖红色是帕坦古城的主色调，质朴的红砖和深色的精致木雕，加上密集的寺庙和佛塔，构成了帕坦古城的独特建筑风格。

主路是一条南北狭长约一公里的路线。东侧是王宫庭院和塔来珠女神庙、金庙、曼嘉喷水池。西侧是一系列庙宇，庙宇以尼泊尔传统神庙和印度教为主，殿堂富丽，雕刻精美，著名的有黑天神庙、黑天寺、哈里桑卡神庙、毗湿奴神庙、毗斯瓦那特神庙等。所有庙宇的门都朝向王宫。

环绕王宫和庙宇的是庭院、小巷、池塘、水井、商铺、餐厅，像一个大的回廊，构成一幅熙熙攘攘的市井图面。

帕坦博物馆设在王宫里面，这是整个次大陆最好的博物馆之一，对于第一次来此旅游的人来讲，不做功课，即便是参观两个小时，也只是初步了解。好在我当时花了 20 美元买了一本英文版的帕坦博物馆指南，近日写作时翻了出来，有如获至宝的感觉，里面的介绍详尽，且有很多珍贵的图片，特别是 1885 年的帕坦广场图片让我们看到当年帕坦的风采。

此刻，我就站在王宫的金门前。一对石狮伫立在门的两侧。石狮，既代表守护的威严，又是尼泊尔文化的再现。在帕坦博物馆指南中，特别提到石雕最早出现在 5 世纪，它记录了王宫和百姓的行为，对神的敬意，它体现了尼泊尔的政治和文化历史。

红墙上镶嵌着手工雕琢的黑色木窗，中世纪的苍凉留印在小格子上，推开金色的铜门，跨入台阶，仿佛一下子把自己跌落在几百年前尼泊尔悠远的长河里。

三层楼展室的玻璃橱柜里让人目不暇接。有印度教梵天、毗湿奴、湿婆的各种雕塑，佛祖打坐及手势的说明。珍贵的唐卡图画，既有庄严的佛祖，也有市井百姓生活的描绘。国王的座椅，17 世纪女人用的镜子、首饰盒，生活劳动用具，抽象的造型。只能快速地拍下来，留着慢慢品味。

不经意间拐进庭院，我看见了也许是世界上最漂亮、最精美的浴池。浴池坐落在庭院中间，它的四周环绕的是精美的三层红砖楼房，楼房二层是典型的尼泊尔黑色木窗，第一层的每一扇门两侧都有镶嵌进去的佛龛，间或的廊柱留下空洞的场地。

帕坦国王的浴池

建于1647年的浴池是古代雕刻艺术与供排水技术结合的珍品。椭圆形的浴池呈下沉式，浴池的两侧由72块描述了密宗神明的红砂石板组成，上面雕刻着多头多手臂的石雕神像，环绕着水池的是湿婆的凡间化身——眼镜蛇。水池旁是一个石榻，那是供国王和王后浴后休息的。

想象着国王和王后从由两位女水神守候的金门携手走出来，慢慢走下9层的台阶，源源不断的水从金色的水龙头流淌而出，沐浴着来自巴格玛蒂河的圣水，远处喜马拉雅山脉静默，夕阳的余晖从红色的砖瓦反射在波光粼粼的水面上，诸神如众星捧月般呵护着他们，诗人国王的浪漫发挥到了极致。

我站在屋檐下看着被清冷的雨水刷洗的泛着晶莹光芒的浴池，水色天光流泻在庭院里每一个角落，不知怎么想到了唐代的华清池，就艺术和审美观来看，真是无法比拟。

帕坦王宫的雕塑真的值得再写上一笔，个人认为是尼泊尔雕塑的缩影。

尼泊尔古建筑的雕塑分四种：浮雕、镂空雕刻、立体圆锥和浅雕。

门楣、斗拱以浮雕为主；支撑屋顶的圆柱以圆雕为主，浅雕更多地用来衬托主体雕像；镂空雕刻多用于窗户。尼泊尔王宫的窗棂的雕刻格外精美，据说一个熟练的工匠，刻一扇窗户要用去半年的时间。帕坦王宫糅合了所有雕塑手法，完美至极。

木雕一般选硬木为原料，以核桃木和檀香木最为金贵。民居的木雕以原木色和深棕色为主。从雕花的繁复与否就可看出家庭的贫富。而皇宫和庙宇的雕刻，更多地加以缤纷彩绘装饰。

杜巴广场里的精美建筑　摄影　莫涛

从王宫及博物馆走出来，心中叹服帕坦不愧为“精致的艺术之城”。

在街上，经常看到每一座神庙的底层都有人性化的“帕提（Pathi）”，由成排高高挑空的廊柱组成，四面通风却又能遮风避雨，这是给人们小憩的。于是，阳光下或者阴雨天，百姓在王宫寺庙外悠闲地发呆、下棋、聊天、打望……人与神没有界限，望着他们安然的面孔，忽然觉得疲劳奔波、沙场竞争、名利追逐、欲望悔恨、抱怨不满都是身外之事，做一个简单的人，摘一片云或者阳光做伴，不争不抢，淡了岁月，释然轻松，当下真应该学学尼泊尔人宽心宽肺的生活态度。

我徜徉在帕坦一条条古街上，在鳞次栉比的商铺中徘徊，风铃摇摆着身姿不停地跳舞，飘着木质香味的瑞香纸灯笼婉约摇曳，那个卖风笛的男人，一边吹着风笛，一边随我从街的这头走到那头，还有在身边默默相随的狗，他和它让我觉得古城不陌生，好像前世来过。

这是个石头缝里都透着浪漫和艺术的地方。

帕坦，国王随风而去，皇宫仍在，百姓仍在，阳光仍在，此刻，我也在。

巴德岗杜巴广场

曾经有个英国人（Powell）说了句意味深长的话：即使再没有什么在尼泊尔了，只要巴德岗在，依然是值得你穿越地球来看的地方。

如果说帕坦是“艺术之城”“美丽之城”，那么，巴德岗就是“皈依者之城”“建筑典范之城”。

巴德岗在尼瓦语中叫作 Khwopa，是尼泊尔的中心，其历史可以追溯到 8 世纪，12—15 世纪曾是尼泊尔的首都。

和帕坦杜巴广场一样，巴德岗杜巴广场四周也建了城墙和城门。

巴德岗占地面积只有 6.88 平方千米，海拔 1401 米，人口十万人左右，大部分是印度教和佛教徒。巴德岗的绘画、建筑等文化遗产年代久远，它混合了北方艺术和南方的神话哲学，被一代代继承下来。历史遗迹包括金门、五十五扇窗子、宝塔、寺院、特色池塘、石雕的喷水口、印度教的神像、宫殿以及其他的文化、历史遗产。

这座古城至今仍然保持着中世纪的特色，走进古城，就有一种时间倒流几个世纪的感觉，这样的感觉在帕坦同样有。它努力保留下来的城市文化，在 1999 年被联合国教科文组织授予了“一个提起来令人肃然起敬的地方”的称号。

巴德岗城里有：杜巴广场、陶马迪广场、陶器广场和打塔卓雅广场。

我们的住地就在离杜巴广场只有5分钟距离的地方。

这是座有百年历史的老宅，门的最上方是湿婆神的雕像，两扇门上分别雕着湿婆神的妻子帕尔瓦蒂及他们的儿子，象征财神的象神迦尼萨。红砖墙的屋檐下雕刻着精美的图案，推开房门就是宽敞明亮的接待大厅，左侧是咖啡厅，穿过大厅是充满鲜花水榭的院落，木桌石椅散散落落地摆放，像个私人花园，几个老外在休闲地喝着咖啡聊天，环绕着花园的是二层楼的客房，精雕的木质栏杆和窗子，典型的尼瓦人建筑。这样的老宅很容易入心入境，不由分说地就把你拽入中世纪的尘埃中。

我背起帆布书包，呼吸着尼泊尔带着梵音味道的空气，沿着中世纪遗留的痕迹，一点点走进千百年的喧嚣和奢华中。

杜巴广场最大的亮度就是“金门”和“五十五扇木窗”。金门，据说它与意大利佛罗伦萨的受洗门并称为世界艺术史上的两座最著名的门廊。由于金门的艺术价值极高，为了安全，昼夜有两名荷枪实弹的士兵把守。

著名的金门

金门是在布彭德拉·马拉国王统治时期开始兴建的，直到1754年才彻底完成。金门背靠一座鲜红色的城楼，周围环绕着白色的宫墙，大门上饰有尼泊尔最精致的凸纹金属雕饰，镀金的陀兰那装饰墙上有一尊异常精美的迦卢荼像，下面是一幅四头十臂的塔拉珠·巴瓦西女神像，她是马拉国王的家族保护神。

踏进金门，就到了带有55扇窗户的王宫宫殿。飞檐下那55扇连成一体的黑色紫檀木雕花窗，雕工精美绝伦，是尼泊尔窗棂木雕的代表作。上面雕琢着象征吉祥的孔雀、蛇神、莲花和金刚杵等图像，中间的推拉窗还刻着摩羯鱼、鳄鱼、乌龟等水中永生的动物形象。据说，55扇窗户是为王宫的嫔妃们修建的，为的是让这些羞涩的深闺王妃透过窗户看到外面尘世的生活，如今红颜不再，只留下陈迹斑痕，但难掩它的风华与魅力。

游客可以走进王宫房间，但是不能拍照，只能参观房间里的唐卡图画、精美的建筑，而神秘的印度庙宇则是非印度教徒不得入内。

院子里也有一个浴池，看到这个浴池，我禁不住哑然失笑，尽管浴池也有精美的石雕，但是，和帕坦王宫的浴池相比，显然不是一个风格，也不是一个档次了。

透过浴池，我认为帕坦的国王更浪漫、更诗意些，巴德岗的国王比较古朴、简单。也许，巴德岗的国王更注重外表的繁华，所以，把注意力都投入到门和窗上。不管怎么说，各自都留下了名垂千古的遗迹。

巴德岗国王的浴池

走出王宫，天气有些阴沉，和周围的建筑在色彩上倒是遥相呼应。

和帕坦杜巴广场一样，这里的神庙也是面对王宫而建。

非常有名的是建于1702年的尼亚塔博拉神庙，又称“五层塔”，这座高30米的寺庙，不仅是尼泊尔最高的庙宇，也是传统的尼瓦寺庙建筑的最佳典范。

在通往寺庙的台阶上，两侧分别排列五对雕像，位于底层的是传说中的金刚力士加亚和帕塔，据说他们的力气比常人大十倍，依次向上是大象、狮子、狮身鹫首的怪兽和Baghini和Singhini两位女神。每层雕像的神物都比下一层的力大十倍。掌管这一切的密宗女神Siddhai Lakshmi隐藏于寺庙之内，她便是这座寺庙的主神。

杜巴广场围观人最多的，让人想仔细看又有点儿不好意思看的是位于王宫左前方的一座双层屋顶的帕尔瓦蒂庙，雪神帕尔瓦蒂是湿婆的妻子，这座庙在 2015 年地震时几乎未受到损害。寺庙四周的支柱上刻着色情图案。

右侧为帕尔瓦蒂庙，中间立柱称为林迦　摄影　莫涛

有人说，之所以色情，是因为连年的战争造成男人缺少，于是国王大肆宣扬性爱，让人们普及常识，多多生子；还有人说，印度教本身既提倡苦修禁欲，又非常崇拜性开放，每个广场都在显著位置矗立着湿婆的林迦（生殖器）。真是个矛盾的宗教。

羞涩如我之人，迅速拿出相机，快速围绕一圈拍了下来。

这个神庙一下子让我想到韩国有个“性爱主题公园”，几年前和同学一起去玩，起初扭捏着不好意思照相，怎奈公园很大，雕像很多，走着走着就放开了，到后来甚至和塑像以各种姿势合影拍照。其实，从人类发展史的高度看，这是很正常的事，也是很美好的事。

因为地震，有些寺庙还在修复中。

在王宫的右侧，是巴德岗艺术博物馆，可惜已经下班，一把锁，谢客。

在广场闲逛还有个小插曲，正赶上小学生放学，广场里熙熙攘攘的人流中有两个大约十岁的小男孩，走到我身边，小声地说：Money（钱）. 我瞅瞅他俩，乳臭未干的小毛孩，遂蹲下来对他们说：若是我有巧克力，我会给你们尝尝，但是，钱，不行，你们有手有脚，身体健康，不能养成不劳而获的坏习惯。两个小学生规规矩矩地站那儿听着，正巧队友馨子姐从旁边路过，问我说什么呢？我笑着回道：我给他俩上思想教育课呢。

广场周围放射性的小街道，通向陶瓷广场、陶马迪广场，虔诚的教徒、游客川流不息。街道两侧无一例外都是小商铺，出售唐卡、风铃、工艺品、油画、服饰、木雕制品等等。我随着人流边走边看，小巷的尽头就是陶瓷市场，走在红砖铺就的路上，阳光暖洋洋地照在身上，我在享受小镇风土人情的同时，发现一个问题，这么落后的地方，到处是陈旧的物件，甚至看到一个小商贩端着一小袋土豆出售，竟然是长满了芽，萎缩成一团的土豆。可是，道路上竟然没有垃圾，干净得让人难以置信，特别是尼泊尔的流浪狗随处可见，当地人视狗为朋友，街上、广场里怎么都没有狗的粪便呢？这个问题一直在我脑海里盘恒。巴德岗简介里面介绍说，因为对文化遗产的保护和基础设施的建设，这座城市已经成功跃居亚洲十大最干净的城市之一，我确实心里服气，尽管我还是没弄明白狗、鸽子、猴子的排泄物是怎么处理的。

早餐后，拿起客栈配备的雨伞，大口呼吸着潮湿的空气，又来到了杜巴广场。

前面就是巴德岗艺术博物馆，我惊喜地发现大门打开了，赶快跑了过去。

原来只是门厅打开了，博物院要等到十点才能放人，工作人员在忙碌地做上班的准备工作。我转头看到，窄小的门厅过道两侧也陈列了十多件石雕，急忙凑上去观看。

这十几座陈列的石雕上面刻满了文章，分别记录了17、18世纪有关事件、人物等，还特别有湿婆和妻子帕尔瓦蒂的儿子迦尼萨象头人身的雕像，用目光抚摸着这些从远古遗留下来的宝物，手里的相机不停地拍照。非常遗憾，工作人员手头没有博物馆的文字介绍，空手而出。

不知不觉又转到了帕尔瓦蒂庙，这个刻满了情色、性爱雕塑的女神庙庙门也打开了，询问一下当地居民，可以入内，我便走上台阶，学着当地人，进门前摇一下旁边的铜铃，告知女神我来了。

面对着的就是佛龛，帕尔瓦蒂女神端坐上方，足下是人们敬献的米粒、奶酪、鲜花等等。庙里昏暗无声，让人心里有些畏惧，我向女神施礼后慢慢向一旁踱步，准备悄悄绕场一周巡视一下，哪知道走到背面意外发现一黑一白两条狗正在交媾，吓得我赶快回身，走到门外忍不住蹲下来捧腹大笑。这狗，通灵性啊，做这种事，没有比这个地方更合适的场景了。

看到有人过来，请人家给我在门前照个相留念。回来后翻相片，发现那两条狗不知道什么时候出来了，在门口探头，被摄入我的镜头。在这性爱主题的庙宇，狗狗们给我来个现场表演。

集合的时间要到了，尽管恋恋不舍，也要道别，我再次走到杜巴广场的中间，环顾四周，一一告别。

当人们热衷于现代化的摩天大厦时，在尼泊尔还保留着这样相对完整的古城建筑确实是个奇迹，尽管这里的许多房屋已经耐不住岁月的磨砺，给人留下一种繁华落尽的感慨。但镶嵌在墙壁上精美的木雕窗户，还有无与伦比的古老建筑，美轮美奂的艺术作品，威严端庄的神明，让人们再次感受中世纪那种悠闲和安宁。

遗落世外的秀美小镇——班迪布尔

lonely planet（《孤独星球》）这样描述它的：班迪布尔堪称尼泊尔的国宝，坐落在杜摩上方的山脊上，是活生生的尼瓦文化博物馆，却像藏在纱巾后面的新娘一样不为人知。

尼泊尔的班迪布尔，位于加德满都老城至博卡拉旅游胜地之间，是坐落在一个叫杜摩小镇上方、高高山脊上的美丽小镇。许多攻略或者游记中很少看到对它的描述，其实，它入世时曾经很辉煌。班迪布尔原来是玛嘉人王国的一部分，自从沙阿王朝 1769 年征服加德满都河谷后，大批的尼瓦商人蜂拥而至，商人们在班迪布尔铺路、盖房、修寺庙，没多久这里就变成了印度与中国西藏的重要贸易驿站。

试想几百年前，班迪布尔人声鼎沸、马蹄声碎，地上堆满了西藏、印度和本土的特产，来自全世界的商人、僧人和尼泊尔当地人穿梭其中。白天，叫卖声不断，夜间，酒馆和客栈里的喧哗……那时的班迪布尔，何等风光，何等炫耀啊。

这一切，都在 20 世纪 60 年代的某一天戛然而止。新修建的加德满都到博卡拉的公路从班迪布尔小城下方 7 公里的杜摩小镇经过，精明的商人们闻风而动，把贸易基地转移到了距离班迪布尔东部 60 多公里的那拉扬嘉

（Narayangarh）。班迪布尔被遗留在了“世外”。

从此，班迪布尔安静了，时间和地理位置，把它一直圈在中世纪，古老的建筑、尼瓦人的风俗，还有大峡谷的风光……所有的一切停滞在这与世隔绝的空间。

从博卡拉到班迪布尔虽然只有200公里，却要走“九转十八弯”的山路，一路往上行，路面虽然平坦，但实在是让人提心吊胆，一侧是险峰，一侧是深渊，而且有的路段只能过单车。从来上车喜欢睡觉的我，一直瞪着眼睛，心里不断地念叨着：阿弥陀佛。

大约3个小时的路程，来到了杜摩小镇，就是把班迪布尔从尘世间分隔开的那条公路所在地，这是个尘土飞扬、街市嘈杂的地方，却有很多游客特别是外国游客在到处游荡。这里到班迪布尔还有7公里，我们在这里看到了日落。

稍事休息，继续前行。这段路比较好，尽管一侧仍然是山峰，但另一侧是梯田和村庄环绕，远处，喜马拉雅山和安娜普纳山脉一直在伴行。

近中午时分，车在5棵硕大的无花果树旁一个大操场边停了下来。阿龙先跳了下来，指着那几棵无花果树说，这些树都有400多年的历史了，在尼泊尔的神话传说中，不同的无花果树代表不同的印度教神仙，梵天、毗湿奴和湿婆都有各自对应的无花果树化身。而这个操场，阿龙把手指向前方，叫顿迪柯和尔（Tundikhel），是当年玛嘉王国的阅兵场，也是集市和剑术比赛场。

玛嘉王国的阅兵场

眼前的阅兵场一下子让我想到之前在书里看到的世界第一英勇彪悍的廓尔喀士兵。廓尔喀人（士兵）是外界对尼泊尔人的统称，包括廓尔喀人、尼瓦人、古隆人、玛嘉人、夏尔巴人等，廓尔喀士兵天生勇敢剽悍，以库库里弯刀为标志的廓尔喀士兵，至今被认为是世界上最勇猛的斗士，他们的身影不断出现在阿富汗、波斯尼亚和塞拉利昂战争中联合国维和部队里，他们还是印度、新加坡警察和文莱苏丹保镖队伍里的精英。

一位英国陆军元帅曾经这样评价：“如果一个人说不怕死，他要么是在说谎，要么就是廓尔喀人。”阿龙也说，若是一个家庭有一个男人被英国人招募去做“廓尔喀战士”，那么整个家庭的生活水平一下子能提高最少十倍。也许，就在这个地方，有无数廓尔喀人曾经操练武功，从这里走向世界，走向战场。

班迪布尔，一出场就以威武的气势，给了我们一次仰望的机会。穿过操场，走进一个坠满了三角梅的小木门，眼前是个小院落，院落延伸下去，是长条的两层楼。阿龙说，这是村长家的民宿。

拖着行李走进廊厅，右侧是房间，左侧是青松翠柏，泛黄带绿的草甸，茂密的灌木丛，挺拔的松树林，蔓藤缠绕在枝干上……这山里的空气带着雾水、带着清新，暖暖地把人拥着。

简单吃过午饭，阿龙就带我们出发去班迪布尔小镇。阳光明媚地照在操场上，几个尼泊尔妇女在地上铺上塑料布，摆上矿泉水、小食品、快餐面，看着她们卖的这些小玩意儿，心中觉得好笑，觉得有点儿像我们小时候玩的过家家。

坐在地上野餐的小伙子们引起了我的兴趣，我不由得蹲下来看看他们吃的是什么。他们很友好地拿起手中的“勺”——一个手掌大的硬纸壳，让我尝尝，我好奇地撮起来一些，原来是把细碎的快餐面伴上洋葱、孜然，放到嘴里，还真好吃，我不由得笑了。看到我笑，他们也笑了，一抹快乐在我们中间传递，也许快乐就这么简单，只不过我们把它想复杂了。

因为我们住的是在山里，到小镇要穿过一个村庄，很破旧、很原始的村落，车从身边驶过，尘土立刻漫天飞扬，把围巾紧紧地包着头和嘴，犹避之不及，看到我们这样，路边的村民发出了善意的微笑。他们的微笑让我有点儿不好意思。

逮着一个长相、穿着特尼泊尔的大叔，请求合个影，他愉快地应允了，大叔的笑容一直到今天还留在我心里。

终于来到了小镇，眼前是一条充满尼泊尔风情的街道。

阿龙站在路中央，用手一指前方，说："这条街就是班迪布尔最有名的商业街。"然后，转身指向另外两个岔路，"若是对老宅感兴趣，这里有最原始的村庄。"阿龙又看看表，"现在解散，两个小时后原地集合。"

尼泊尔大叔

非常好，我就喜欢这样的行动，由着性子慢慢逛，慢慢体会。

首先映入眼帘的是位于东北角的一座印度女神庙，古老的墙壁上刻满了各种雕饰。当地人告诉我，里面供奉的是女神杜迦（Durga），是印度教的保护之神，每天早上 8 点，有专人打开，供当地人朝拜，中午之前就锁上门了。此时是午后，我向门里面的杜迦女神微微双手合十鞠躬，打个招呼：来此拜访，多有惊扰，保佑我们平安吧。走到一个地方，先朝拜一下当地的神灵，既是尊重，也是求得心理上的慰藉。

班迪布尔小镇　摄影　冰城馨子

回转身，我慢慢踱入班迪布尔小镇。安静、祥和是这里的主基调，这里没有杜巴广场的喧嚣，没有富丽堂皇的精致建筑，没有沿街叮叮当当的风铃声，甚至没有气势夺人的神佛雕像，可是，走在这里，有一种岁月静好的感觉。

两侧的建筑 70% 以上都是中世纪的老房屋，红砖瓦房、木雕的门窗，雕琢的阳台，不时看到有孩子从窗子里探出头来看热闹。红色的三角梅从屋脊垂吊下来，坠满了墙面，娇艳得好像给古老的房子披上

费瓦湖【尼泊尔】 摄影 莫涛

帕坦古城【尼泊尔】 摄影 莫涛

斯瓦扬布寺【尼泊尔】

苦行僧拉迪【尼泊尔】

尼瓦男人【尼泊尔】 摄影 莫涛

我身后就是迪拜的帆船酒店【迪拜】

上野的公园【日本】

马尔代夫的水屋【马尔达夫】

了嫁衣。

一如任何地方的尼泊尔人一样，当地人（主要是老人和妇女）惬意地坐在门前，或者聊天，或者晒太阳，或者闭目养神。女人们的纱丽在阳光下格外夺目。狗（在尼泊尔狗也是绕不开的话题）们就在街中间慵懒地躺着。街上除了老宅，还有卖小吃的小店、咖啡屋、客栈。

踱步中，我走进了一家叫“Old inn（老客栈）”的民宿中。客栈装饰以印度教色彩为主，雕琢还是尼瓦风格，有三层楼和一个院落，已经有伙伴们在这儿拍了很多美照。

我和前台的负责人攀谈起来。他告诉我，班迪布尔小镇这些年民宅几乎废弃，很多庙宇面临坍塌，是在一个欧洲公司的帮助下，班迪布尔社会发展委员会将这里打造成了重要的旅游目的地。他们帮助修复了老宅，又开发了一批咖啡馆和度假村，并设计了小镇的独特装饰风格。出门时，他送给我一张标着“Old inn”位置的班迪布尔地图。也许，他们的举措挽救了濒临消失的尼瓦文化。

我坐在“Old inn”门前的台阶上，阳光暖洋洋地照着，对面喜马拉雅山顶的雪晶莹洁白，而这里则是绿树满满、鲜花盈盈，充满生机。尼瓦人，与他们世代恪守的风俗，享受着世外的生活。

我愿用时光做代价换一壶红茶，品味这悠闲的诗意般的生活。

忽然，耳边传来阵阵笑声和喧闹声，原来，是孩子们放学了。穿戴整齐校服的孩子们立刻给小镇带来了欢笑，他们的脸上充满了阳光，他们的身上充满了朝气。孩子们干净的眼神和天真无邪的笑容感染了我，我跳过去融入他们中间。

班迪布尔小镇的孩子们　摄影　莫涛

那位13岁的美丽少女Shristi在我的小本上认真地写

下来她和 11 岁妹妹的名字。而已经脱下学生装，穿着拖鞋在街上，上六年级的 14 岁少女 Driyanshusulpe 显得比她们老练，在我的本子上用英文写下她的名字、年龄、年级，甚至联系电话。孩子们的英语都非常流利，她们说学校里有两位日本老师、两位美国老师，都是志愿者，教授她们英文。

看到我要拍照，来了几个小少年，非常专业地摆出 pose，好帅呀，我一边拍一边心里说道，这哪里像贫穷的尼瓦人后代。让我最欣慰的是，没有一个孩子向我要“money（钱）”,只有个别孩子悄声地说“Chocolate（巧克力）”，当我表示没有时，他们也就一笑而过。

几个女孩子玩起了“撇口袋”的游戏，我在一旁蹲了下来，望着空中飞扬的口袋，夕阳下，口袋上下翻滚，时光一下子穿梭到我的童年，我快乐无比的童年，没有电脑，没有电视，没有电子游戏，生活简单的童年，童年的笑声是我这辈子最肆无忌惮的声音，那单纯的笑声至今可以穿过空间直击耳膜，传到心里。我真想加入到她们中，痛痛快快地跳跃，拾回许久都找不到的简单和轻松……

班迪布尔小镇，尼瓦人的历史在这里沉淀、山中峡谷壮观环绕、玛嘉王国阅兵场留下过刀光剑影、古老的尼瓦房屋刻满了年轮的沧桑，确实像一座活的博物馆，遗留在世外。

要集合了，我和阿龙几乎同时在广场入口处发现两个牌子，一个是圆形黑色的牌子上面用英语写道：TANAHUN 工商业广场，建于 2023 年（尼泊尔年），阿龙掐手指一算，现在是尼泊尔 2075 年，2023 相当于公历 1967 年，大约是新修建的加德满都到博卡拉的公路开通的时间；而在旁边的是一张大大的班迪布尔地图，我诧异地看到有个红色的箭头指向的是“释迦牟尼佛寺庙”，急忙问当地人走上去有多远，被告知来回最少两个小时，望着渐黑的天空，只好留下痛心的遗憾。

回到房间仔细看“Old inn”老板给我的地图，发现我还错过了两个非常重要的地方，Ramkot（玛嘉人的村落）和 Khadga Devi Temple（卡德加·德维神庙），据传庙里供奉的是 16 世纪帕尔帕国王 Mukunda Sen 的佩剑，是湿婆赠予的礼物。

此时，天色已晚，我在阳台的木椅上眺望着远方，享受一个人的孤独。四野无声，飘浮的云恋着山峦，不肯离去，绵延起伏的喜马拉雅山脉在舒展着，黑色的脊梁越来越朦胧，万籁俱寂，慢慢地，巨大的空间似乎把我压得喘不上气来，而我就在瞬间泪崩，我觉得自己就像宇宙间的一个粒子，渺小而无力，夜的黝黑掩盖了我迷离的双眼……

尼泊尔之行至此，已经给了我强烈的视觉和心灵的冲击，喜马拉雅山脉的壮美让人心情开阔，对神佛的拜膜让人对大自然心生敬畏，精美的建筑艺术给人美的享受，善良的尼泊尔人让人体会到平静淡泊。

想起一位西藏宗师说的话：假若不去朝圣，也许就经验不到那个内在的旅程，也许就不会有任何的了悟。

就在这个夜晚，在喜马拉雅山脉下，我觉得通身受了一次洗礼，有一种从未有的轻松，我甚至知道该怎么把握今后的生活，这算不算“菩提灌顶”？

请再给我一次机会吧，我要去释迦牟尼佛寺庙膜拜、去卡德加·德维神庙看看那把神剑，再到山顶的玛嘉人村庄，听听玛嘉男人讲述如何成为廓尔喀战士的。再去时，我还要拿着小本去找美丽的少女 Shristi，让她们知道，我虽然是过客，但是，没忘了她们，我要请她带着妹妹到中国看看，这里有和尼泊尔不一样的风土人情。

可是，我还在纠结，是住在街上那个“Old inn（老客栈）”，还是住在山里村长家的民宿（Bandipur Mountain Resort）？我实在是都喜欢。

有人说，在高高山脊上的班迪布尔是尼泊尔的国宝，我觉得，确实如此。

烧尸庙

这世界真的很大，真的有人在你未知的地方，过着你完全未知的生活，做着你想象不到的事情。尼泊尔的烧尸庙就是一种文化冲击。如果去尼泊尔没去过烧尸庙，看过火葬，那就别说你去过那儿。

烧尸庙本名叫帕斯帕提娜神庙，是尼泊尔的世界文化遗产之一，尼泊尔最大的印度教神庙，也是南亚地区供奉湿婆神的四大神庙之一。尼泊尔的印度教徒不仅把帕斯帕提娜庙视为神殿，也把流经帕斯帕提娜庙下的巴格马蒂河视为最神圣的河。

帕斯帕提娜神庙

巴格马蒂河起源于喜马拉雅山脉，最后流入印度教徒心中最神圣的河流——恒河。印度教徒们平时经常在河岸祈祷，在河中圣浴。临终前最大的愿望，就是躺在帕斯帕提娜庙下面，把双脚伸向河里，任圣水将它洗净。而能在这里火化，自然就成了他们灵魂奔向天堂的最理想的地方，他们坚信，在湿婆神的庇护下，骨灰最终流向恒河，灵魂就会脱离躯体，得以解脱，得以重生。

在全世界70亿人口中，有约32亿的基督教徒，11亿的伊斯兰教徒，两亿的佛教徒和10亿的印度教徒。10亿印度教徒，主要分布在印度和尼泊尔，尼泊尔有86.2%的人都是印度教徒。按印度教的说法："一个灵魂有8400万次生命，每进行一次轮回，就会提升一个层次，因此，死亡并不是一件令人悲伤的事。"

只是，1600多年来，印度教徒以骨灰的形式，每日里不间断地流向恒河，而同时，还有人在恒河里游水、洗浴…… 这要有多么虔诚的精神！

本来行程的第一天晚上就安排参观"烧尸庙"，伙伴们一商量，恐怕看完了这么让人发怵的场面影响下面的游程，遂和导游商量，安排在最后一天，最后一个行程。

这是1月份的一个清晨，早早起来收拾行装，天空阴沉沉的，时而下着稀稀落落的小雨，这挺符合今天的意境。

下了车，戴上口罩和帽子，全副武装，只露出眼睛，紧跟阿龙前行。帕斯帕提娜神庙只接纳印度教徒，阿龙把我们带到她的对面，中间隔着巴格马蒂河，河中有一座人行桥。

烧尸庙旁的塔庙

我们足下竖立着一排排风格统一、规模一致的小型敞门塔庙，庙高5—6米，长宽约2米，有五六十座。这种四面有着圆拱形庙门的塔庙里，里面供奉着象征湿婆的林迦（男性生殖器），或者湿婆神的坐骑公牛南迪。

此时，对面的六座平台静悄悄的，台子上已经有架好的树枝。阿龙指指点点地告诉我们：六座台子中，人行桥以北上方那两座是供皇室和贵族专用的，位于下游的四座平台则是平民百姓的烧尸台。别小瞧那两座台子，1955年特里布文国王在瑞士去世后，遗体运回国内，就是在这里焚烧的。2001年震惊世界的“王宫惨案”发生后死亡的10位王室成员，也是在这里火葬的，当时台子不够，临时搭了好几座。

阿龙又颇为自豪地告诉我们，他的叔叔曾经是尼泊尔的水利部长，2015年去世，也是在这里火葬的。

望着眼前承载着印度教徒无限期望的巴格马蒂河水，心中不禁感叹，无论逝者身份多么高贵，对待死亡，通往往生的仪式都是一样的。漂浮在河水中的骨灰没有贵贱之分，只有一个方向——恒河。

说话间，大约9点钟，陆陆续续盖着黄色披盖的逝者被抬到这里，阿龙收住了话，我们瞪大眼睛，静静地看着对岸的火烧仪式。

准备烧尸

只见抬着逝者的担架先是放到了烧尸台旁边的台阶上面，烧尸台的木柈上铺上了黄色的流苏样条绒，支起的四根木杆上搭了一个小小的黄色罩架。逝者的家属拿着一个碗，在巴格马蒂河上盛上了一些水，然后滴入亡者口中（阿龙悄声说，这是为了验证是否死亡，若是咽下了这口水，说明人还活着，其实，一般情况下逝者都在家里放七天，不可能有生命，这只是个形式）。证明了逝者已经没有生命，众人小心翼翼抬起担架，走向位于上首的烧尸台（这人一定是贵族或者官员了），在台上环绕三圈，再把尸体头朝帕斯帕提娜神庙，足向巴格马蒂圣河，放在木架上。众人肃立在火化台的边上，为逝者祈祷，有人在轻声哭泣。一个身穿白色衣服（丧服）的家属走上来，按顺时针方向围着逝者绕行三周，同时不断向逝者身上撒落花瓣。接着，有人抱来了干柴，覆盖尸身，有人拿来火把，从逝者的颈部开始点燃，只见滚滚烟起，人们不断地用长棍翻搅着，冲天的火焰把骨灰吹上了天空，火借风力，空气中仿佛有焦灼和呛人的味道，同行伙伴有受不住的，落荒而去。

当持杆人确认尸和柴烧得差不多的时候，便用力将闪着余火的骨灰和未燃尽的木炭推入河里，随着烟汽腾起，一个曾经活跃的生命，从此灰飞烟灭。

观看整个过程的我，松了一口气，才发觉自己从当初的恐惧，到此时的忘我，仿佛进入了一种从来没有的境界。我竟然体会到亡者离开世间的踏实感。也许，对于一个有信仰的人，他心中最大的依赖就是至高无上的神明，在湿婆神的注视下，在湿婆神身上最强大的林迦庇护下，安全感已然包围了他的灵魂，死，不再是让人痛苦的事，他像一个游子，在母亲的怀里安然入睡，在母亲的怀里走向梦中的世界……

若是把生死看透，一切也就淡然了。他们没有留给后人可供瞻仰和祭祀的墓穴，即便是名人也没留下墓志铭，对于他们来讲，死亡是超脱，是踏上轮回之路的又一次旅程。挥挥手，我轻轻地走，就如我轻轻地来，不带走一片云彩。

来自大自然的终归还是要归于大自然，恒河的水带走的是物质元素，是对往生美好的向往。世间的人们仿佛是无际沙漠中的一个沙粒，一个在空气里看不见的尘埃，渺小而倔强地存在，一沙一尘埃，宿命在路途中。

苦行僧

此刻，苦行僧拉迪巴巴和沙德利巴巴就坐在我身边，在我观看火葬的地方。

在尼泊尔，经常会看到苦行僧的身影，他们被看成是来凡尘普度众生的"神的使者"，苦行僧被尊称为"萨杜"或者"巴巴"。印度教认为，人需要经过多次轮回才能进入天堂，得到神的关照。而有些人希望走捷径，在此生就得到神谕和真经，苦行僧就被认为是这样的一条捷径。苦行僧的主要任务就是冥想修行，比如斋戒、日晒、禁食、沉默等各种形式进行自我苦修、磨砺，期待忍受自然环境的压迫得到某种超自然的神力。

苦行僧大多衣衫褴褛、蓬头垢面，或在烈日下、深山里、福舍中打坐；或在庙里为教徒额头涂红点，送去祝福；或者手拄象征湿婆神、毗湿奴的三叉杖，边走边吟经文。苦行僧们必须做到"三不"：不性交、不撒谎、不杀生。苦行僧的"苦"非常人能忍受，达到的境界也非常人能达到。曾经有人在尼泊尔遇到两个年长的苦修者，一个练瑜伽，轻而易举把双脚盘到了脑后，而另一个，不知道自己有多大，修行了多少年，当他把头上从未洗过的长发解开时，足足有 3 米长，臭烘烘地铺撒了一地，里面寄生着各种小虫小蚁。如果没有超强的意志力，何以忍受噬咬、叮痒。

据说印度有个最牛的苦行僧，叫阿尔马克杰，高举右臂 46 年，至今没放下，如今已经被人们供奉为湿婆守护神。真是大千世界无奇不有。

拉迪和沙德利巴巴居住在福舍（为往来的修行者、旅行者提供的可以遮阴避雨的庇护所）里，一边修行，一边满足游客的要求，拍照留影，但是，要收费的。早上我们到的时候，他们还没起床，阿龙把大家凑的小费交给了他们，看到可爱的 money（钱），他们开心地起来梳洗。

沙德利爸爸和拉迪巴巴

今年 70 岁的沙德利巴巴有些内向，也许是年龄大的缘故，他跟在拉迪的侧面，感觉是陪同。而 51 岁的拉迪有些大大咧咧，素面、半裸地从福舍里出来，手里拿着湿婆出场的家什：木杖、眼镜蛇（布做的）、万寿菊花圈、女神图片，还有镜子、染料盒。

尾随着他们来到一处有阳光的地方。已经化完妆的沙德利巴巴围上一个毛毯坐了下来，任由大家合影。而拉迪开始编织他那长长的头发，在左上方打了一个漂亮的结，又对着镜子涂抹面孔，最后，开始往身上涂白色的灰，完后冲我们一笑。

我悄声地让阿龙问他们，每天是否冲浴？还有，身上涂的灰色粉末是什么？之前听说有的苦行僧身上涂的是骨灰，若是这样，真是让人望而生畏。拉迪爽快地告诉阿龙，他们每天早上都冲澡，他身上涂的是香灰。哦，我悄然地松了一口气。

凑近拉迪巴巴，我问他，头发攒了多少年？回道：17 年了。伙伴们开始和拉迪照相，拉迪很配合地摆着各种姿势。一个小时的时间很快就过去了，尼泊尔 1 月份的天气阴凉，我们都穿着棉衣，而拉迪一直裸着上半身，我发现他不由自主地打了一个寒战，对他说：“拉迪巴巴，你要照顾好自己啊，别冻着，这样会感冒的。”

拉迪似乎被感动了，拍拍他身边的坐垫让我过去，给我额头上涂了一个祝福的红点，又把象征吉祥的万寿菊套在我的颈部，口中念念有词：Long live and happy（幸福长寿）.我双手合十向他致意。我一句不经意的话得到拉迪如此垂青和祝福，看来修行的人也是有情感的。

告别的时候我走在最后，又拿出五张一块钱的人民币，两张放在沙德利面前，三张给了拉迪，然后双手合十微微鞠躬，向他们致以陌生人的祝福，而他们也一直双手合十向我表示感激之情。

有人说，这样的苦行僧有表演的成分，不屑一顾。于我来讲，即便是表演，也值得尊重。舞台上的演员是一种职业，传递着文化。而拉迪和沙德利是生活中的演员，给了我们接近印度教、了解印度教和苦行僧的机会，只为在寒风中裸着身体就是一种敬业，报酬是应得的回报。

在印度教的神话里，梵天是世界的造物主，他诞生于一朵莲花。莲花在佛教中也占有重要地位。莲花代表着神圣、纯洁、高雅和复活。在我眼中，每一个修行的人都像一朵莲花，苦行僧、活女神、印度教徒、佛教徒……心中有仁善，莲花必自开。“一花一世界”，种花的人修的是自身的宇宙，求的是至善、至真、至美。愿这世界处处开满莲花，愿这世界充满了祥和、安宁。

也许是苦行僧带来了湿婆神的幸运，回返的飞机上，不负我的期望和等待，清晰地看到了心中的圣山珠穆朗玛峰，心中的激动无以言表，两年前，我曾在珠峰大本营看到它的侧影，那时已觉幸福满满，没想到有一天，我从它伟岸的上方掠过，直视它的丰姿。

世界上有很多东西让你忘掉时间的存在，而在尼泊尔的每一天、每一刻都让人陶醉，我觉得时间抛弃了我，把我的魂丢到了那片神秘的土地！

阿联酋

有钱就是任性

这是全世界最富的国家，到底有多富，有人说：如果有一天我老无所依，请把我扔到迪拜捡垃圾。话虽夸张，却也说明一些问题。

迪拜的历史很简单，出身贫寒，就是一个小渔村。大概在 19 世纪末 20 世纪初的某一天，当时的酋长脑洞一开，借港湾的优势，想出了自由贸易的主意，建成贸易港，而后，天佑迪拜，在 20 世纪 50 年代发现了石油，港口和石油成了迪拜的经济支柱，到了 70 年代，只有石油和沙漠的迪拜已经迈入富豪的队伍了。

富了的迪拜人很冷静，他们认为想在地球混，那就得争当老大（当然，不像美国那么霸权，人家对政治不感兴趣），当物质世界的老大，方法也简单：拿钱砸，只做第一，不做第二。

于是，一系列的“老大”应运而生：世界最大购物中心——迪拜 Mall，世界最奢华的酒店——帆船酒店，世界最大的室内滑雪场，世界最高的人造建筑——哈利法塔，世界最大的人工岛——棕榈岛，世界最高的住宅楼——公主塔，世界最高的酒店——万豪伯爵酒店，世界最昂贵的比赛——迪拜赛马世界杯（一天发放奖金超过一个亿），世界最大的烟花表演，世界最美花园，世界最大人工港口，世界最大的音乐喷泉，世界最大机场……够炫目的。

最高、最大、最豪华，只有你想不到的，没有迪拜人做不到的，迪拜人不计成本，大手笔投入，近乎疯狂，迪拜第九任酋长谢赫·穆罕默德在《我的愿景》一书写道:“没有人会记得谁是第二。”看来这句话是他们前进的动力。

美轮美奂的框架搭好,旅游业风起云涌,开拓旅游就是“集资”,就是“后劲”，富有远见的迪拜，旅游产业成了仅次于石油收入的第二个经济来源。

这样的迪拜，能不让人向往吗?

2013年的元旦前夕，我从北京出发，坐了将近十个小时的飞机，踏上了迪拜的土地。

迪拜只有两个季节，冬季和夏季，1至4月是它的冬季，可是，和我们哈尔滨比，那算什么冬季啊？我出发的那个早晨哈尔滨的室外温度是-34℃，是个打哈欠都会结冰的天气，而迪拜却是28℃，到处绿意盎然。导游说，迪拜夏季地表温度最高在50℃以上，2012年7月的某一天，地表温度竟然达到了70℃。强烈的紫外线照射造成了人体新陈代谢加快，所以，这里的居民尽管生活环境很优越，但寿命却不高，平均55岁左右。

入关需要视网膜拍照，这可是头一次听说，据说是为了防止偷渡。

坐在旅游大巴上，导游简单介绍了一下迪拜，在迪拜，90%的东西都是进口的，因为它是建立在沙漠里的国家，几乎没有任何其他资源，石油，是老天赐予他们最珍贵的礼物，这里的油价仅合人民币2元多，就这样，科威特人还嫌贵，他们那里才8角多。石油给了人们富足的生活，大街上的出租车几乎都是奔驰，跑车、越野车等各种名牌车比比皆是。

道路两侧棕榈树居多，这在我们看起来很平常的树，每棵树的幼苗竟然大约是2000美金，而成树（从幼苗长到成树大约35年时间），雄的每株大约60万元人民币，雌树（结椰枣）每株80万元人民币，天啊，听到这里，我放眼看着窗外，满目的棕榈树好似变成了黄灿灿的金条。我还发现一个现象，所有树木的旁边都有一个直径2—3厘米左右的小管子从地上露出，大约5厘米高，那是水管，就是说，每棵树都有一根属于自己的水管。对于这个一年四季基本不下雨，水贵如油的地方，如此珍爱每一棵树，就像珍惜自己的生命，很难得，每一根水管都是树木的生命之泉啊。

风俗与福利

位于中东地区中央的迪拜是阿拉伯联合酋长国人口最多的城市，也是迪拜酋长国的首府。

作为伊斯兰国家的迪拜人，心中只有一个偶像——真主，穆斯林四海之内皆为兄弟姐妹，禁忌放高利贷、赌博、奸淫、强占他人财产，不食猪、马、驴、狗等动物，禁食虎、狼、狮、豹等野生动物，也许是因为不食野生动物，在目前（截至 2020 年 3 月 9 日）世界范围已经超过 10 万人感染新型冠状病毒的情况下，整个阿联酋只有 45 例患者，这些患者大部分是外来人口，本地人几乎没有。

这里社会治安特别好。不许饮酒，所以在任何地方（除了酒店的酒吧）都买不到酒，即使是在酒吧买的也不许带走。估计不喝酒，也就避免了酒后失德和乱性，所以，这里的夜晚静悄悄，非常安静。

至于偷盗，导游说：左手偷的，剁掉左手；右手偷的，剁掉右手；双手偷的，都剁掉，看谁还敢触犯法律啊。我想起在迪拜机场取行李，我们走下飞机来到取行李处，行李已经被整整齐齐放在了大厅里，拿好行李我就急忙找行李牌，准备给人家检验，结果没人理我，走出机场心里还犯嘀咕：这要是行李被人拿走该如何是好？听了导游这一说，我心里释然了，这样的刑罚，就是别人把东西放到我的手里，我也断不敢拿走啊。

迪拜的教育和医疗都是免费的，男子到了18岁，政府拨给大约70万元人民币购买别墅，要是不买，那就批一块地，反正结婚成家要用的。婚姻的极限是一夫四妻，但是有个要求，四个妻子要相同待遇，比如你给老大买了钻戒，就要考虑给老二、老三、老四购买同等的礼物，否则，她们就去法院告你，你就有倾家荡产的可能。你要是喜欢老四（这个可能性比较大），想给她买个别墅，做你们的爱巢，对不起，准备四份的钱吧，那姐仨绝不会容忍只有她住别墅。所以，一般的人家不敢娶四个老婆，但生孩子绝不含糊。导游有个迪拜当地的朋友，一次看到他开着房车领着老婆和孩子出游，问他几个老婆。答道：一个。又问：几个孩子？答：自己数吧。结果从房车里一连串走出19个孩子，晕！迪拜的双胞胎和多胞胎特别多，否则，妇女这一生都在生孩子了。

对了，迪拜的女人都很漂亮，虽然不允许盯着她们，但我还是寻机观察她们，特别是年轻的女孩，她们把只能露出的眼睛化了非常精致的妆，本来就大大的眼睛，打上眼影，轻扫眉黛，看起来风情万种，加上得体的黑色裙装，恰好的身材，走起来那么内敛、飘逸。

沙漠探险

入住的酒店叫 Belvedere court，是个四星级酒店，房间里有厨房和吧台，洗衣机、电熨斗、电冰箱、微波炉、电磁炉、锅碗瓢盆、刀叉碗碟一应俱全，一走进去，就有了家的感觉。

可是，无论迪拜是如何现代化、如何都市化，都不要忘了这是一个沙漠之国，到这里，要感受最原始粗犷的沙漠风情，“沙漠冲浪”是最佳的选择。在沙滩上行走，一脚陷下去，深深的一个坑，走起来都吃力，更不用说跑了，我想象不出车开在沙漠里的情形，更不敢想象“冲浪”会怎么样，但我天生是个喜欢冒险的人，不会放弃任何机会。

两个迪拜小伙子开着四驱的越野车载着我们来到了世界第二大沙漠——阿拉伯沙漠。

这是沙的世界，沙的海洋，广袤的大漠，死寂般的沙海。

沙漠如海，波涛起伏，它像暴风雨中翻滚的海水瞬间静止的画面，那直指向上的“浪”尖像剑一样，“浪”尖和下面沙漠衔接之处，像陡峭的山崖，又像陡立的石峰。

越野车咆哮着驶向沙漠，技术高超的驾驶员娴熟地操纵着车子，一会儿加大马力冲上大约 90 度的沙丘，人几乎脚在天上，一会儿又以 45 度角的斜刺俯冲滑落到谷底，随着车冲下去，头不时地顶着车篷，有失重的感觉，冷汗唰唰地出。我不由自主地尖叫着，吉普车犹如翻滚的过山车，突然一个急刹车，突然一个急转弯，让人体验到最极致的沙漠翻腾奔驰的快感和恐惧。有一刻，我甚至感觉到了生命的极限。

原以为沙漠是柔软的，温顺的，哪知，这里的沙漠被风雕刻得如此坚硬、凝固。

车子，在我们的惶恐中到了顶峰，一大片开阔而平坦的沙漠中。慢慢走下来，安顿下慌乱的心，放眼望去，烟波浩渺，跌宕起伏的沙漠边一片霞光，落日在晕染的天际中放射出五彩的光芒，“大漠孤烟直，长河落日圆”，此时，没有比这句诗更贴切的描述了。

沙漠的晚霞

躺到沙漠上，呈一个大大的“人”字形，柔软的沙子轻抚面庞，四周静穆，天空、夕阳、沙漠……包围了我，经历了狂野的冲浪，此时又感受到了沙漠的绵绵情意，精神和身体陡然放松，我站起身来，掬一把细沙，用力地抛向高空，碎碎的沙粒在夕阳下泛着金光，像一粒粒晶莹的宝石，迷离缥缈，洋洋洒洒地飘落下来。

沙漠冲浪归来，加入沙漠营地的千人狂欢野餐，席地而坐，吃着阿拉伯烧烤，看舞娘表演，或者举着啤酒，数千人放声高歌。

沙漠之行，挑战自我，战胜恐惧，是速度与激情的别样体验。

帆船酒店的早餐

迪拜最大的酒店叫阿拉伯塔酒店，是一个帆船形的塔状建筑，所以又被称为“帆船酒店”。

酒店一共有 56 层，315.9 米高，客房面积从 170 平方米到 780 平方米不等，这座看起来好像是正在行进中的帆船形象的酒店建在海滨的一个人工岛上。

阿拉伯塔酒店拥有 202 套复式客房、200 米高可以俯瞰迪拜全城的餐厅。酒店 23 层专设机场，坐直升机，花 15 分钟空中俯瞰迪拜美景。客人如果想在海鲜餐厅中就餐的话，他们将被潜水艇送到餐厅，这样他们就餐前可以欣赏到海底奇观。

帆船酒店在建造时约用了 1590 平方米的 24 克拉的黄金叶来美化内部的装饰，显示其精巧和奢华。据说酒店里有顶级的办公设备，顶级的配备设施，世界一流的购物场所、高尔夫球场、运动场、温泉……

旅行社是不会安排住在这里的，导游说最低的房间住宿要 1500 美元，最豪华的房间要上万美元，我们团有 14 个人，有个河南来的大哥大手一挥，对导游说：给我预订一个大一点儿的房间，我把大伙都领去住一宿。嚯，我们当时在车上欢呼雀跃啊，从北京来的小兄弟双手抱在胸前，陶醉地说：我不睡，我要摸一夜墙（墙上贴的都是金子）。可惜，第二天导游告诉我们，房间爆满，没订上，美丽的憧憬成了泡沫！

帆船酒店向我们关上了门，却又打开了一扇窗，导游争取到自费100美元的帆船酒店的早餐机会，我和伙伴燕子毫不犹豫地报了名。

帆船，对迪拜人有特殊的意义，因为他们拥有航海的经历，帆船是他们生命中的伙伴，他们喜欢扬起风帆的感觉，为了这个感觉，为了让他们的“帆船”真正在海上翱翔，迪拜人不遗余力地在海上打造了一个实实在在的人工岛，然后，把他们心中的“帆船”驻扎在岛上。

岛屿要抵御台风和可能的地震，要抵御海水的侵蚀，要考虑迪拜气温造成的热胀冷缩，还要承受巨型酒店的重量，这样的人工岛整整花费了两年半的时间，全部的钢材用了9000吨，并在40米的深海中打入了250根基建桩。

据说，重达25万吨的帆船酒店能抵挡时速160公里的风力，它表面白色织状玻璃纤维的反射功能既能降低热度，又有防尘防沙的功能，这样的酒店不只是奢华了，而且是建筑上的创新和奇迹。

踏上传奇色彩的小岛，远远就看见像扬起风帆的“帆船酒店”，它在波斯湾海上光彩夺目，我们在晨风中跑向那金碧辉煌的大门。

酒店大堂中间有一棵圣诞树，旁边圣诞老人还在摆手致意，金灿灿的墙壁在阳光的反射下炫目耀眼，阿拉伯图样的地毯豪华尊贵，天花板上带着神秘图腾的壁画。

坐电梯来到二楼大厅，室内音乐喷泉欢快地跳跃着。早餐厅在三楼，入口处上方有用两万颗施华洛世奇的钻石镶嵌而成的一只大大的阿拉伯之眼。

餐厅内狭长格局，大理石的地面，水晶吊灯、壁灯、射灯和玻璃顶棚交相辉映，人不多，静悄悄的，一侧是餐位，一侧是自助早餐食品区，这里不仅有阿拉伯烤肉，还有各式西点、面包，日式的汤，寿司、各种水果，凉拌菜，我们还诧异地发现有中国的广式茶点和面条。原来，这里包含了中、日、韩、印各种美食。

我们尽量用最快的时间品尝各种美味，有人说花这些钱来这里吃早餐不值得，其实，在我心中，吃在帆船是一种体验，更重要的是感受，感受它的美丽，传奇，不凡，即便是管中窥豹。

餐厅卫生间的设施都是爱马仕的品牌，许多配件都是镀金的，我们就在酒店的大厅里留了几张影，时光匆匆，只能挥别。

来迪拜之前，以为帆船酒店是土豪的炫耀，参观后才感悟到，这是集颜值与内涵于一身的绝美建筑。

热闹的棕榈岛

棕榈岛，顾名思义，一定和棕榈树有关了。迪拜人把对棕榈树的热爱洒向了大海，他们设计的岛的主干道就像棕榈树的枝干，17 个棕榈树形状的小岛放射样辐射出来。

棕榈岛是一个很大的填海岛，这个耗资 140 亿美元打造而成的岛屿被誉为“世界第八大奇迹”。

去棕榈岛的路上路过一个大大的庄园，是一个澳大利亚赌王的，庄园有多大？导游说：开着车看着它的围墙一眼望不到边。果然名不虚传，载着我们去棕榈岛的缆车上，正好可以俯视整个庄园，庄园里散落着城堡、楼房等，大得让人难以置信，已经建了好几年，还在建设中。

棕榈岛上人声鼎沸，有观光游客，更多的是度假的人们，海边很多别墅，这里的房子相当抢手，有些房产在地图上还是海水的时候，就被抢购一空，许多世界顶级的明星在这里有住宅。岛上的设施也很齐全，有医院、学校等，岛上由 50 个豪华酒店、2500 间沙滩别墅、2400 间面海住宅，大厦、餐馆、购物中心、运动设施和水疗设施组成。

巨大的游轮和清澈透明的蓝色的海水映入眼帘，到处是穿着泳装、戴着墨镜的人。岛上消磨的一天就像快镜头一闪而过，购物中心的东西名牌居多，我倒是特别喜欢吃岛上各种口味的冰激凌。

阿布扎比清真寺

由迪拜前往阿布扎比大约三个小时的路程。

阿布扎比是阿联酋的首都，“阿布扎比”阿拉伯语的意思是“有羚羊的地方”。据说从前这里经常有羚羊出没，70 年代之前荒凉偏僻，自从发现了石油，阿布扎比好比咸鱼翻身，一步迈进“天堂”，到 80 年代末，跨入现代化都市的行列。

如今的阿布扎比被称为“沙漠中的珍珠”，这里高楼大厦林立，街道整齐宽敞，两侧树木郁郁葱葱，花园式别墅和住宅星罗棋布。阿布扎比给人的感觉绿色覆盖大地，沙漠只是点缀。导游说，在水比油贵的阿联酋，由于绿化的成本高昂，当地衡量财富的标准，不是名车和豪宅的多少，而是树木和绿化的程度。

沙漠之地，寸草不生，他们从国外买来泥土、树苗、花草，把盐碱板结的砂石挖去，填上适宜植物生长的泥土，在土中埋下自来水管，总水塔输出的淡水，经由纵横交错的自来水管，送到树木花草的根部，而人们还要给树木花草的叶子喷水，才能一尘不染地成长。每一棵花草树木都要付出昂贵的代价，所用的费用抵得上培养一个孩子，迪拜人像对待自己的孩子一样对待它们，才有了今天茂盛盎然的新迪拜。

也许这和我们印象中的“土豪”有差别，对大自然的热爱和尊重，是别样“土豪”的称谓。

我们参观的是阿布扎比最大的清真寺——谢赫扎伊德清真寺。这个清真寺是世界第三大清真寺，中东最大的清真寺，是为纪念阿联酋开国总统扎伊德·苏尔坦·阿勒纳哈扬而建，寺内有他的陵墓。

远远就看见清真寺高耸的白色圆形穹顶建筑，在蓝天下格外耀眼，润白细腻的外墙材料是汉白玉，汉白玉来自希腊的一座山，一座经历了千万年才形成了汉白玉的山，据说当时考察材料就用了一年的时间。

清真寺正中是57米高的圆顶，四周有107米高的宣礼塔，寺中1000多根立柱的黄花都是黄金做成的，阳光下金灿灿地耀眼，导游自豪地说，雕刻来自中国的工匠。

谢赫扎伊德清真寺——中东最大的清真寺

广场的大理石花卉地面光滑洁净，高贵典雅，上面绘制了巨大的花枝蔓藤的纹饰，踏上去不由得就放轻了脚步，小心翼翼地看着，走着。

清真寺前有一池湛蓝的清水，倒映着清真寺的身影，给人天上与人间的错觉。

可容纳四万多人朝拜的谢赫扎伊德清真寺，是唯一允许女性从正门进入的清真寺。

据说是世界最大、最豪华的地毯

伊斯兰风格的谢赫扎伊德清真寺奢华之处随处可见。

大厅里的地毯据说是世界最大、最豪华地毯，由1200名伊朗工人现场手工编织，5600多平方米地毯无缝编织而成，重达47吨，价值580万美金。

大厅上方的价值千万美元的施华洛

世奇吊水晶灯富丽堂皇。大厅顶部栩栩如生的花纹装饰，墙壁上镶嵌着珠宝的名贵壁画，玻璃门上流光溢彩的图案……

阿拉伯人把对真主的信仰投入到超凡的装饰中，也许，在他们心中只有真主配得上这样的锦绣。

进清真寺要脱鞋，女人要套上黑袍，只露出面孔。穿上阿拉伯人的黑袍，软软的料子轻柔滑手，伴着阿拉伯悠扬的音乐，赤足走在高贵的地毯上，在精雕的画廊中穿行，近两万平方米的祈祷大厅悄无声息，自己不觉就融入这个异域的文化中。

阿布扎比的谢赫扎伊德清真寺给我留下的印象，虽然是汉白玉、黄金、水晶、珠宝……堆砌而成的世界最贵的清真寺，但我认定它不是奢侈的代言，它是神圣庄严的殿堂，是阿拉伯人心中的“布达拉宫”。

购物天堂

迪拜购物中心（Dubai Mall），2008年11月4日正式开业，是世界上最大的购物商场，被游客称为“豪气冲天”。听说迪拜Mall曾经被超越过，酋长一生气又把商场扩建了，现在又回到世界第一的宝座。

迪拜购物中心

它拥有83.6万平方米商业面积，相当于100个标准足球场大，还有1200多个零售商店，150多家餐饮设施，一座五星级酒店和众多休闲店铺。

店内除购物空间外还设有世界级水族馆、独特的全球高塔观光和奥运标准的室内溜冰场。迪拜购物中心也是世界上最大的室内黄金市场。

作为世界上最大的免税购物店，所有的世界名牌在这里都能找到，我们正好赶上一年一度大折扣。

购物中心有很多餐饮，世界各地的口味都有，在商店开张之前，餐饮早早地开始营业了，很多人到这里吃早点。

这里是女人的天堂，所有的奢侈品更新款式比国内早一个月，所有的世界名牌都有打折销售。喜欢吃巧克力的人，这里有号称巧克力中的“爱马仕”，巧克力旦的贵族。一家甜品店里看到超喜欢的椰枣，阿拉伯咖啡和撒上果碎的阿拉伯正宗冰激凌。

一转头，看见一位帅气逼人的阿拉伯中年男子，一身白服，仰着头，迈着稳当的步子走过来，他身边跟着四个从上到下穿着黑纱衣服、只露出面孔的女人，那四个女人啊，简直个个美若天仙，四个女人并排走着，不时轻声交流着，看着是那么和谐，这四位美女肯定是那男子的老婆了，看男子的气势，非贵即富。

购物广场里有中东地区最大的水族馆和室内人造瀑布，购物累了，坐下来，看着挂在世界第一大鱼缸上的，170 亿像素的超大屏幕上的广告，各种鱼儿在眼前游动，而瀑布变换着不同的花样喷洒而出，赏心悦目！

哈利法塔

这是旅游必打卡之地。

迪拜最耀眼的地方就是Burj Khalifa（哈利法塔）了，哈利法塔又称迪拜塔造价15亿美元，塔高828米，162层，差不多是纽约帝国大厦的两倍，它的出现将法国的埃菲尔铁塔直接降到世界第二。

哈利法塔有数不清的世界纪录：最多楼层（162层）、最高游泳池（76楼，距离地面400米）、最高清真寺（158层，距离地面800米），由28041块钢化玻璃组成。

有个美丽的传说，本来，世界人民没有民族种族之分，没有语言文化的差异，大家要建一座通天塔，哈利法塔就是大家期望中的“塔”。

这座最高的人造建筑，是迪拜的象征。据说这里是“9·11”后第二个被恐怖分子惦记的地方。

我们没预约上门票，只好站在迪拜Mall旁仰望哈利法塔高高的塔尖，那像蜘蛛百合（一种沙漠之花）的外观，这个世界离天空最近的地方。

想要目睹哈利法塔的风姿，去不了迪拜就看《碟中谍》吧，汤姆·克鲁斯的《碟中谍4：幽灵协议》中那段惊悚的爬楼片段就是在这取景。

晚上，登上夜游船，开始了两个小时的夜游，这条河叫Dubai Creek，是波斯湾的一条天然裂缝，它将迪拜分成了两个城区，新城区和旧城区，全长是 14.4 公里，海水最宽的地方是 1200 米，最窄的是 140 米。

夜晚的迪拜流光溢彩、高楼大厦若隐若现、岸上的人群川流不息，那一天正好赶上放烟火，大街上到处是人流，还有踩高跷的、唱马戏的、舞狮子的不断走过，很是热闹，冷不丁还以为在国内呢。船上备有阿拉伯的烧烤和水果色拉，一边看着两岸风景，一边轻啜果汁，一天的疲劳随风而散。

迪拜之行，颠覆了我对“土豪”的概念，迪拜人从骑骆驼到开奔驰，从贫穷到“一夜暴富”，他们没有沾沾自喜，没有坐吃山空，没有骄奢淫逸，而是做长久的打算，长久的投资。他们的口号是：要么不做，要做就做最好的。他们“一掷千金”用于开发和建设，创造无数个世界第一，给子孙后代留下巨大财富。这样的“土豪”有智商、有头脑、有魄力，从保守自封到开放兼容，迪拜的每一步都迈得有节奏、有板眼、有力量。

任性的迪拜，留给我不一样的印象。

马尔代夫

撒落在印度洋上的珍珠

“如果你爱他，就和他去马尔代夫。”

听说那里的水很蓝、很绿，那里的沙滩很白、很细腻，那里的珊瑚很美，那里的房间出门就是海甚至就在海上，晚上可以枕着海浪入眠，那里是情人们消遣的天堂……

地理知识贫乏的我，一直以为那只是一个岛屿，直到上网查资料才知道，那是一个群岛啊！

这一次，我和好友燕子又是一次说走就走的旅行。

马累机场的码头

小小的马累机场在出口处竟摆有大约 60—70 个柜台，每个柜台后面都站着笑容可掬的马累人，一问才知道是各个酒店的接待处，我们准备去的岛叫苏哈姬莉（Thulhagiri）岛，又称蓝色美人蕉岛，很快就找到了我们的酒店柜台。（马尔代夫虽然有 200 个岛屿可以住人，但真正接待客人约有 90 个岛屿和酒店，而且是一岛一酒店，每个酒店和岛屿各有千秋）

等候开船的机会四处瞭望。飞机场候机室四周是大大的落地窗，前方不到 50 米，就是大海，碧绿的海水洁净得如同透明的宝石，小小的码头只有几只游艇在停靠，一望无际的海面上海浪轻轻涌动。天下着淅淅沥沥的小雨，云朵成团地在远方簇拥着，机场小路被雨水洗涤得清清亮亮，椰树和棕榈树为这幅图画抹上了一笔浓浓的绿色，潮湿而清新的空气让人感到清爽。

当地温度 30 度左右，但是有海风的吹拂，并没有闷热的感觉。

小小的候机室只有一个快餐厅、咖啡厅，进餐的人不多，非常安静。

苏哈姬莉岛印象

游艇乘风破浪在印度洋上行驶，海水一会儿是碧绿，一会儿是天蓝，一会儿又是瓦灰色甚至有些发黑。浩瀚的海面上偶尔有游艇穿行，天上云朵一簇簇地缓行，仿佛很远，远得遥不可及；又好像很近，因为在天际，你能感到它和海水接壤。间或，在前方或者左右方有黑色的暗影，水手告诉我们，那都是马尔代夫的岛屿。

苏哈姬莉——蓝色美人蕉岛

游艇发动机的轰鸣声和海浪拍击船舷的声音夹杂在一起，打破了海水的宁静。大约 20 分钟，游艇开始减速，远远地望见水上一排木屋，那一定是传说中的水上屋（water villa）了，一个小岛渐渐清晰，远眺着一些小草屋掩映在绿色盎然的热带植物和高大的棕榈树、椰子树之间，连接海水和小岛的就是洁白的沙滩，一幅浑然天成的美景映入眼帘。这就是“蓝色美人蕉”——我们将要居住的小岛。

走下游艇，轻松地踏上木板桥，下了小桥，美丽、细腻得如细粉一样的沙滩就在足下，我和燕子情不自禁地甩开鞋子，欢快地、毫无拘束地赤足走着。此后的几天里，我们就这样一直光着脚穿行在岛上，贴近大自然的快乐让我欲罢不能。

接待前台，一位肤色黝黑的侍者微笑地用英语向我们问候，送上一条温湿的白毛巾，擦擦一路风尘，又端来一杯五颜六色的饮料，温馨的气息包围着人们，旅途的疲劳仿佛消失。

端着饮料，坐在椅子上，开始打量周围。这个岛屿给人的第一感觉是原始气息特别浓厚，房顶是厚厚的茅草铺就，天棚是六角形木质板材构成，木椅，木桌与它们遥相呼应，沙石地面（只有前台一块地面是瓷砖）更显出大自然的原味，清凉的海风吹拂着脸颊，已然超凡脱俗。

据说蓝色美人蕉岛有两个最大的特色：一个是美人蕉岛屿拥有马尔代夫最好的珊瑚礁，所以潜水和浮潜是理所当然的必选项目；另一个是以它的美食而闻名，品种繁多。黄昏时分，坐在露台上，啜上一口红酒，配上美食，观赏日落和大海，该是多么惬意。很多回头客都是冲着岛上美味的世界餐和亚洲餐来的。

据我几天观察和体验，还有一些特点：1. 由于马尔代夫是自由行，没有领队，刚来到这里好像没有主心骨，不知道下一步该做什么，到了前台才看到有个告示牌，上面有每天的行程安排（均英文标注），一周的活动不重样：深潜、垂钓、看日出日落、列岛游、马累游、逐海豚等等，如果你想参加，在活动表的空白处填上房间号码，届时到达集合就可以；2. 岛上通用语言是英语，服务员英语都非常流利和标准；3，岛上的服务生清一色的男士，见

我们住的房间

不到女士，所以在房间里换衣服要小心，防止春光乍泄啊；4，对于中国人来讲，最容易忽视的是“小费”，每天早起、餐后，我和燕子都互相提醒放1美元的小费，生怕漏掉了让人家瞧不起中国人，说咱小气。终于拿到钥匙，我们住的是沙滩屋104房间，跟着服务生，走过一段沙石小路，来到门前。

岛上拥有55间沙滩屋，错落交织在岛上的路两旁，茂盛的棕榈树、椰子树和数十种数不清的花草衬托着它们。沙滩屋是呈六边形的，屋顶有厚厚的茅草，房间里的所有家具都是用竹子和藤木做的，非常自然。

还未及进屋，我们已经爱上了这优雅、幽静、悠然的环境，刚打开房门，燕子和我便欢叫起来。所有的家具都是竹席编织而成，小茶几上摆放着刀叉等生活用品，小冰箱埋在电视下面的柜子里，桌上有热水壶，卫生间有两扇门，一扇通往卧室，一扇直接通向外面，如果浮潜回来可以先在浴室洗澡再进房间，浴室门外有一个冲脚的水龙头可以把沙子冲了再进屋。沙滩屋外有两张藤椅，还有两个软沙发垫，可以拿到前面沙滩上的躺椅上。

陪同我们拿着行李的服务生看到我俩开心的样子也情不自禁地微笑着，赶快拿出1美元小费，看着他走出门，我们撇开行李，飞快地把自己丢到床上，开心地欢呼着：马尔代夫，我爱你！

简单洗漱一下，我们迫不及待地去岛上熟悉一下环境。岛小，没用30分钟就走完。我们又走向岛上另一个重要的领域——水上屋。由于这次没订上水屋，这让我们对它更向往。

岛上共有17间水上屋，其中201最靠近岛屿，217最远离岛屿，可以看到更多鱼，201—204可以在阳台看日落，214—217可以在阳台看日出。

走在木板搭制的桥上，数着水屋的房间号，找到可以看日出的217房间，记住地方准备早早起来看日出。

终于疲劳了，看看表还不到6点，晚餐是7：30开始，遂决定回房间休息。不到7点，我们就睡不着了，太兴奋了，起身去餐厅吧。

远远地就看见一排自助的餐具，诱人的香味扑鼻而来，可吸引我们眼球的却是各种水果造型，逼真有趣，让人惊叹不已，我们特地请出雕刻水果的师傅留个影。

正式开餐，燕子和我几乎同时想起了迪拜，想起了帆船酒店花了100美元吃的大餐，这里的晚餐堪比迪拜。每人要了一罐冰凉的泰国啤酒，品着眼前的美味，听着风声浪涛，优哉游哉！

岛上的日子很惬意、很闲散、很自由，餐厅供应早、晚餐，午餐自行解决，好在我们是有准备的。第二天中午，我们拿着在家里带来的焦玉昌烧鸡、马迭尔面包、里道斯香肠，又去餐厅买了啤酒，在沙滩寻一处阴凉地，坐在躺椅上，看着印度洋美丽的海水，给自己一个独特的午餐，一忽间，我好像在太阳岛上……

塞姆、调酒员、导游和老旅友

热情的塞姆

在蓝色美人蕉岛的日子，最难忘的、仿佛就在眼前的一个人，就是我们的餐桌服务员塞姆（Shameem）。

塞姆中等身材，皮肤黝黑，两只眼睛特别有神，说着一口流利的英语，而且表情丰富，有时顽皮如孩童，有时严肃仿佛心事重重，高兴了就和我们开玩笑，有时不知道为什么还躲着我们。

第一天晚餐时分，他微笑地走向我们，为燕子和我安排了一个靠栅栏的座位，然后告诉我们以后的几天里我们固定在这里，而他——Shameem，指指胸前的名牌，将会一直为我们服务。

塞姆和我

塞姆的服务非常温暖，

微笑中带着殷勤，我提醒燕子把 1 美元小费先放到桌子上，回过头的塞姆看到了小费，开心地笑了，更是不时地跑到我们桌前问需要什么，我怕麻烦他，自己去吧台买了啤酒，他看到后埋怨我：不要动，只管吃，一切告诉他就是了。

每天的早、晚餐，有了塞姆贴心陪伴，更加快乐。可是，第三天早餐，餐厅里不见了塞姆，换了另外服务员，燕子和我顿觉失落，晚上，在餐厅看到他，我们急切地问他发生什么事了。塞姆疲惫地告诉我们：他去马累参加 election（选举）了，早起晚归，觉得特别累。看到他有些忧郁的样子，我们都猜他还有事，但不好问，就默默地进餐了。塞姆好像猜到了我们的心事，抽空就过来和我聊天，他说：燕子，你很漂亮，我喜欢你。看到我在一旁乐了，他又一本正经地解释：她是女人，我是男人，我喜欢她很正常啊！我一边憋不住地笑，一边告诫他：你可不能 fell in love（陷入爱中）啊。听罢，他和我齐声大笑起来。

处久了，塞姆和我们说话就随便了。有一次他对我说，他很少看到女人特别是中国女人喝酒，我故作神秘地对他说：第一，我们来自中国的北方哈尔滨，那里可冷可冷啦，喝酒能取暖；第二，我们离俄罗斯特别近，他们喜欢喝酒、吃面包、香肠的风俗影响了我们；第三，这么美丽的地方，这么好吃的晚餐，我们觉得不喝点儿什么就太可惜啦。噢，塞姆仿佛恍然大悟地点着头。以后的每餐里，我们如果喝啤酒，他就从酒柜里拿来凉凉的；我们要是喝红酒，他就偷偷地跑到厨房给我们额外拿来冰块放进去。

最后一餐，不知道为什么，塞姆总是躲躲闪闪的，也不愿意到我们桌前聊天了。我和燕子商量：要走了，小费多放点儿吧。两美元压在了杯子底下，可是塞姆看到了并没有像第一天那么高兴。也许，塞姆有什么心事？也许，塞姆不舍和我们分开？或者塞姆真的爱上燕子了？天啊。

塞姆，我们不会忘记你的，你看，我们不是都留了合影吗？下次如果有谁去那里，我们一定把相片给你捎去，让你知道，在遥远的中国，还有你的朋友在惦记你！

“狡猾”的调酒员

他的名字我不知道，许是因为我第一天就去他那里取啤酒，加上我能和他英语交流，每一次见到他，他都会伸出双臂亲切地做拥抱状：“Oh, my old friend（哦，我的老朋友）.”接着马上问我：“今晚来点儿什么？”有一天我和他说，我们想喝点儿红酒，请他推荐一个好喝又便宜的。他眼睛一转，告诉我，这里有种很好喝的红酒，一大杯 13 美元，如果我不签单，就不用交服务费和税，然后他赠送我一大桶矿泉水。我也眼珠一转，那一大桶水价格 4 美元啊（这里没有可以直接饮用的水），马上告诉他：“Deal（成交）.”

这个“狡猾”的调酒员，让我至今感到内疚，我还是认为作为公民缴税是应当的，可惜，人的私欲终究占了上风，这事一直让我纠结，以后他再问我还喝不喝红酒了，我都不好意思地摇摇头。

不可小觑的导游

马累是马尔代夫的首都，虽然很小，但毕竟我们来到这里，应该去看看，所以，燕子和我在前台的帖单上报了名。

机动船行驶了一个半小时，远远看见高楼大厦，马累到了。

一行大约 20 人，下了船，四处张望，寻找应该拿着小旗的导游，这时一位当地男人迎了过来，这人四十上下的岁数，也是黝黑的皮肤，一个眼睛大一个眼睛小（也许是只有一个眼睛，我没好意思使劲看），手里拿着一个破布兜，穿着双旧拖鞋。我疑惑地问他：你不会是我们的导游吧？他点点头：我就是。我心一沉，又问：你会讲汉语吗？他干脆地摇摇头：No. 我回头问一个船过来的人：“有没有会英语的？”众人均摇头。我心说：好办了。回头对导游说：“这个团只有我一个人会一点儿外语，咱俩配合，你慢慢说，我翻译好不好？”他惊喜地连连答应：“好，好！”然后主动告诉我他叫雷利，我也介绍自己英文名字叫南希（Nancy）。

于是，在拿着破布兜子，趿拉着旧拖鞋，一个眼睛大一个眼睛小的雷利引导下，一行人，浩浩荡荡地离开码头。回头瞥一下我们的队伍，我能感到大家的失望甚至是不满。

我和雷利并肩走在队伍的前面，心中暗自想道：这马累不光城市小，人口肯定也少，要不怎么派出一个这样的导游，冷不丁还以为这是上街买菜的大叔呢，他能否当好这个导游实在让人怀疑。好在马累可看的地方不多，先是最大的清真寺，上面有解说词，我基本没用他，一点点给大家翻译出来。然后去总统办公府外面，马代博物馆，最后到公园，各处都有介绍的牌子，我一路下来基本应付了。边走边和导游聊，他用带着马累味道的英语，我用中国式英语，一来一回，配合还算是默契。

到了公园，看看时间还早，离回返还有 1 个多小时，雷利站住问我们：下面是想去鱼市（因为离海近，这里的垂钓工具很好）还是去食品市场或者购物？众人七嘴八舌，最后统一意见去购物。雷利领我们去了一条全是小商店的街，走进商店，队里有人后悔了，又想去鱼市。雷利生气了，说：“今天的导游结束，不陪了。”结束就结束呗，反正他也没起多大作用，众人约好集合的时间就解散了。

燕子和我还是想逛商店，接着走，回头看雷利跟在我们身后，估计他觉得只有我能和他交流，时间未到他也不好意思马上就离开我们，我招招手让他过来，告诉他我想买什么，让他陪我们，他高兴地答应了。走累了，我俩想吃冰激凌，雷利把我们带到他认为最好吃的小店，我们给他点了一杯咖啡，他不客气地喝着，冰激凌上来了，果然特别好吃。我们一边吃着，一边聊天，雷利告诉我，他会四种语言：英语、法语、西班牙语和意大利语。天啊，我暗自吃惊，抬头不相信地望着他那一只大一只小的眼睛。看到我的样子，他得意地笑了，又告诉我他有四个可爱的孩子，三个女儿和最小的儿子。我问他你是不是因为这个儿子才生了第四个，他点头同意，看来这个“重男轻女”的观念不光是中国有啊。

雷利接着陪我们逛，我为先前看轻他心里感到不安，对他便亲切许多，忽然发现他两手空空，赶快提醒他：你那个破兜子没了。他不好意思地轻声回道：放到朋友的店里了。呵呵，这个雷利，大概也觉得拿着它和他导游的身份不太相符。

回到码头，众人早就在等了，雷利一直在岸上和我们招手，直到我们驶离方转身离去。

雷利再一次让我明白一个道理：人不可貌相，海水不可斗量！

来自上海的老友

和团里几位上海老大哥的相熟纯属偶然。有一天吃完早餐，我正要离开餐厅，就见一个小姑娘急匆匆地跑到前台找医生，她说有位上海来的老大叔病了，可是，这里找不到医生。我说，我就是医生，领我去看看。她喜出望外地找来上海团的其他人带我过去。

老大哥的房间里好几个人在焦急地等着，我简单地问了几句就明白了，他患的是急性胃肠炎。告诉他吃消炎止泻药，用热水袋暖胃即可。晚上吃饭时他们告诉我，那个老大哥好多了。以后每次相见，便觉得亲近了许多，互相主动打着招呼。

一天下午，我一个人正在草屋里看书，燕子蹦蹦跳跳地从外面回来："月姐，报告你一个好消息，晚上我们可以去水屋待一会儿了！"

原来，从来的那天起，我们两个就盼着能在水屋住上哪怕一夜，我们天天去服务台询问，眼看就是最后一天了，还是无果，心中失望极了。燕子去外面拍照，遇上其中的一位上海邱大哥，她请大哥为她拍了些照片，聊天中燕子无意说了这个事，住水屋的邱大哥很爽快地说，你们要是特别喜欢，晚上可以到我房间待一会儿。燕子喜出望外，毫不犹豫地答应了，欢天喜地地回来向我报告。

吃完晚餐，燕子和我回到房间，拿出从家里带的熟食，又去吧台拿了几罐啤酒，走向水屋。老远地，就看见几个老大哥正站在房间的门口，在夜色中等候我们呢。

进了水屋，赶快参观，洗浴间比我们多了一个浴盆，外面阳台上的两个藤椅太舒服了，情不自禁地躺上去照张相，阳台有一个小台阶，下去就是蔚蓝的大海啊，海水很浅，忍不住拿脚去试探。回到屋里，那个透明的茶几下面清晰地看到鱼儿在游动。我们一边看着，一边惊叹地叫着。几位老大哥微笑地看着我们。

坐下来，一边吃一边聊才知道，他们都是上海老年大学的同学。那个最善谈的是朱大哥，是上海老年俱乐部的头儿。说到老年大学，我们都很兴奋，谈到现状，谈到今后的发展，甚至都谈到上海和哈尔滨两地互访的可能。谈到兴头，赶快拿出纸笔，留下联系电话。有些羞涩内向的是丁大哥，喝点儿酒后也打开了话匣子。他说到 30 年前他曾在南京中山陵遇到一个问路的哈尔滨人，叫郑恩波，他亮出了退伍证，老郑一定觉得他可靠，两个人就在街头唠上了。后来他们又到了饭馆，老郑要了 13 碗啤酒，丁大哥使劲喝了 3 碗就不行了。这些年过去了，他们一直没有联系，可他心里总是装着这位兄弟。他说老郑在哈尔滨的农机厂上班，不知道现在怎么样？我承诺丁大哥，等我回家帮他寻寻（很遗憾，我回到家里四处打听，也没找到他的朋友）。

夜深了，我们不好太叨扰，起身告别。

出水屋，抬头望，月儿如一个圆盘一般高高挂在天上，清风徐徐吹拂脸颊，脚下海水轻轻地翻滚着波浪，马尔代夫——蓝色美人蕉，最后一个夜晚，走在木板桥上，心中装满了不舍。感谢几位老大哥，让我们体验了水屋的快乐！

马代之行，不仅在精神上饱食了大餐，更收获了友谊，这是意想不到的。至今，我和上海的几个老大哥和老大姐还在联系，他们来哈尔滨，我们联系住宿，陪着去伏尔加庄园，在我的家里一同包饺子；我去上海，他们集体出动，请我吃地道的南方餐，有位老大哥还把我的文章推荐给上海的某个杂志。

海边幻想

守候着碧绿的海水，望着海浪轻吻白沙，阳光下静坐，发呆。隔着时空，伴着柳枝摆动，棕叶轻摇，你，或者和海子轻喃，体会面朝大海的感受，或者任由思绪天马行空。这个时候，你灵魂出了窍，忘却了自我！

换上泳衣，戴上潜泳的用具，慢慢探入大海的深处，被海水淹没了的你不孤独，五彩缤纷的珊瑚和各种鱼儿和你嬉戏，这是一个神秘的世界，你把心也沉了下去，把自己变成了一条无忧无虑的“鱼”儿。

赤足走在细沙小径，任金色的阳光透过棕榈树斑驳的叶子洒在你身上。满目鲜花姹紫嫣红竞相斗艳，树上的鸟儿披着彩衣欢快地歌唱，到处有苍鹭和变色龙相随，各种热带植物带着海的气息迎面扑来，草屋竹林尽显原始风味，你，不小心闯入了世外桃源。

雨洗天边的午后，静卧茅草屋前躺椅上，手握一心仪已久之书相伴，不觉便沉湎于黄金屋中。人和大自然构成和谐画卷，物我两忘，直至黄昏暮钟敲起，你方觉醒于尘世间，超然悠哉。

疲惫了一天，走进SPA水屋，美丽的马来西亚女孩奉上各色精油，枕着海浪，听着海风吟唱着催眠曲，地道的泰式按摩慢慢地让你的心安静，恍恍然已在仙界遨游。

凭栏望海，配上诱人的泰餐和西点，衬托着精美的水果雕刻，慢慢地啜上一口红酒。轻柔的音乐在耳边荡漾，迷离的华灯透出暖色的光，夜色中流淌着柔和的甚至是暧昧的味道，人未醉心已醉。

乘风破浪，游历于马代各个岛屿之间，它们宛若仙女各显风骚妩媚迷人。鲜花铺地，白沙接浪，棕榈茂盛，情人依偎，千种风情尽入眼帘，不由得你心思摇曳，不舍挪步，直至人已离开，情却驻留。

晨起默坐水屋前木板桥上等待日出，晚归静立海边白沙上迎接夕阳。那一出一落，紫气东升，醉染天际，红彤彤地照得海面泛起了羞涩的水波，照得世界安谧，照得万物祥和，你如沐圣光。

走进充满异域风情的街道，漂亮的手绘彩巾乱了你的双眼，洁白的珊瑚吸引了你目光，木制的工艺品让你爱不释手，还有那诱人的冰激凌的味道仿佛还留在齿间……

这，就是马尔代夫。“撒落在印度洋上的珍珠”，“最接近天堂的净土”。

那些天，时钟停止了摆动，心间充满了浪漫。

日本

相逢在樱花烂漫时

去日本，看看鲁迅先生笔下的“上野的樱花”是我的愿望。

我的心里还装着许多日本明星，中野良子、高仓健、栗原小卷、山口百惠、电影《望乡》里的阿崎婆、电视剧《排球女将》那些可爱的女孩子……他们曾在我生命里留下很深的烙印。

还有一个曾经给我很多帮助的日本老师——中野裕之教授，我差点儿成为他的研究生。

真想看看他们生活的那个国度是什么样子，我甚至幻想，如果走在幽深的小巷里，会不会有一个貌若阿崎婆的老人与我擦肩而过？还是会遇到一个像山口百惠在《血疑》里扮演的那个叫幸子的女孩，朝我嫣然一笑？

遂和好友燕子商量，在日本的樱花节（3 月 15 日——4 月 15 日）期间，安排一次去日本看樱花的旅游。

飞机降落在大阪的关西机场。接待我们的导游是台湾人，一个很和气的老大姐，不知是什么心理作祟，看到她不是日本人，我竟松了一口气。

住到酒店已经是黄昏了，燕子和我放下行李，便走上了街头。大阪的街道很窄，就像我们住的酒店一样，房间很小，小得卫生间转不开身，小得抬手就快触到天棚。街上行人很少，车辆川流不息，安静、干净，在略有些灰暗的天幕下，仿佛走在一幅无声的画中，一切看起来雾蒙蒙，心情也不是很开朗。慢慢地走，有些茫然，道路两侧绿色的叶子给这画里添了些生机，在超市里买了晚餐，回到酒店吃了，很可口，然后躺下，静静地等待第二天的到来。

清晨，蔚蓝的天伴着导游可爱的笑脸一起走向我们。导游说，这次旅程我们要到三个地方赏樱花——大阪城公园、平和公园和上野公园。去的路上，伴着导游的讲解，我对日本的樱花渐渐地有了些了解。

樱花，是日本的国花。在千树万树樱花开的季节，是一年之中日本最美丽、最动人的时节。“樱花”一词，最早见于李商隐的诗句：“何处哀筝随急管，樱花永巷垂杨岸。”日本种植樱花，已经有 1000 多年的历史。最初，欣赏樱花只是日本达官权贵们的雅兴。在公元 7 世纪，天皇偏爱樱花，每年樱花开放的时候，都要前往奈良的吉野山赏樱花。渐渐地，皇宫里种满了樱花，寻常百姓的家里也种上了樱花。每当春天来临之际，在田野、在阡陌、在河边到处都是盛开的樱花。樱花，也就当之无愧地成了日本的国花。

车，在导游的介绍中缓缓地行走，道路两旁已经可以看见盛开的樱花了，团友们都举起手里的相机不停地拍照着。

安静的大阪城公园

大阪城公园里的樱花

到了大阪城公园门口，游人不多，那扑面而来的漫天飞舞的樱花，一下子就把眼睛看花了。

大阪城公园的樱花正在怒放之时，粉红色、纯白色娇嫩的花朵缀满了枝头。一排排的樱花树枝条相邻，有的树枝向上迎风招展，有的如垂柳婀娜多姿，远远望去，花海如潮。

人走在花里，任随风吹过的樱花撒在身上，淡淡的花香在空气中弥漫。阳光透过花间，斑斑点点地落了下来，在大地印上深浅不一的影子，影子伴着花儿不停地游移。

此时，迷了双眸，醉了心田，便想起了黛玉葬花，若是她于此，看见飞落的樱花，不知要流下多少哀怨的眼泪。

充满佛性的平和公园

而平和公园的樱花却是另一番景致。这里有一座来自印度的舍利子塔，白色的塔身，下面放有金色的佛像，屹立在平和公园的大广场上，塔前有来自中国、印度、泰国等不同国家捐赠的几对石狮看守着，以佛性的慈悲来表达和平反战的心愿。

樱花树下一条石板铺就的小路，一侧陈列着 66 座观音菩萨的石雕像。我在每一座观音像前合手致意，祈祷世界和平，祈祷家人平安。这里的樱花，因为有神佛的庇护，在我眼中已没了妩媚，而是透着庄严，甚至有些仙风道骨的味道。

站在平和公园的台阶上，随着导游的指向，远远地，富士山朦朦胧胧地进入视野，山上白雪皑皑，云雾缭绕。导游说，我们今天晚上就夜宿富士山下。

富士山，日本的标志，日本的象征。它就像北京的天安门城楼，美国的白宫，法国巴黎的埃菲尔铁塔…… 可是，以一座山作为国家标志的大概只有日本吧。

导游说，富士山一年里有 300 天都是在云雾里，很多人来了之后只是看到它模糊的身影，而我们真幸运。当天傍晚和第二天清晨，都见云开雾散，富士山清晰地展开了它美丽的容颜。

富士山

富士山是一座圆锥形的火山，山顶白雪覆盖，似一把倒垂的折扇子，向山下渐渐展开。日本诗人曾用“玉扇倒悬东海天”来形容它。这样形状的火山不仅在日本是唯一的，而且在世界也是独一无二的。正因为如此，富士山自古就受到日本人的喜爱和崇敬，尊为“圣山”“圣岳”。

夜宿在富士山下温泉酒店，酒店坐落在漫山遍野的樱花中，日式的榻榻米房间，让我们切身体会了浓浓的异域风情。

欢乐的上野公园

位于东京的日本最大的上野公园，给我留下了非常难忘的印象。

走进公园大门，人声鼎沸，好多日本家庭扶老携小来赏樱花。据说公园里有1300多株樱花，风吹之处，落樱如雨。

燕子和我夹在人群里，边走边看。公园的右首是市场，卖吃的、玩的、用的摊床一排排整齐地排列。旁边，一个和猴子杂耍的艺人吸引了我们的目光，就见他用一块洁白的毛巾擦拭着小猴子的脸，然后毫无忌讳地接着擦他满是汗水的脸和脖子，这个举动惊呆了我，不可思议啊！这个艺人视猴子如己，不分彼此了，猴子十分听他调教，和他配合默契，表演了好多高难度的节目，赢来众人阵阵叫好和掌声。

待猴如人的日本艺人

后来，我在公园的出口意外地遇上这个日本艺人，马上叫住他，请求和他合影留念。一个对动物如此仁爱的人，一定是心地善良的人；而如果这是一个对动物都能如此仁爱的民族，那这个民族也会是希望世界和平，人民和谐友好的。我期望这个和谐的种子能在中日人民中世世代代传播下去。

和市场相对的就是那条有名的“樱花大道”。鲁迅先生在《藤野先生》里，那句“东京也无非是这样。上野的樱花烂熳的时节，望去确也像绯红的轻云”。冰心先生的《樱花赞》中那清秀隽永的句子“日本到处都有樱花，有的是几百棵花树拥在一起，有的是一两棵花树在路旁水边悄然独立。春天在日本就是沉浸在弥漫的樱花气息里”。他们说的便是这上野的樱花。

樱花大道两侧花团锦簇，绿树如盖，放眼一片淡红夹在翠绿中，因为此时樱花已有些过了花期，就没有了鲁迅先生描写的那个“绯红”了。可这一点儿也不影响人们赏花的兴致。树下，人们席地而坐，或三三两两，或成群结队，举杯畅饮，低声吟唱。偶尔，一阵风儿吹来，漫天飞舞的樱花花瓣，犹如阵阵细雨飘落在人们的身上、脸上。

这里的人群以年轻人居多，似乎大多都是同事，有的人抬头看见我们了，便友好地招手致意，一群年轻人好像是给某人过生日，见我们走过来，热情地邀我们合影留念，嘴里说着我听不懂的话，但我从他们的笑脸里已经读懂了他们的意思。

思念日本恩师

这些友好的日本人，让我一下子想起了我的日本老师——长崎医科大学的中野裕之教授。

那还是在20世纪90年代的一个夏季，中野老师到我们疗养院研学针灸、太极拳和气功，同时为我们教授医疗康复课程。那个时候老师也就30多岁，印象最深的是，不管天气多么炎热，老师一定把衣服扣子系得严严地来给我们讲误，尽管汗水不断地顺着脸颊流下来，老师也绝不解开衣领扣子。老师严谨的工作态度深深感染了我们。那几个月，老师教得认真，学生不敢松懈地学，我们学到了很多医学领域里先进的康复知识。

上课时，有个朝鲜老师为中野先生做翻译，课后的交流就靠我们自己了。经常是在下班后，我们几个年轻大学生把老师围住，他用日本式英语说着，我们用中国式英语讲着，加上纸和笔，那段时光非常丰满和快乐，从老师的笑脸里我能感到身在异国的他很开心。后来老师的夫人领着他的两个男孩子来，老师任由我们领着孩子满院子疯玩。

越来越熟悉的老师劝我去日本留学，他认为以我的英语足够应付了，而且老师在我的同意下，回国为我办理了留学手续。可惜，由于各种原因，我放弃了这个机会，老师恨铁不成钢，气得和我断了联系。

几年前，老师来中国讲学，我听到消息找到他，看到我那一瞬，他竟高兴得跳了起来，仿佛忘记了我们之间的过节。我请懂日语的同学陪同，带着老师吃了顿东北大餐，喝了足足的烧酒。酒后的老师，带着微许的醉意，点着我的头说：有机会你要去日本，去看我！

之后，和老师又断了联系。中野老师，我这次虽然没看见你，心中留下了遗憾，可是，我从日本人民友好的目光中，分明看到了你的影子！

在日本的几天，每日里都在樱花的簇拥中。樱花树下，我不知留下了多少身影，留下多少恋恋不舍的情怀。我虽未在小巷里遇到阿崎婆和幸子，可是，她们已经和樱花一起，重叠交错地印在了我心里……

柬埔寨

柬埔寨于我，有一种遥远的亲切感。

四十多年前，我曾在哈尔滨火车站，夹在和我一般大的小学生中，举着花欢迎当时的柬埔寨元首西哈努克亲王和夫人莫尼克公主，他挥手致意的微笑深深地印在脑海里。西哈努克亲王作为柬埔寨人的代表，让我对那个想象中的国家不陌生。

后来，知道那里有个世界的著名文化遗产，最大的庙宇叫吴哥窟。终于在 2017 年，我踏上这片向往的土地！

吴哥窟气势恢宏，精美的雕刻让人目不暇接，震撼和感叹不足以表达我的心情，“高棉的微笑”魅力四射，我徘徊其间流连忘返。有关吴哥窟建筑和文化方面的文章，我觉得我的妹妹雪梅（她的职业是建筑师）写的几篇文章比较好，介绍得全面、专业，我就不多赘述了。

然而在被先人鬼斧神工折服的同时，我还走进柬埔寨的炊烟与落日，山寨与村落，大街与小巷，近距离接触了一些柬埔寨人，他们以不同的方式走进我的视野，让我触摸到柬埔寨的一些风俗民情。

灵秀的女孩 Sokly

Sokly 是个美丽的女孩。

那是在刚抵达的晚上，刚推开 Era 酒店的大门，就听到类似扬琴一般悦耳的音乐，循声望去，一个女孩在演奏，对音乐的喜爱和好奇促使我在她面前坐了下来，我静静地听着，她弹奏得轻盈连贯，若行云流水，让人顿觉轻松，旅途的疲惫就在音乐的旋律中慢慢消失！

美丽的柬埔寨女孩 Sokly

一曲终了，女孩抬头对我展颜一笑，我用刚刚学到的柬埔寨语对她双手合十说：Suo Si Dei（您好）！她也双手合十，微微欠身回道：Suo Si Dei！

接着我们用英语简单地交流起来，她告诉我她叫 Sokly，今年 20 岁，刚才演奏的是柬埔寨的民歌，弹奏的琴叫 Boneat（古琴）。

Sokly 长得端庄秀丽，浓浓的眉毛下一双大眼睛就像黑黑的葡萄，俏丽的鼻子配上不大不小的红唇煞是惹人喜爱，她不仅会弹古琴，会打击一种类似于木琴叫 Khem 的乐器，还会敲花鼓，游客们都喜欢她，时不时有人轻轻把小费放到她的琴旁，她每每只是羞涩地微笑致意！而我，只要走进酒店，第一眼就要寻觅她，听一会儿她的演奏才起身回房。

一天晚上回酒店，没看见Sokly，正失望着，见她从餐厅出来。也许因为有客人，Sokly低着头在门边等着我们过去，爱开玩笑的领队小伙子故意走在她身边大声说一句：Hello！ Sokly吓了一跳，像只惊慌的小鸟，羞红了面孔，双手合十，仍低着头。我赶快走过去，轻声说：Suo Si Dei！ Sokly听出我的声音，才抬起头对我微笑点头回应！

慢慢就和她熟悉了，有一天她演奏间歇时，我对她说："Sokly，我想和你聊聊天，你给我介绍介绍当地风俗好不好？"她马上答应了，告诉我，她每天上午和晚上各工作两个小时，下班后我们可以聊！

可是，约好的那天她却一整天都没有来，问领班说好像她家里有事，我好失落。其实，我更好奇的是，在相对贫穷的柬埔寨，她是如何学琴的？她家里是怎样的情况？她是学生打工还是……我以为，Sokly能帮我打开一扇窗，让我得以窥视当地人的生活。

第二天早上就要离开了，刚走到餐厅，就听到琴声，Sokly来了！吃完早餐我赶快来到了大堂，Sokly见到我连声说：Sorry！她告诉我昨天家里有事，我们今天可以谈。我遗憾地告诉她，我们马上出发要回国了，Sokly有些不知所措！

带着不舍和遗憾，我和Sokly只好告别。Sokly让我对柬埔寨女孩有了挥之不去的好感！至今，我的脑海里还回响着她为我演奏的《月亮代表我的心》，那是她唯一会弹的一首中国歌曲。

赶牛娃

旅行中有一个项目是“坐牛车逛乡村”。

柬埔寨的乡村就像我们80年代落后的农村，一车宽的土道上有着两行深深的车辙印，两侧是庄稼、植物和花卉，有些破旧不堪的草棚里放着寝具和日常生活用品。

牛车悠然地走在柬埔寨的乡间

坐一次牛车绕村子走一圈大约20分钟，两个人才收人民币8元钱！赶车的是个十多岁的小男孩，黑黝黝的脸上透着善良，他一边慢慢地拉着牛车，一边指着绿色的大地，用略带生硬的中文说道：甘蔗，毛竹……一忽儿，他不知道在哪儿薅出来一把露草，用手揉出汁儿让我闻，问我：香不香？

更多的时候，他悠悠地拉着车，夕阳下，他的背影在我眼前飘动，蓝色的天，红色的花，绿色的树，黄黄的土地，衬着他蓝黑色的衣服，好像一幅油画。我有些发怔，我仿佛看到鲁迅先生笔下那个少年闰土，若不是在一棵大树下三个小孩大声对我喊道：你好！我还沉浸在遐想中！而这份遐想有些心酸，有些不忍！

这么大的孩子应该坐在学堂里读书啊，他却用稚嫩的肩膀挑起生活的重担，导游说，柬埔寨家庭孩子多，贫困，很多孩子上不起学，早早就下地干活。

沿途中，随处可见光着脚丫，追着牛车，拿着手工编织的手链向我们推销的小女孩，她们的脸都晒得黝黑，很少有天真活泼，只有祈求和渴望的神态。

赶车的男孩比起她们似乎要老成，走到一半的时候，我拿出1000元柬埔寨币（相当于两元人民币），悄悄地递给他（因为之前导游叮嘱坐车的费用要到终点统一放到一个盒子里），他感激地望着我，小心翼翼地把钱放进上衣兜里！

这20分钟牛车坐得我并不开心！

在柬埔寨城里的大街上，小孩子都是光着脚板，有的还缠个大布条，抱着更小的孩子。偶尔还会遇上向游客伸手乞讨的。

在酒店旁的民居里，经常看到有对双胞胎女孩，坐在婴儿车里被大人推出来晒太阳，胖乎乎的小脸。也许因为小，也许她们的生活优越些，我感到她们似乎不会光着脚了。

柬埔寨人的生活水平悬殊得不可思议，有钱有势的人家住楼房开日本车，平民百姓路边搭个草棚就能生火做饭，而贫民居多，生活物资匮乏！我曾为了买快餐面在尘土飞扬的大街上，从我住的五星级酒店附近走了半个小时却空手而归，钱花不出去。

行色市民

在路边、公园、山寨，经常能看到一群艺人用乐器演奏，仔细看他们中许多人是残疾，这些人有的是退伍兵，有的就是百姓。战争，给柬埔寨人民留下了身心创伤，刚刚从炮火中走出来的柬埔寨百废待兴。

而让我眼前一亮的，是在吴哥窟前和皇宫门前，几对喜气洋洋在拍照的新婚夫妇。

导游说，我们柬埔寨人最感谢一个人，你们叫他习大大，我们称他习爸爸，是他帮助我们修马路，建铁路，搞建设，发展旅游业。别人借我们三块钱，要还回去五块钱，只有习爸爸真正关心我们，柬埔寨人最喜欢习爸爸！

从城里到吴哥窟的道路就是咱们中国援建的，所以，新人们结婚，大多会坐着车到吴哥窟拍照！听到他叫习爸爸，我的心里也是暖洋洋的，自从西哈努克亲王那首歌《想念的中国》流传，我们的兄弟情谊就注定联系在一起，互相帮助也是情理之中！

漫步在柬埔寨街道上，那个推着电动自行车，驮着箱子卖冰棒的人吸引了我，他让我想起了小时候，走街串巷的呼声："冰棍儿，三分五分！"这让我哑然失笑，急忙走上去买了两根，找找小时候的味道！

还有电动三轮车，这是柬埔寨最常见的出租车，据说大多数没有刹车系统，所以我一直没敢坐，倒是那些老外毫不胆怯地坐着它满大街跑来跑去。

出租车不稀奇，关键是炎热的中午，司机竟然把悠悠床拴到了车棚里，你看他优哉游哉的，眯着眼睛，旁若无人，好不惬意！

在他身后的草坪里，一对年轻夫妻带着孩子也在悠闲地晒着太阳！此情此景，我突然感悟，很多人每天奔波，赚钱，只为了过上休闲的生活，可是，其实这样的日子就在你身边，生活的终点也是起点，想开了，幸福和钱真没多大关系！

新农民“鸡蛋花”

这个叫“鸡蛋花”的柬埔寨女人让我刮目相看，她是土生土长的柬埔寨人，在大榕树山寨生活，在我国昆明大学学了中文，回到山寨做了导游！

“鸡蛋花”很健谈，家里也很富裕，二层楼房，下面放着一台小轿车！

美丽的“鸡蛋花”

大榕树村的参观模式好像是仿照西双版纳山寨，“鸡蛋花”把我们请到她家楼上，向我们介绍了当地的民俗文化，果然和云南很相像，也是手工打造银器，也是男子入赘的女系为主的生活。

能说会道的“鸡蛋花”却没卖出去一件银制品，我不落忍，看到众人空手走出她家，留在最后，挑了一把银梳子。我半开玩笑地说：“鸡蛋花，我这把梳子是为了你口干舌燥地介绍山寨的报酬！”“鸡蛋花”感激地拉着我的手说：“你心地善良，一定有好报的。”

喜欢“鸡蛋花”阳光般的笑容，喜欢她开朗的性格，喜欢她勤劳的本色。“鸡蛋花”越多，说明柬埔寨人的生活越好。

被打出来的导游李有财

最后，说说我们的导游吧，他姓李，华裔，爷爷奶奶老家是福建，他说，我们可以叫他“李有财”“李旺财”“李发财”，只要和“财”搭上他就高兴！我在心中就认他是“李有财”了。

李有财语言诙谐幽默。他说，他小时候不愿意学汉语，太难学了，可是，不学不行啊。只要看他不学汉语，爷爷奶奶就生气，拿起小鞭子，早上打一顿，晚上打一顿，一边打一边哭着对他说：不会说汉语就是忘本。就这么逼着他学会了说中国话，哪想到日后会当导游，靠它吃饭啊！

李有财除了吴哥窟的文化说得少一些（照我妹妹写的游记差老远了），谈到当地的经济、体制、民俗，老百姓的苦日子，社会发展，官商的腐败也是头头是道，李有财像说评书一样眉飞色舞地介绍。

导游李有财

李有财也领我们去购物店，但不管买不买，从不给我们脸色，更不会拼命推销！这让众人很舒适！其实，他的工资很低，要养媳妇和两个孩子，可他总是乐呵呵的。

李有财说他最大的心愿是去中国看看，去他爷爷奶奶的故乡看看，去给老祖宗上炷香。期望李有财的心愿早点儿实现。

送我们去机场的路上，他说，我们就在车上告别吧，导游不允许进去！我忽然觉得鼻子有点儿发酸，眼睛湿润，这李有财也没和我说上几句，我怎么有点像和亲人告别的感觉？

愿中柬人民世世代代友好下去。

相遇在长滩岛

长滩岛（Boracay）是菲律宾中部的一个岛屿。

提到菲律宾，第一个想到的是“菲佣”。毋庸置疑，打遍天下无敌手的菲佣们具备懂外语、勤奋、诚实、耐心、和气等一系列优点，被公认为全世界最好的“管家”。还有他们的总统杜特尔特，是我比较喜欢的率直、幽默的总统，也是一个“识时务者为俊杰”的政治家，个人以为这是个情商、智商都高的家伙。

8月份，捡了一个尾单，清晨5时，登上飞机，在经历了5个小时冷气逼人的飞行，转乘10多分钟快艇到码头。又坐了两个多小时的空调大巴，再登上酒店的接驳车，在酒店满面笑容的服务生手里接过欢迎的鸡尾酒，已是午后3点。

导游是来自台湾的小伙子，姓黄，我们喊他“阿黄”。休息片刻，他就带我们徒步来到了长滩岛最热闹的地方“D-mall”（商业区）。在熙熙攘攘的人群和弯弯曲曲的小巷里行走，他指点江山般告诉我们，这里是网评最高的饭店，那里是游客最欢迎的小吃，这里的姑娘最美，那里有个侏儒餐厅有特色……

走出小巷，眼前豁然一亮，白色的沙滩、蓝色的海水扑面而来，他说这有三个站台：STATION（站）1、2、3，乘上都可以回到宾馆，最后，他大手一挥，总结性地说：总之，在长滩岛，有世界各地的名小吃，有世界最美丽的七大沙滩之一，有风情万种的姑娘，有著名的“星期五沙滩”、最美的落日，还有各种好玩的浮潜、深潜、帆船、降落伞和直升机等，各位尽情享受五天美好的日子吧。

招待我们在海边吃了一顿海鲜大餐，留下联系方式，阿黄走了。临别交代：想玩自费项目的找我，我来安排，否则就不打扰各位啦。

好任性、好人性！

帆船冒险

美美地睡了一个没有 morning call（叫早）的觉，伸个懒腰，走到阳台，外面下起了毛毛细雨，雨丝带着凉意，潇潇洒洒飘到皮肤上，好惬意啊。

最爱细雨中漫步，把自己融入朦胧的自然中。穿过长廊，发现两旁的缸里接着雨水，俯身望去，雨水一尘不染，清澈干净得一眼望到底，抬头看看天，莫非雨没经过大气层？平生第一次见到这么纯洁的雨水，顿觉心情开朗，张开嘴，使劲呼吸这没有污染的空气。

道路两侧种满了各种树，椰子树、棕榈树，还有结着无数个槟榔的槟榔树，灌木丛被修剪得整整齐齐，五颜六色的花迎风摇曳。

吃过早餐，换好衣服，跳上酒店去 D-mall 的车，今天我给自己安排的行程是会会太平洋。

菲律宾位于西太平洋，虽然它的面积只有不到 30 万平方公里，但它却拥有 7000 多个岛屿。

从山上到商业街的 STATION2，大约 20 分钟，车子穿行在大街小巷里，这里大多是双向车道，遇上下雨，路面到处积水，基本就是单向通行了。路边的民房都很陈旧，很像我们 70 年代的环境，由于台风的原因，这里几乎没有楼房，眼见的三三两两的当地居民悠闲地聊着天，没有大声叫喊，没有吵闹喧嚣，不知道是否和大多数人信天主教有关系，让人感到民风的淳朴和善良。

码头就在商业街的尽头，白沙滩上。

随着螃蟹船突突的轰鸣声，向着太平洋深处前进。清风拂面，海浪使劲地拍打着船帮，放眼望去，一望无际的海洋，海水呈现着各种绿和各种蓝，两岸郁郁葱葱。最惊奇的是路过一片蝙蝠领地，无数只蝙蝠像一条条布袋，倒挂在一棵树上，密密麻麻得让人看了身上起鸡皮疙瘩。

螃蟹船停在一个浮潜的最佳地方，同船的年轻人扑棱扑棱相继跳了下去，前面说过，我是个旱鸭子，我抱过一只椰子，边饮边欣赏太平洋的美景。

去不得海底世界，我决定冒一次险，在太阳落山之前，我爬上了帆船。所谓的“帆船”，就是有两个“帆”调整方向，两侧木头之间放上网扣，一边可以坐三个人，没有遮挡，没有保护，要死死抓住网绳。

船老大似乎有意考验我们的胆量，帆船开得越来越快，海浪毫不客气地在身边翻滚跳动，拍打、冲击着帆船，间或一股大浪从头浇下，咸咸的海水灌入口中。无助的我放声尖叫，我不敢看海水，我怕一个闪失就被它吞没；也不敢看蓝天，我怕顶不住的帆船万一倒戈，那我就没命了。海水一遍遍戏弄着我，考验着我承受的底线。

太平洋上翻江倒海 20 分钟后，我被“拍”到沙滩上。

菲律宾沙滩上的黄昏

与其说帆船之行检验了我的意志，不如说我不得不置生死于度外。我在旅途中一次次经历过这样的冒险——空中滑翔、空中飞伞、沙漠冲浪、与老虎狮子共舞、珠穆朗玛峰第二大本营的守候……每一次都是挑战，我一次次战胜自己，一次次感到胜利的快乐。有了这些体验，生活中遇到的困难、挫折都是浪花，没有比生与死更大的事了。

惊魂喘息之后，觉得远处有些异样，抬头看，一轮落日在海的尽头、在天边，穿过乌云，透着霞光，徐徐而落，烧红了椰子树、沙滩、大海。

享受美食

在 D-mall，除了卖当地的小商品，最多的就是吃了。

守着大海，海鲜自然是优势，有个海鲜市场，可以当时挑选，就地加工，新鲜的螃蟹、龙虾、牡蛎、海胆等应有尽有。

第一天阿黄已经请我们吃海鲜了，下一步我要给自己做主，网评是我首要参考的选择因素，我一向认为，大众的就是最好的。

事实证明，果然如此。

这家网评颜值最高的冰激凌店让我至今念念不忘。临街的小小的店面，大约只能容下十几张双人桌子，门前永远有人在举牌等待。各种型号的碗盛上不同口味、不同型号的冰激凌。

我第一次吃的上面有凤梨、西瓜、草莓、香蕉，杧果像奶酪般点缀在周围，中间铺着一层冰激凌粉，下面是各种水果干和碎冰。吃进去，水果的原味伴着一丝丝凉意在嘴里蔓延，绵甜爽口，慢慢地咀嚼果干，回味着花香一样的感觉。

夏日的浮躁，就在搅动的冰激凌里慢慢融化。

我连着吃了两天，直到临行前，还惦记着再去一次。

快餐鸡店同样是这里特受欢迎的，点餐要排队，等待要耐心，没有那么多座位。

第一次，我点了鸡腿和一小包白米饭。

等待中，就见旁边几位日本大汉吃得正酣，他们把小碟的调汁里面滴进去柠檬汁儿，又把切成小片的红辣椒掺在里面，然后用手把撕下的鸡肉放在调料里蘸了一下，把米饭揉成小饭团，就这样一口鸡肉一口米饭，他们吃得津津有味，我看得垂涎三尺。

终于在煎熬中等来美食，迫不及待地伸出手，模仿他们的操作，先尝一口肉，禁不住喊道：好香。这烤出来的鸡肉香而不腻，酥而不散，一丝丝透着热气散发着诱人的味道，佐以米饭入口，米饭的绵软中和了肉的浓郁，吃下去但觉唇齿留香，回味无穷，这一顿饭，风卷残云般消灭掉。

擦擦嘴，觉得肚子还有地方，起身寻到上面的冰激凌店，又吃了一大碗冰激凌，方回。

第二次，看许多人都点鸡肋，我也照样来一份。这一次，我淑女了许多，一点点撕下鸡肋上的肉，一口口把鸡肋啜干净，舍不得留下一点肉丝，都说鸡肋"弃之可惜，食之无味"，那是没吃到如此美味的做法。

零零碎碎地吃着美味佳肴，直到离开，仍意犹未尽，还有好几个地方没涉足，比如，D-mall一入口右侧的意大利店，据说里面的牛排超好吃；还有冰激凌店对面的侏儒店，里面的比萨和鸡尾酒让人赞不绝口；那个BBQ店里总是挤满了年轻人，肉串似乎在招手；还有，没吃够嫩肉细白的大螃蟹和龙虾……

星期五沙滩

长滩岛的热闹不分昼夜。白天，D-mall里面游人如织，韩国人居多，日本人、中国人、欧洲人掺杂，购物和饮食，我在这里买了菲律宾当地的咖啡，回来煮后香浓醇厚。还买了似乎只有这里有的防水购物袋，用我英语的优势杀价，几乎是半价买入。入夜，酒吧里靡靡之乐飘荡，沙滩上火光飞舞，菲律宾小弟把玩的火炬让人眼花缭乱，沙滩沿岸商铺里叫卖声此起彼伏。

长滩岛，不只是吃、看落日、玩各种潜水冲浪，它的美丽在白沙滩，在著名的星期五沙滩里。

那一日，又来到D-mall，这一次我不想在沙滩发呆了，转身打了一个三轮车，说了声：Fridays Beach（星期五沙滩），司机心领神会，拉着我灵便地穿大街走小巷，在一个狭窄的巷口停下，指着巷口看到了蓝色的海水，他告诉我，从这里走就不远了。

小巷口坐着几位推销旅游的菲律宾人，问道：Fridays？指着右侧说，走十分钟就是了。

“星期五沙滩”之所以叫“星期五”，是因为这里是一个酒店的所在地，落成于1982年的某个星期五，是当时长滩岛上仅有的钻石级豪华酒店。据说，这里的沙质最好，当地人称为“粉末沙”。

把鞋拎在手里，行走在细腻的沙滩上，边走边寻。洁白的细沙、淡绿的海水、湛蓝的天空、温柔的清风，喧闹的声音在身后渐渐远去，只有海水推着细浪唱着欢歌，我已然陶醉在这天然秀逸的画面里。

就这么懒懒散散地走着，直到看到了远处，远处像树枝一样拼出来的英文“FRIDAYS”。“星期五沙滩”到了。“星期五”在向我招手。

飞奔过去，攀附着枝干赶快留个影，尽管“F”已经倒地。望着静若处子的海水，我竟然有些激动。细白的沙在透明的海水冲击下，真的像是牛乳样一泧波涌动，眼前的海化着淡淡的妆，寂静中似乎有灵性，像是出水芙蓉的少女，稚气、美丽，远离尘世，洁身自好，却又充满朝气和活力。

一对恋人牵手在沙滩上慢慢走着，喃喃细语，空气里多了温馨；又一对恋人走进海水，竟然拥抱着接吻起来，瞬间“星期五沙滩”又多了浪漫的气息。

“星期五沙滩”的标识

“星期五沙滩”的美丽在画里，在卷外。

写“星期五沙滩”时，我的耳边正回响着大提琴曲《唯一的请求》，悠扬又略带忧郁的音乐牵动着我心底最柔软的情愫。

我在夏日里与纤巧灵秀的长滩岛相遇，感受到它斜阳如火、映浪如花、碧水渺渺、细沙粼粼的独特。

在我眼里，长滩岛是超凡脱俗的，它的美让人窒息，面朝大海，四季如画，颇有“此景只应天上有，人间难得几回顾”的眷恋与不舍。

泰国

她是佛前一枝莲——怀念邓丽君

虽然邓妈妈说因为小时候家里穷，常去教堂取援助的物品，她的孩子邓丽君也信了天主教，起了一个美丽的名字叫“特蕾莎”，她常去唱诗班唱圣歌，天主教的仁爱之心影响了她的一生。可我还是固执地认为，她和“佛”有着更深的渊源，因为，在她往生的那个地方，是佛教圣地。何况，在她出殡那天，神父为她洒圣水，慈航人则在一旁为她低声诵经，天主教和佛教两种信仰形式共融于一堂，同心为她祈祷。

清迈，泰国的一个小城市，一个有着璀璨历史文化的地方，它保留了大量的文化遗迹，是寺庙佛塔之城。这样一个超然出世的小镇，从 1995 年 5 月 8 日，它的沉静被打破，那一天，著名的歌星邓丽君在这里离世，从此以后，有无数人来这里寻访、缅怀心中的她。

走在清迈古色古香的街市里，在城墙和 Ping 河畔徘徊，但见：

阡陌石街落下佛陀虚影，袅袅青烟静浮梵音飘逸。

晨钟暮鼓抹出金碧辉煌，深海空门遁入有缘之人。

这么超脱的境地，她，悄悄地来了，来了就不想走了。脱去大红大紫的衣袍，洗尽铅华还洁净本质，她把生命最后一个音符禅定在清迈古老的殿堂里。

那天，清迈的上空划过了一颗巨星，陨落，从此，42岁的她和清迈血肉交融。可是，她的歌声、她的精神是世界的，是宇宙的，清迈不过是收容了她的灵魂。

去清迈，去追寻她的足迹，去给她送上一束鲜花和祝福，是“君迷”们迈向清迈脚步的动力。

位于清迈旧城和Ping河之间的美萍酒店远远望去很平常，略有些陈旧，走进大厅就感到了它的高雅和别致，浓郁的泰式装饰风格。顺着电梯到达15层，就是邓丽君香消玉殒的地方。

一出电梯，单见一尊等人高的邓丽君画像面对着来客，圆圆的脸，笑靥如花的面容，干净的大眼睛，恍然间，仿佛斯人犹在。

一位穿着工作制服的中年男人迎了上来，他自我介绍叫比利，是这里的工作人员，比利普通话说得一般，但语调很轻柔。他说，1993年邓丽君小姐第一次入住酒店时就是他为她服务的，现在他还在这里，守候着邓小姐，也每天向来参观的客人介绍。

在比利的陪同下，我缓缓走进邓丽君曾经生活的房间——1502号房间。

这是泰式风格的“皇家公主”套房，整个房间自她离世那天起，除了墙上的壁纸和电视外，一切都是邓小姐在时的原样。

进去后先是一个玄关，摆着邓丽君美丽的相片，鲜花环绕。一侧是会议室，里面放着录像《邓丽君在清迈的日子》。一行人静悄悄地看完，此时的心情沉重，我们围着比利合个影，仿佛邓丽君在微笑着看着我们。

然后是客厅，宽敞明亮，有个可以坐六至八人的大餐桌，还有个长条沙发。

房间里飘扬着她甜美轻柔的歌声，闭上眼睛，甚至能感受到她盈盈的笑脸，睹物思人，心中唏嘘不已。

卧室里干净素雅，家具和房间都是淡淡的金色，她最喜爱的粉红色座椅还在。台灯散发着柔和的白光，映照着她1994年与美萍酒店员工新年联欢的照片，上方摆放着她喜欢的小玩具——大象。

床边有一面窗，比利说，他常常看到邓丽君久久地站在窗前眺望，对面是著名的佛教圣地素贴山。

我站在窗前望去，远方，白云飘浮，森林茂密，山脉蜿蜒，素贴山庄重幽然，双龙寺影影绰绰。我在想，她在想什么？是不是喧闹的市井让她厌烦了，抑或是经历了人间繁华奢靡，她更向往回归平淡？据说，她从 1987 年就开始了半隐居的生活，除了大型公益演出，不再接受商业汇演。这一切，是否有关联，不得而知。

1502 房间一隅

客厅里，传来《甜蜜蜜》的歌声，我走过去，找个角落坐下，静听着这首从我青少年时期就熟悉的歌曲，思绪也被时光拽回去。

20 世纪七八十年代，一切都刚刚从禁锢中挣脱，邓丽君的歌像旋风一样，吹开了人性中最本能的需求——爱与被爱。

那个时候，我刚上大学，老师说，邓丽君的歌是靡靡之音，不能听，听了让人丧失斗志。老师忘了青年人的逆反心理，越是这样我们越想听，于是，家长省吃俭用买来给我们学外语的录音机派上了用场，一盒盒邓丽君的磁带被放了进去。

一首《甜蜜蜜》撩动了年轻人的心扉，听得面红耳赤却欲罢不能。一首《小城故事》轻松愉快，让人向往。一首《何日君再来》唱出了爱的无奈。一首《月亮代表我的心》，仿佛掀起了少女的盖头……

她的歌甜而不腻，柔而不媚，没有矫揉造作，没有声嘶力竭，像一股清泉，滋润着少男少女朦朦胧胧的情愫，听她的歌成了我们缓解紧张学习的方剂，听她的歌成了我们释放情感的良药，老师的话早就成了耳旁风。

就这么一路走来，一路听，她的歌伴着我们成长，她的歌渗入我们的生活，她的歌影响了整整一个时代的人。听着她的歌毕业的我们，非但没有被靡靡之音摧毁，反而很多人成了医学某个领域的带头人。我有个大学同学，现在是世界知名的遗传学家，有一次对我们讲：若是有一天我离开这个世界，我最大的愿望就是让邓丽君的《山茶花》伴我上路，那样，我会微笑着告别这个世界！

……

歌声戛然而止，回过神，见比利微笑着走来，我忙迎上去，和他进行了短暂的交流。

比利告诉我，邓小姐这个人特别好，从不对人大声说话，1993 年她刚住酒店时，他才 23 岁，邓丽君每次见到他都用英语打招呼，还问他是不是清迈人？时间久了，她就教他学中文和日文，他学会的第一句中文是“晚安”。在他心里，她就是一个温柔的大姐姐。

比利还说，邓丽君特别善良，对待每一位客人和服务生都非常尊重，而且很低调，从来都不张扬。每一次来都和她的法国男友保罗在房间里听音乐，看影碟，他们很恩爱，出入总是手牵着手。

邓丽君出事那天，比利刚好休班，正在家做饭，接到同事的电话，他大脑一片空白，马上赶到了酒店。可是，他的“大姐姐”已走了，再也听不到她的声音了。

从那以后至今，比利就在美萍酒店，接待来拜访“姐姐”的每一位客人。比利说，邓丽君去世的头五年，保罗每年的 5 月 8 日都带着“姐姐”最喜欢的百合花和水果过来，来了后就在门口默默地双手合十祈祷，比利每次都站在旁边静静地伴随。她的好朋友周润发、张国荣、林青霞……都来过，还有许许多多来自世界各地的歌迷，每天都络绎不绝。二十多年的日子，比利就这么守着，曾经有酒店高于五倍的薪水邀请他去工作，家里人也多有抱怨，但他始终如一地站在 1502 房间前台。他说：“过去的老员工都走了，我不想让她太孤单，我要是也走了，就没人陪她了……”重情重义的比利，若是邓丽君在天之灵有知，也会欣慰。分别时，我和比利加了微信好友，从此，总能在他的微信里看到和邓丽君有关的讯息。

几年前去台湾的时候我曾到过她的纪念文物馆，听说是一个库房改装的，里面陈列了她曾经使用过的家具，也放着她的歌，卖着她的碟片，不知道为什么，我竟觉得空气中充斥着商业的气息，匆匆而过。

导游说她的墓地在金宝山墓园，是金宝山集团董事长感念她生前行善的好心，助人的热心，以一元钱的新台币卖给邓家人五十坪地作为邓丽君安眠的福地。从此，邓丽君的灵柩就安放在鸟语花香的金宝山，称为“筠园”。邓丽君出道前的名字叫邓丽筠，一定取了这个“筠”字做了象征。

台湾之行，错过了“筠园”，这成了遗憾。好在清迈的美萍酒店圆了我的“睹物思人”的情怀，走出1502，我们的心都充满了不舍，又到了楼下的咖啡厅坐了好久。

我常常静思，世上的歌星无数，很多人名气、地位比她大得多，为什么独独只有她，悼念的人群如潮汹涌。二十多年过去了，全世界各地的歌迷会仍然如火如荼，在她忌日举办不同形式的音乐会。各种捐助、赞助活动按照她生前的方式进行着，邓丽君歌曲研讨会不断在举办，乐坛上“小邓丽君”“小小邓丽君”层出不穷，邓丽君像是女神，在人们心中的地位仍是如磐石般坚不可摧，岁月的流逝根本冲不淡人们对她的怀念。

是她的平凡吧，她那圆圆的娃娃脸、淡淡的笑容就像邻家女孩，她唱的歌都是如小桥流水般涓涓而过，就像是一个老朋友在陪着你说话、聊天。

是她的乖巧，她的亲人都说她孝顺父母、友爱兄弟、心疼晚辈，从不在亲人面前叫苦累。

是她的平和，她的身上从没有明星的架子，对歌迷、对家里的用人、对所有的朋友，她都一视同仁。林青霞说，她是那种夺了你的男朋友也不会怨恨的人。

是她的聪颖，初中没毕业就出道的她，语言天赋惊人，加上自身肯钻研，汉语、英文、日文、法语、粤语……样样拿得起，天赋推动了她的歌走向世界，奠定了她的国际地位。

是她的深情吧，她的歌充满了爱，对爱人、对家乡、对万物……听她的歌总能引起人不同程度的共鸣，让人浮想联翩。

是她的善良吧，被她资助的人无数，义演占了她演出很大的比例，她还曾想到大陆义演，用义演的钱建一所女子学校，让贫穷地区的人读书。

在台湾流传着这样一件事，有一次她去泰北回莫村慰问老兵，她毫不嫌弃地拥抱着像父辈一样衣衫褴褛的老兵。听说他们生活的地方艰苦，用水要走山路一担担挑，她难过极了。第二天就给他们送过来她义演加上变卖手表得到的十六万新台币，老兵们用这笔钱从山上拉出数公里长的饮水管，从此，再不用扁担挑水喝了，甘甜的泉水滋润了全村的人和地。而邓丽君从没向媒体披露过，她没有居功，也没有张扬，更没有回去监工，她的心是单纯的、可敬的、不求回报的。当她病逝的消息传到回莫村，全村老少泣不成声，饮水之恩无以回报……

邓丽君是不可复制的，她是天上一颗恒星，永远闪烁着耀眼的光芒。引用《绝响，永远的邓丽君》那本书对她的精辟总结吧：人品如歌品，唯有真正在品格上让人尊敬。在作风上让人佩服，在言行上让人感叹的人，才会在时空的洪流中被记取，越久越让人怀念，邓丽君就是这样的人，就是这样的绝响。

是的，她就像佛前那枝淡淡的莲花，“出淤泥而不染，濯清涟而不妖”，不叹世态炎凉，不怨时乖命蹇，洁身自好，让人敬重。

永远的邓丽君，永恒的歌声。

附：邓丽君生前唯一自己作词的歌，去世后被她三哥发现，请大家整理并谱曲，这首歌在她出殡当天演奏，以她的歌，送她上路。从她的字里行间，也许，我们能感受她内心深处的孤独。

星　愿

往事不堪似　世事难预料

莫将烦恼著诗篇　梦长梦短同是梦

一切都是为了年少的野心　身世沉浮雨打萍
天涯何处有知己　只愁歌舞散化作彩云飞
一切都是为了如水的柔情　不妨常任月朦胧
为何看花花不语　是否多情换无情
烟火无语照独眠　爱情苦海任沉浮
无可奈何花落去　唯有长江水默默向东流

再附：探访邓丽君足迹，需要查阅一些资料，某日眼前一亮，心中惊喜，原来，据2016年4月30日伊秀网报道，邓丽君的外公赵守业清末生于山东省泰安市东平县，20年代谋生关外，任职哈尔滨某邮局局长，外祖母于1926年6月20日在当地生下她的妈妈赵素桂，后因日本人侵略，外公不愿做亡国奴，一家逃亡到关内……如此说来，我这个哈尔滨土生土长之人竟和邓丽君沾了几分乡亲。

国内篇

西藏　西藏

几乎每个人的心中都有一个西藏梦，它遥远、陌生，充满了神秘和诱惑。

有人说，西藏是离天堂最近的地方。还有人说，西藏就是天堂。

也有人说，这里是沧海化为高原的所在，是雪山朝拜太阳的地方，是格萨尔王征战行走的疆域，也是歌声和传说的故乡，是旅行者和朝圣者向往的天界。若是你一生一定要去一个地方，西藏，绝对是不二的选择。

我是西藏微不足道的过客。

踏上西藏的土地，蓝天一下子就炫了我的眼，那是我见过的最蓝的天、最白的云。导游说，那是因为空气稀薄。纯净的阳光、新鲜的空气让我觉得离天很近，我似乎进入了一个洁净的世界，滤去了尘埃，滤去了喧嚣，滤去了一切嘈杂。

公交车上，坐在我对面的藏族老大妈有一副慈祥、安宁的面孔，穿着陈旧干净的藏袍，她的手不断地转动着佛珠，口中念念有词。她是我最早、最近距离接触的藏民，但再近的距离，我也进不了她的人生，我和她隔着一个看不见的世界，就像我和西藏，空气再稀薄，我也不能和它融为一体，我只能试图走近它，试图读懂它。

我曾两次进藏。

第一次是跟团旅行，西藏像浮云掠过我的生命，我目睹了它的片段，轻轻触摸了它的肌肤，我感到了温暖和亲切。林芝的原始森林、布达拉宫、大昭寺、孤儿院……来去匆匆。

第二次是可遇不可求的机缘，我和大学几个闺蜜结伴而行。

说起来有意思，只因为我写过的一篇我们之间友谊的文章，被其中一位同学的高中同学看到，他竟然看得动情了，一个大男人还落泪了。这位当时还在援藏的同学邀请我们去西藏，他说，你们姐几个应该有个一同游玩的经历。

这一次，我们有了比较深度的旅行，去班禅十一世的父母家拜访、在珠峰第二大本营处朝拜心中神圣的山峰、雅鲁藏布江旁仰望南迦巴瓦峰、在鲁朗小镇享受世外桃源般的安静、在玛吉阿米酒吧里的沉醉，试图与仓央嘉措的对话，还得到活佛加持……

西藏，是挥之不去的梦境，是放不下的记忆，是魂牵梦绕的滋味，我能做到的，就是写下所闻所见，写下我印象中的西藏。

不负如来不负卿

滚滚红尘，谁牵起了谁的手，谁羁绊了谁的流年岁月，若是负，怎一个“情”字能了结？

也许，他是凡尘中一枝最美的莲花。

那一天，我闭目在经殿的香雾中，蓦然听见，你诵经中的真言。
那一月，我摇动所有的转经筒，不为超度，只为触摸你的指尖。
那一年，我叩长头匍匐在山路，不为觐见，只为贴着你的温暖。
那一世，我转山转水转佛塔，不为修来生，只为途中与你相见。

仓央嘉措，六世达赖，300年前的诗人，布达拉宫白墙红砖，映射出一

柬埔寨新婚夫妇【柬埔寨】

邓丽君去世后一直守候在美萍酒店的比利【泰国】

朝拜珠峰【西藏】

南迦巴瓦峰【西藏】

羊卓雍错【西藏】

与琼布活佛合影【西藏】

北极村【黑龙江漠河】

俄罗斯族第一村【黑龙江漠河】

个俊朗的身影，布达拉宫的酥油灯下，一行行诗文蘸着浓浓的思念，带着飘逸的清风流出城堡。

斗转星移，以天算，以月记，以年论，写出今世流传千古的绝句。

玛吉阿米，你在哪里？“我放下过天地，却从未放下过你”。相思却不能时时相见，一堵厚重的墙隔离了相爱的人。烟云缭绕的经堂里，分明听到你轻声诵经的美妙声音，分明触到你冰凉的纤纤指尖，分明感到你幽香的体温，分明看到你虔诚跪拜的身影……

在看见你的地方，我的眼睛在你那里。在看不见你的地方，我的心在你那里。

人生若只如初见，玛吉阿米，我愿不负如来不负卿。

如果不能给我一生，那就给我一年；如果不能给我一年，那就给我一天；如果连一天都舍不得，那就给我一瞬间。

于是，无数个瞬间，一个矫健的身姿，跳出戒律，翻过白墙，疾步在八廓街的夜影下，奔向那扇黄色的门，门后，玛吉阿米在等待。

300 年世间轮回，多少情殇往事碾落红尘，布达拉宫的灵塔没有他的金身法体，可他的故事、他的情史、他的诗文印刻在西藏的每个缝隙。

……

9 月里的一个黄昏，我徘徊在八廓街上，在皎白的月光下寻找到玛吉阿米酒吧，那个他们幽会的地方。

这是一所两层楼的黄房子，在八廓街的一隅，“MAKYE AME”几个字醒目地印在黄色装饰门的上方。

传说中的玛吉阿米

轻轻撩起门帘，浓浓的藏族味道扑面而来，墙上挂着一幅美丽的藏族少女画像，那是传说中的“玛吉阿米”，我一步踏进，仿佛踏入几百年前的尘埃俗世中。

轻声缭绕的音乐，若明若暗的酥油灯，酥油茶的味道浸透在每个角落，有的人在默默饮酒，有的人在发呆，也有情侣在轻声细语，还有人举着相机在悄悄拍照。这里的人是否和我一样，在寻迹，在感受仓央嘉措和玛吉阿米过往的气息。

房间的一面墙是吧台，悬挂着几只古韵灯笼，环顾四周，墙上藏族的器皿、字画用心地搭配着，藏刀、转经轮、佛书摆放着，在一块牦牛的骨头上，刻着仓央嘉措最受欢迎的那首诗《见与不见》。

你见或者不见我
我就在那里
不悲不喜
你念或者不念我
情就在那里
不来不去
你爱或者不爱我
爱就在那里
不增不减
你跟或者不跟我
我的手就在你手里
不舍不弃
来我的怀里
或者
让我住进你的心里
默然 相爱
寂静 欢喜

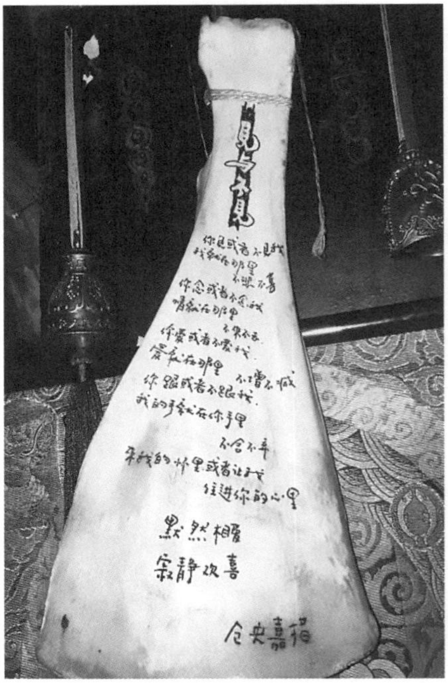

刻在牦牛骨头上的字

此时、此地、此境看到此诗，我突然对它有了更多的理解，写这首诗的时候，他的心里一定是向往和无奈在纠结。

作为活佛，他要坐在法座上引领众生超脱苦海，作为凡人，他却超度不了内心的渴望和追求，“世间哪得双全法，不负如来不负卿”。

于佛而言，他是放荡不羁，也许是大逆不道的；于心而言，他是忧伤的，清规戒律约束了他对爱情的向往，切断了他浪漫的情怀。

仓央嘉措，我宁愿在青海湖边消失的是你的袈裟。

但愿，从此以后，你对江湖回眸一笑，牵着心爱姑娘的手，浪迹天涯。从此以后，你回归自然，做一个幸福的人，砍柴、喂马、周游世界……

只是，只是，怕你，也负如来也负卿啊！

生如雾也如梦，缘生缘灭还自在！

邂逅世上最美的山峰和峡谷

2013年4月的一天凌晨，阴，西藏林芝，我站在海拔4728米的色季拉山口，遥望对面的南迦巴瓦峰方向，厚重的云海笼罩了山脉，大地似乎还在沉睡，云，不给初升的太阳让路，月亮像一个圆圆的银盘挂在天上，南迦巴瓦躲在云雾里不肯出来。

南迦巴瓦，传说中世上最美的山峰。

有人说它是山脉的起点。喜马拉雅山脉、念青唐古拉山脉和横断山脉在这里交汇，几亿年的冰川运动，让埋藏于地下的岩石冲出地面不断堆砌，直至海拔7782米，形成了具有独特魅力的山峰。

有人说它是众山之父。它似乎是大自然倾其所有，在地球上用心打造出来的最骄傲、最完美的作品，它被称为世界植物博物馆，雪山的两侧生长着从热带雨林到极地的所有植被，它的顶端是纯洁的白雪，中部地带是郁郁葱葱的树木和五彩缤纷的鲜花，下部却是热带雨林。从喜马拉雅山脉上端奔腾咆哮而来的雅鲁藏布江，流到它的身边恋恋不舍地转了一个U字形的大弯，然后向印度洋奔去，山与江呼应，造就世界最大的峡谷——雅鲁藏布大峡谷。

受印度洋暖湿气流影响，南迦巴瓦峰终年云雾缭绕，自古就有“十人九不遇”之说，虔诚的藏民说，看见南迦巴瓦的真颜需要缘分、运气和神灵的眷顾。一位英国探险家在山下的村子里苦等了一个月都没窥见它的真颜，还有一位摄影家，为了拍到南迦巴瓦峰的真容，竟然在这里等待了两个月之久。

此刻，我的心里也是充满了忧伤，我来了，只为途中与你相见，你却无情地断了我的念想。

铺天盖地的白云带着一股不可抵挡的霸气在天上飞荡，一层层、一道道、一片片……这是西藏最有名的“旗云”。云儿，你是在向大地展示你的威严，还是用最隆重的方式欢迎我们这些远方的来客？

藏民说，南迦巴瓦峰是云中天堂，是神居住的地方，山顶上有神宫和通天之路，众神经常聚会、煨桑。薄雾中我似乎看见五色经幡在风中摇曳，也许在渺渺的旗云后面，众神真的在谈天说地、把酒论盏，演绎着转世与轮回的传说。

我把苦笑丢在云雾里，唯把虔诚送了上去，我默默向南迦巴瓦问候，向众神致意，虽然隔着云里雾里，我相信经幡会随风带去我的心意，渐渐地，心里平和宁静了。

那个时候，以为就此和它别过，此生无缘。

第二次进藏，南迦巴瓦之梦再一次涌了上来，虽然明知道此时是西藏的雨季，观南迦巴瓦峰最好的时间在秋高气爽的时节，我来得早了，可我还是在忐忑不安中抱着幻想。网上有驴友调侃：相见靠运气，相遇靠缘分。我不知道这一次有没有运气和缘分。

9 月 15 日早晨出发，还是阴天，从林芝出发去拉萨，途中路过南迦巴瓦峰，我和伙伴们在雅鲁藏布江和尼洋河的交汇处——林芝米林县的“佛掌沙丘”风景地做短时停留后，便直奔雅鲁藏布大峡谷。

需要说明的是，南迦巴瓦峰的观赏地点有三处，一处是我上次去的色季拉山口，一处是雅鲁藏布大峡谷，还有一处是位于西藏林芝米林县的直白村。

现在我来到了雅鲁藏布大峡谷的谷底，天开始下起了小雨，雨点儿淅淅沥沥飘落在身上，一旁的雅鲁藏布江滔滔汩汩地流淌着，南迦巴瓦峰又是被厚厚的白云遮盖，这阴雨的天让人绝望，我把雨伞放到一边，不能看见南迦巴瓦峰，就让我陪它一起沐浴风雨吧。

我在雅鲁藏布大峡谷漫步，大峡谷就像西藏一望无际的山川和草原，不拒绝你走进它的怀抱。这里视野开阔，滔滔的雅鲁藏布江是南迦巴瓦的温床，U形大弯几乎拥抱了南迦巴瓦，奔腾的江水和它散发的雾气滋润了生长在南迦巴瓦上的花草树木，清澈的江水映衬着两岸郁郁葱葱的茂密林海，映衬着逶迤绵延的冰川雪山，原始的风情、奇特的地貌，如此景色有些仙境的气韵。

雅鲁藏布大峡谷长504.6千米，平均深度2268米，最深处达6009米，平均海拔在3000米以上。整个峡谷不仅有绝美的风景，还有险峻的冰川绝壁、陡坡和泥石流，许多地区至今仍无人涉足，这无疑为它增添了神秘的色彩。

我有限的地理知识知道世界上除了雅鲁藏布大峡谷外，在美国还有个科罗拉多大峡谷，同样气势磅礴，波澜壮阔。离藏三年后我去了美国，亲眼看到了科罗拉多大峡谷，两个大峡谷不仅对我的视觉是个强力的冲击，也让我对它们有了更深的认识。

它们都有河流：雅鲁藏布江和科罗拉多河。

不同的是，雅鲁藏布大峡谷不仅比科罗拉多大峡谷深而长，在它的南坡，从底向上依次为热带、亚热带、暖温带、寒带和永久冰雪带，它的峭壁上布满了各种类型的植被。而科罗拉多大峡谷多是由岩性、颜色不同的岩石层组成，它们被外力作用雕琢成千姿百态的奇峰异石和峭壁石柱，大峡谷动物居多。

我心中的科罗拉多大峡谷野性十足，雅鲁藏布大峡谷则刚柔并济。

1898年，美国作家约翰·穆尔在游历了科罗拉多大峡谷后写道：无论你走过多少路，看过多少名山大川，你都会觉得大峡谷仿佛只能存在于另一个世界，另一个星球。约翰·穆尔认为，科罗拉多大峡谷是上帝给人间创造的奇迹。

我想，若是约翰·穆尔游历了中国的雅鲁藏布大峡谷，他会不会惊叹，在上帝之外，还有个传说中神佛创造的世界，也许来自另一个星球?

……

不远处有个小码头，和伙伴们商量了一下，决定租一个游艇畅游雅鲁藏布江，我们都是听着《翻身农奴把歌唱》长大的，雅鲁藏布江在我们的心里扎着根呢，穿上救生衣，随着突突的发动机声，启航，我们的游艇向着南迦巴瓦方向前进。

阵阵清风吹来，雨停了，天，渐渐地褪去灰白色，蓝色的天空一点点在乌云后面露出笑脸。

忽然，船工兴奋地举手叫了起来：南迦巴瓦峰出来了！随着他的手势看去，一个小小的、尖尖的山峰露了出来。“南迦巴瓦！”水里的、岸上的人们一起喊了起来。

我忙不迭地拿出相机，南迦巴瓦似乎听到了人们的欢呼，云雾渐渐退下，它像一头沉睡的雄狮，抖搂下身上的羽毛，穿越亿年，不慌不忙地向我们走来。

船工说，今早我顶着小雨出来干活时心里还寻思，又是一个阴沉的天，八成南迦巴瓦峰不会出来，你们好幸运啊，已经连续下了好几天雨了。

船工体恤我们兴奋的心情，慢慢地游走着。

前方有个无人小岛，船工把游艇靠了岸边，说：这里离南迦巴瓦峰近，看着方便，你们下来玩吧。

无人岛名副其实，渺无人烟，遍地的沙子像一席缎被，平整起伏，站在这里遥望南迦巴瓦峰更加清晰可见。只见主峰周围山峰林立，每一座山峰都像一把利剑指向天空，而南迦巴瓦就像头领，气宇轩昂，神威凛凛，云带像哈达一般层层环绕着它。难怪诗人说它是一柄直刺蓝天的长矛，穿过浩渺的时空，刺破无边的苍穹。

露出尖尖角的南迦巴瓦峰

是啊，长矛下面每一座高山就是一朵朵盛开的雪莲花，每一朵雪莲花都蕴藏着格萨尔王的传奇。你看不见它的沧桑，它的沧桑藏在每一块岩石、每一片沙丘的皱褶里，阵风吹过，你只看得到它的生机勃勃。

见过它的人说，它就像一位行踪不定的侠客，只有最虔诚的旅人，才能一睹它的盛世容颜。没见到它的人说，它是披着头纱的新娘，羞涩，美丽，千呼万唤也不肯露出芳颜。

南迦巴瓦峰的海拔是实实在在的 7782 米，我们落脚的地方也许还不到 1000 米，所以一点儿高原反应都没有。

在世界上最美丽的雪峰脚下，在世界最壮观的峡谷里，我们尽情地欢呼着、跳跃着，呼喊着：南迦巴瓦，我们来了，雅鲁藏布江，我们来了。

此时心中已无他求，尽情享受大自然的赐予，我相信这一刻南迦巴瓦接纳了我们，它用慈悲的目光宽容地看着我们，它用博大的胸襟纵容了我们的肆意，即便是那天上的众神看着我们这般开心，也会颔首而笑。

南迦巴瓦峰，雅鲁藏布大峡谷，成了我此生可遇不可求的经历。

坐着游艇回返途中，天又开始下起小雨，南迦巴瓦峰渐渐隐去，我站在游艇里，一直注目到看不见它的身姿，不知什么时候，我发现自己的眼睛竟充盈了泪水。

我虽然看见了南迦巴瓦峰，可我知道它一定有许多故事、许多传说、许多秘密。这些，我都没有触摸到，我只是在它的门前转了一圈，对我而言，南迦巴瓦是个永恒的诱惑。

邂逅南迦巴瓦峰和雅鲁藏布大峡谷，让我对大自然更加敬重，也多了一份感动。当地球上一代又一代人和生物消亡，它却顽强地在那儿，从荒芜孤石到重岩叠嶂，从涓滴成河到浪涛滚滚，从不毛之地到美轮美奂。“天地有大美而不言”，南迦巴瓦像一位智者，它稳重，内敛，低调，当它破开云雾缓缓走来的时候，让你不由得产生一种敬畏，而它的静美足以让你浮躁的心安静下来。雅鲁藏布江水却像一本流动的书，它一页一页地记录着山谷里的阴晴冷暖、虹销雨霁、春花秋月，读它，你的视野豁然开朗，你的心胸不由得宽广。

只有见识过神圣的东西，才会刷新你的眼界和世界观，你才会一而再，再而三地想与它相遇，也许到老了的时候，你会有资本对身边的人说，我是见过世上最美的山峰、最大的峡谷的人。

人的一生至少应该有一次朝圣之旅，趁着还有激情，趁着时光静好，趁着还能走动，无论前方是冰川还是雪山，是草原还是湖泊，都是风景，都是美好，终有一刻你会到达心中的远方。

天上仙境　人间圣湖

在藏民的心中，西藏的山是神山，西藏的湖是圣湖。西藏的山巍峨轩昂，是天、是太阳、是枭雄，西藏的湖俏丽俊美，是地、是月亮，是圣女。

西藏最著名的有三大圣湖：羊卓雍错、纳木错和玛旁雍错。我有幸膜拜过山南地区的羊卓雍错和拉萨的纳木错。玛旁雍错位于神山冈仁波齐之南，是世界上多个宗教认定的圣湖，据说此湖是西天王母瑶池所在。只是，玛旁雍错还在我的远方。

羊卓雍错的雅，纳木错的美，只有追寻过的人才会明白那些长调般的诉说，只有亲历过的人才会有激情吟唱。

羊卓雍错

羊卓雍错距拉萨不到 100 公里，自拉萨出发，走过一段公路，就开进了省道，从山底到山顶，之字形的公路沿着山脊一会儿盘旋而上，一会儿又盘旋而下，连续的陡坡急弯，悬崖与峭壁相随。

据说，羊卓雍错的最佳观景点是位于浪卡子县和贡嘎县之间海拔 4998 米的岗巴拉山口。

高反引起的缺氧让人晕晕乎乎的，反倒不在意危险了，有句话说得好：无限风光在险峰。旅途中经常有危险系数比较高的项目，比如，我在尼泊尔玩的高空滑翔，在泰国虎园和老虎狮子的相拥合影，在非洲马赛马拉公园的营地里与野兽们共享一片天地……往往那些冒险的行动最后成了回忆中最自豪、最值得炫耀的体验。

就在困乏与恍惚中，突然有一抹蓝猝不及防地闯入了视野，司机一踩刹车：羊卓雍错到了！

第一眼看到羊卓雍错，我的心猛地一跳，这世上怎么可以有这么蓝的湖啊？它像镶嵌在群峰之中的蓝宝石，清碧透澈，有着绝尘般的安静，走向它，宛如走到人间仙境，不由让人精神一振。

羊卓雍错

羊卓雍错海拔 4441 米，我们所在的位置在海拔 4677 米，竟然一点儿高反都没有了，羊卓雍错用它无法抗拒的优雅征服了我。

镶嵌在草原和群山之间的羊卓雍错只容纳一种颜色——蓝，天蓝、淡蓝、碧蓝、湖蓝、蔚蓝、藏蓝……站在不同角度，站在不同高度，在光线的作用下，你会看到如镜的湖水随意变幻着不同的蓝色，世上的蓝仿佛把所有的钟爱都洒向羊卓雍错。

不动声色的羊卓雍错，用蓝色释义了高贵和纯洁，这样的蓝让人诧异，让人惊奇，让人震撼。

你看不到它的全貌，它太长了，像蓝锦缎一样的湖岸线总长 250 公里，它似一个凌空起舞的飞天，婀娜的身姿挥动着长长的丝绸，绸缎翻滚，打了一个又一个结，那些结是一个个小羊卓雍错，它们都像珊瑚一样美丽。它又太宽阔了，可以容纳 70 个西湖。

我们有必要追溯一下它的前世今生，去寻找美的根源。

据史料记载，远古时代它是一条冰河，冰川泥石流堵塞河道形成了高原堰塞内陆湖，它的形状很不规则，分汊多，湖岸曲折蜿蜒，历史上曾为外流湖，上述湖连为一体，湖水流入雅鲁藏布江，但后来由于湖水退缩成为内流湖。

羊卓雍错的水源来自四周念青唐古拉山脉的雪水，因为没有出水口，雪水的流入与自然的蒸发达到一种奇特的动态平衡，而它周围鲜有绿色植物，只有蓝色的天空映照，湖水随着光线变幻，就演化成千变万化的蓝色，蓝，是大自然对羊卓雍错的格外垂青。

羊卓雍错，亿万年的天地造化滋润了她的躯体，亿万年的风花雪月装饰了她的生命，亿万年的电闪雷鸣修炼了她的禅性。时间只是个符号，空间得到无限延伸，她是一枝独特的雪莲花，用优美的姿态绽放在青藏高原。

她的魅力独一无二，以至于神山“念青唐古拉”见到她深深迷恋，不能自拔，竟然忘记了自己的妻子“纳木错”。

她的灵气通天彻地，人们在寻找达赖喇嘛的转世灵童时，其中的一个仪式就是要到羊卓雍错旁诵经祈祷，向湖中投哈达、宝瓶、药料等，主持仪式的人会从湖中看出显影，指示灵童所在的具体的方位。

她的信仰忠贞不渝，虔诚的佛教徒每年都要绕湖朝拜，绕湖一圈起码需要一个月左右，他们认为这等于他们到拉萨朝圣一次，他们相信这样做，至少佛会保佑一年吉祥如意。

从此我知道，这世上有一个宝石一样蓝的湖，我与她相遇后，就像一件温暖的蓝袍裹在身上，安详而静穆。

如果你也去了西藏，一定要去羊卓雍错，那个能看见前世今生的地方，那个能留住灵魂的地方，那个超脱凡尘世俗的地方。

回返的路上，湖水在蜿蜒的群山中若隐若现，让人心中充满不舍。

从羊卓雍错出来，跨越 4330 米的斯米拉山口后就来到了被称为“沉睡的冰美人”卡若拉冰川的冰舌下。

巨大的冰川从山顶云雾缥缈处，一直延伸到离公路只有几百米的路边，虽然常年受公路上灰尘的影响，冰川整体呈黑白分层形态，但冰川上半部在阳光的照耀下，犹如一幅巨型唐卡挂在山壁上，熠熠生辉。

《红河谷》《江孜之战》《云水谣》等影视剧曾在此拍摄外景，使得卡若拉冰川的名气非常大。

纳木错

世上有座海拔最高的山叫珠穆朗玛峰，世上有片海拔最高的湖叫纳木错。

海拔 4718 米的纳木错不只是胜在高度，“湖”不在高有仙则灵嘛，她是藏民眼里的“天湖”“灵湖”，是古象雄佛法雍仲本教的第一神湖，是著名的佛教圣地之一。

见过纳木错的人都说，纳木错一年四季都美丽。我见了它的春和冬，只这两季，我已迷失在纳木错的风花雪月中。

2013 年 4 月 14 日，风雪已经在拉萨的上空刮两天了，夜晚，我们走到外面，担心地看着夜空，从纳木错回来的游客说，因为雪大路滑，纳木错景区已经关闭好几天了，到西藏不能看到纳木错，无论如何让人遗憾。

15 日清晨雪停了，还没起床，导游就发了信息，纳木错景区开门了，惊喜得我一下子跳了起来。

从拉萨到纳木错 200 公里的路程，不觉得远，心在一点点贴近，因为有希望。大约在中午 11：30，汽车驶进纳木错景区外面的停车场，这里很乱，各种旅游大巴和小轿车拥挤地停在一起，路旁的小饭店、食杂店被挡在影子里，我被人流拥进景区。

为了防止高原寒冷天气的袭击，我们去户外用品商店租了大棉袄，顺带着买了一罐氧气。纳木错比拉萨海拔高出 1000 多米，高原反应肯定避免不了。

纳木错在朦朦胧胧的远方，要走过一段被雪覆盖的沙石地，这片土地在夏日里是草原，地上到处都是玛尼堆和五彩经幡，玛尼堆是藏民和各地教徒们来转湖朝圣时投下的石子。

玛尼堆一年年地增高，高得堆成了墙；玛尼堆一年年地增多，多得像天上的星星。玛尼堆上的经幡迎风飘动，经幡上印的、转经筒里藏的、佛教徒口中念的都是常读常新的六字真言：唵嘛呢叭咪吽。

第一眼看到的纳木错就让我的视觉受到了冲击，我是松花江边长大的，我的松花江冬天里也是冰雪童话。可是，纳木错不同，纳木错给你的感觉是圣洁，静若处子，洁如少女，湖面的冰晶在不同的角度呈现不同的颜色，湖的周边是白色的冰雪，中心是一片幽蓝，晶莹剔透，仿佛是一个巨大的宝石，从天上坠了下来，天地间那种安静让人不敢大声喧哗。远处冰雪覆盖的念青唐古拉山像一个雄伟健壮的男子，伫立在它的身旁，与它厮守。

神山圣湖的美丽让站在它面前的每一个人都深深折服。

我在湖旁的沙石地上拾起一枚石子，郑重地放在一个玛尼堆上，这一刻，或许永远，这个石子属于我，带着我的心愿，守护在纳木错的身边，我默默地祈祷，希望有机会再来膜拜它，用它的四季装饰我的生命。

纳木错一定听到了我的心愿，这一刻很快就到来了。

2015年我第二次进藏，正逢藏历羊年，对藏民和佛教徒而言，马年转山（冈仁波齐），羊年转湖（纳木错），猴年转森林（杂日森林）是他们神圣而又庄严的信仰活动。他们认为每逢藏历羊年，佛教众神都会齐聚纳木错，十二年一次的羊年转纳木错朝拜，胜过平时朝礼转湖念经十万次，同时可得到无量的功德和渊博的知识，并能舍去自己的恶习和痛苦。

多么巧的相遇，多么深的渊源，多么可遇不可求的机会啊。

我来的时候是秋天，大地丰硕，金黄满盈的日子，我一身风尘而来，奔向秋水涟漪的纳木错，越来越高的玛尼墙接住了我的身影，遍地的黄花绿草像一席起伏的地毯，引领我走向美丽的纳木错。

周围众多藏民和佛教徒们绕着湖一步步叩拜着，我能看到他们眼里的平静，感受到他们心中的崇拜，甚至是从容自若的喜悦，我心中泛起莫名的感动，为执着、虔诚和信仰。

我一个人来到纳木错边，这一天我特意着了一件红色的衣服，我觉得红色能代表我的心情——庄严、郑重，红色也代表吉祥。

秋天的纳木错只可以用两个字来形容——惊艳。蓝得晶莹的天，白得如雪的云，还有念青唐古拉山脉，像哈达一样的雪挂在它的颈上。纳木错容纳了五色经幡上所有的颜色，蓝天、白云、霞光、绿树、大地，它的羽衣波光潋滟，极目远望，水天一色。

纳木错收纳的岂止是美丽的大自然，它肯定能听到信徒们的祈祷，它把他们的心声用博大的胸怀包容，纳木错上的众神定会被崇拜而感动，会赐予人们最美好的祝愿。

既然没有机会绕湖膜拜，那我就用另一种形式表达我的敬意吧，我面朝湖水毕恭毕敬向女神跪拜，这一刻，我异常平静，仿佛放空了灵魂，洗涤了身心。

旁边藏民牵来了牦牛，我骑上牦牛，白云栖落在我的肩头，清清的湖水能望见湖底的石头，牦牛带着我一步步走进湖中，在最接近天空的地方徜徉。

我在牦牛背上双手合十，亘古的风灌满了我的衣襟；我在牦牛背上仰望天空，苍穹下写满了六字真言；我在牦牛背上俯首环顾，浩瀚的湖水盛满了智慧和哲理。

不知道纳木错是否给了我启示，我忽然有所悟，我用自己的理解，解读了六字真言。唵，白色之光，戒除骄傲，断除堕落；嘛，绿色之光，净除妒忌与纷争；呢，黄色之光，戒除贪欲与疾苦；叭，蓝色之光，净除畜牲道中愚痴；咪，红色之光，断除疾苦伤悲；吽，黑色之光，断除寒热苦和瘟疫。

我想，朝圣者的心中装满了六字真言，一切困难都微不足道，因为他们把整个生命都交给了信仰。

告别纳木错，回返途中路过“那根拉”山口，在海拔 5190 米的那根拉山垭口耸立着一块巨大的石碑，它面向纳木错，碑体上镌刻着六世达赖喇嘛仓央嘉措的几行诗文：那一年，磕长头匍匐在山路，不为觐见，只为贴着你的温暖。那一年，转山转水转佛塔，不为修来生，只为途中与你相见。

再见这首诗，遇到知音的感觉，纳木错，羊年来这里，转山转水与你相见，此生无遗憾。

从纳木错回来，每每默念六字真言，纷乱的思绪和心情就会平静，我无法解释为什么，也许这就是我的缘分，冥冥之中自有天意。

拜访班禅十一世父母家

藏传佛教、活佛、转世灵童、天葬、格萨尔王……曾经对我而言是些遥远的词语。

在西藏，看到的是蓝天白云、草原牧场、高山圣湖、寺庙和牛羊，看不到的是宗教、神话、传说。我曾仰视白雪皑皑的山峰，试图寻找神的影踪。也曾在纳木错边静坐，用心去体味六字真言。西藏，那里的人淳朴善良、那里的空气纯洁无瑕，那里的文化神秘深邃、那里的信仰专一。

能够走进十一世班禅的家里，寻缘追根，无疑为我和西藏之间搭上了一个桥梁，让我有了近距离接触藏民们心中至高无上的活佛的机会，有了切身感受佛教的机缘。

带着兴奋、好奇和敬仰的心情，我们坐上了去他家的车。此时是晚上七时多了，天已经黝黑。他父母家离我们住的地方很近，大约不到十分钟的时间就到了。

车上，随行的朋友已经向我们介绍了一些情况，十一世班禅的全名叫班禅额尔德尼·确吉杰布,1990 年 2 月 13 日出生在西藏自治区那曲地区嘉黎县，其父索南扎巴和母亲桑吉卓玛都是小学文化，1995 年 11 月 29 日，在拉萨大昭寺的佛祖释迦牟尼像前，确吉杰布通过金瓶掣签，并经国务院批准，被确认为十世班禅转世灵童真身，为中国政府批准认定的藏传佛教格鲁派第十一世班禅额尔德尼。

现在，班禅的父母家已经搬到了日喀则，父亲索南扎巴在自治区政协上班，班禅还有个在部队服役的哥哥。

车子驶进一个大门，穿过几个楼房，在一栋灯光明亮的房子前停了下来，班禅的父亲，一位看起来敦厚老实、有些谢顶的中年人正一脸笑容在等候我们，班禅的妈妈去拉萨办事了。

一进走廊便是厨房，几位藏族妇女在忙碌着，我们被迎进右侧的客厅。

这是间20平方米左右的房子，极尽藏族特色，室内宽敞华丽，除了悬挂着多幅唐卡外，经堂上供奉着十世班禅和十一世班禅的相片，还有毛主席的相片，以及胡锦涛主席、习近平总书记和十一世班禅的合影等等。客厅部分的彩饰装修异彩纷呈，天花板上布满了彩绘雕饰。花花绿绿且勾金描银的藏式柜、桌、门、窗，镶珠嵌翠的铜壶、法器、玉樽、金佛……看得人眼花缭乱。

在班禅十一世的父母家

茶几上摆满了藏族美食，糌粑、奶酪、奶渣、奶皮、牦牛干、薄饼、糖果，还有香甜的酥油茶和清香醇厚的青稞酒。

好客的主人请我们尽情地吃，我们则一边享受美食，一边忙不迭地用手机拍照，和他父亲合影。

忙过之后，我们便把班禅的父亲索南扎巴拽到我们中间坐下，请他讲讲班禅十一世的故事。

索南扎巴和蔼可亲，充分满足了我们的好奇心，娓娓道来。

他说，坚赞诺布出生前后出现许多吉兆。十一世班禅是个早产儿，他的母亲在怀胎七个月后生的他，他的到来给家里人带来喜悦，外祖父认为小外孙颇具佛相，便给他起了一个名字叫坚赞诺布，藏语的意思是：神的宝幢。就在他出生的几天前，600公里外，日喀则，为了主持五世——九世班禅遗体合葬灵塔开光，十世班禅过度疲劳，心脏病突发，在日喀则圆寂。

此后，中央政府拨出500万元专款，由高僧大德组成寻访小组，用于寻找大师的转世灵童。

而索南扎巴家和普通的藏民一样，过着平淡的生活，并没有留意转世灵

班禅十一世父亲索南扎巴与我合影

童的事，只是，随着坚赞诺布的长大，开始出现一些灵异的事件，比如有一天，母亲桑吉卓玛外出，将孩子放在一位老师家，老师在无意间发现坚赞诺布的舌头上有一个白色的藏文楷书字母“阿”。在藏传佛教里，这是一个神圣的符号，代表了佛的报身。当晚，桑吉卓玛梦见白度母女神带她云游神的仙境，将坚赞诺布交给她后，飘飘飞升而去。当地一个活佛闻讯而来，认真地告诉桑吉卓玛，好好抚养这个孩子，他可能是个大活佛转世。

在玩的时候他也和别的小孩不一样，他喜欢做一些灌顶讲经的样子，还把糌粑做成圆形，嘴里说这是给你们的长寿面；把红颜色和黄颜色的电池排成队，说他们是我的僧尼，我要跟他们讲经等等。

按照宗教仪轨秘密寻访十世班禅转世灵童的人员根据十世班禅大师的逝相以及观湖、占卜所得结论，得出转世灵童诞生的大致方向，当他们得知有关坚赞诺布的传闻后，开始进行核查、问试。

经过反复取证，寻访小组选出了三位候选人于 1995 年 11 月 29 日在大昭寺进行金瓶掣签，最后，坚赞诺布被认定是十世班禅的转世灵童……

随着索南扎巴的述说，我们都听得入迷了，时间飞快地过去，不知不觉有些晚了，同行的朋友提醒我们不便久留了，恋恋不舍地起身告别，分别时，索南扎巴送我们每人一串班禅大师加持过的手链，我把它小心地放到了包里，心里想着给儿子带回去。

走到门口，巧遇班禅十一世的嫂子和小侄子，他嫂子在自治区团委工作，一个很乖巧的女子，我抓住机会和她合了影。没有见到班禅大师和他的母亲，能和他父亲、嫂子和侄子合影多少也弥补了心中的遗憾。

那天晚上回到宾馆我许久未睡，十一世班禅大师的家给我留下了深刻的印象，特别是有关遴选转世灵童的过程，无法解释。

从西藏回到家里，我一直关注着十一世班禅大师的行踪，《藏地旅游》网站发布了两集转世灵童的寻找和确定过程，我认真地观看了，当看到只有5岁多的坚赞诺布的坐床仪式时，心里很惊诧，那么小的孩子，几个小时的仪式里，竟然目光淡定，镇定自若，毫无浮躁地完成整个过程。难怪在十世班禅身边的一位经师说，所有的一切都太像十世班禅了，就连玩耍生气的样子都一样，感觉就是和十世班禅在一起。

网上有很多对他的报道。

1999年，在苦学佛学三年半后，年仅9岁的十一世班禅在扎什伦布寺为600多僧人灌长寿顶，一万多字的长寿经被他如行云流水般吟诵，并边吟诵边讲解。

2009年，19岁的他在第二次世界佛教大会上，用英语流利地演讲佛法，震惊四座。

2013年进入全国政协，是年龄最小的政协委员。

现在的班禅十一世，聪颖勤学，不仅懂佛法，还懂得英、藏、汉和梵文，喜欢数学、历史，还喜欢电脑、汽车……他每天看新闻联播，是一个充满活力的90后，有着远大的理想和使命感。

在他身上，藏传佛教融入了时代的气息，相信他定不会辜负众望，将藏传佛教发扬光大。

拜会琼布活佛

在西藏，似乎一切都和佛有关。

几乎每一个藏民手里都拿着一个小转经筒，所有寺庙都有大大小小的转经筒。藏传佛教认为转经就相当于念经，是忏悔往事、消灾避难、修积功德的最上乘方式。歇息、走路、坐车……每一刻都被充分利用起来，经筒不停地转，仿佛在随风吟唱着经文。

向佛的另一种方式就是叩拜。藏传佛教认为，人要承受六道轮回之苦，如果要免除，方法之一就是去转山，转神山。于是，在尘土飞扬的山脚下、在泥泞不平的土地上，甚至在柏油公路上，随处可见一家家、一群群的人们，拖着行李，边行边叩拜。

转山转水只为与你相见。我心中的佛祖，我愿用今世的苦行磨砺掉所有的贪欲，我愿用不懈的修行点燃心中的酥油灯，我愿用赤子之心寻求圣域的真谛……

虔诚的残疾藏民

藏民的叩长头很复杂——站直身体，口诵六字真言，双手合十举过头顶，然后行一步；双手合十移至面前，再行一步；双手合十移至胸前，迈第三步；双手自胸前移开，掌心向下，身体与地面平行下俯，膝盖先着地，然后是全身，额头轻叩地面，再站起来，重新开始。

这些虔诚的信徒就这样用身体丈量着最亲密的土地，表达心里最圣洁的情感。他们在拜佛、叩长头的艰难路途中，也许把自己所有的欲望都抛出界外，他们用苦行僧的方式表达对佛祖无限的崇拜。

我在大昭寺遇到一个只有一条腿的残疾人，他就这样一步一叩地从日喀则的萨迦一路来到拉萨。萨迦到拉萨是418公里，开车要十个小时，不知道他是用怎样的毅力，以残疾之躯走来，他的额头叩出厚厚的茧子，皮肤被太阳晒得黝黑，他的表情不悲不喜，游人们纷纷把零钱放到他面前，表达对他的敬意，他只是默默点点头，继续他的行程。

在这种修炼面前，一切的语言都是苍白的。

行在西藏，也在洗涤、净化我的心灵，我是幸运的，能够走进这里切身感受无边的佛法，感受这里清新的空气和荡漾的灵光。在我心里，布达拉宫、大昭寺和扎什伦布寺占据了天、地、人的三重境界。

布达拉宫，全世界离天堂最近的宫殿，是朝拜者心中的圣殿，是藏传佛教的象征。这座位于海拔 3700 米的宫殿始建于公元 7 世纪，是松赞干布为迎娶大唐文成公主而建，共有寝宫、佛殿等 1000 个房间，存放着五世至十三世达赖喇嘛遗体（六世仓央嘉措除外，他在青海湖消失）的灵塔。

布达拉宫是拉萨的灵魂，外观磅礴大气，金顶辉煌，红墙鲜艳醒目，白墙圣洁庄重，内部存有大量珍贵的佛像和壁画，堪称藏文化的博物馆。

大昭寺前的信徒们

而大昭寺是拉萨最著名的寺院，位于八廓街中心。在大昭寺，时光仿佛是停滞的，还愿的佛教徒以长拜的方式把它门前铺设的条石磨出一道道深沟。

有一本书这样形容过大昭寺：原以为世界上只有两种关系，国王与君臣，男人和女人，到了这里才知道，还有一种关系，就是佛祖和众信徒的关系。

大昭寺建于公元 647 年，是松赞干布为纪念尼泊尔的尺尊公主入藏而建的，是藏传佛教最神圣的寺庙，不从属于哪个教派。里面供奉着文成公主带来的释迦牟尼 12 岁等身佛像。藏族人认为，见到他就是见到了 2500 年的佛祖，可见藏族人对佛祖的虔诚之心无与伦比。

大昭寺入口有两条，一侧供游客进入，另一侧就是带着酥油的藏民，他们默默地进去，除了叩头朝拜外，就是把酥油添到燃烧着灯的盆里，嘴里念着六字真言。

能够到大昭寺朝拜一次，是所有佛教徒的终生梦想，所以说大昭寺占尽了人气。

而在我心中，最接地气的当数扎什伦布寺。不仅仅是因为它是我从小就在收音机里知道那是十世班禅大师的圆寂之地，更因为在这里，我们一行人接受了琼布活佛的摩顶加持。

扎什伦布寺位于日喀则的尼玛日山南坡上，是西藏最大的寺庙之一，扎什伦布寺始建于明正统十二年（1447 年），创建人是格鲁派祖师宗喀巴的徒弟根敦珠巴。根敦珠巴后来被追溯为一世达赖喇嘛。

该寺是班禅四世及以后历世班禅的驻锡地，分为宫殿（班禅拉丈）、堪布会议（后藏地方政府最高机关）、班禅灵塔殿、经学院四部分。

我们是下午来到这里的，眼前殿堂交错重叠，沿着弯弯曲曲的小巷拜见着一座座圣殿，仿佛进入了迷宫一般。也许是到了晚课的时间，穿着红色袈裟的僧人们不时从身边走过，这些僧人以年轻人居多，充满了活力和朝气，当然也不失顽皮和活泼，我竟然看见了两个小伙子坐在墙头上聊天，好惬意啊，我们请他们合影，都是落落大方地配合着。

扎什伦布寺的住持是十一世班禅，我们在这里被朋友安排见到了琼布活佛。

1991 年 7 月 23 日出生的琼布活佛是 1995 年在大昭寺佛祖释迦牟尼像前“金瓶掣签”选十世班禅的三位转世灵童之一，当时候选灵童中年龄最小的一位，俗名叫阿旺南卓。落选后，他被认定为谢通门县扎西格培寺第三辈琼布活佛转世，法名阿旺强巴坚赞。从 12 岁开始在日喀则扎什伦布寺学习。

琼布活佛现任扎西格培寺住持，常住扎什伦布寺。2010 年，他陆续开通了腾讯和新浪微博，和 400 多万粉丝一起分享佛教知识和人生感悟，爱好摄影的他偶尔还会秀自己的自拍照。2012 年，他当选了西藏自治区政协委员，从此承担起参政议政的职责。作为宗教界委员，2014 年琼布走访了 20 座寺院，除了送去自己的慰问，还调研了寺庙管理当中存在的问题。

见到琼布活佛是在我们参观扎什伦布寺的那个晚上，也是临行前的夜晚。

他是7点多才从外地回到日喀则，承蒙朋友和他友情深厚，特别安排了晚上7:30见我们一行。

7:30，扎什伦布寺的大门为我们打开，琼布活佛的管家满面笑容地站在门前迎接我们。无须多语，在他的带领下，穿过几个房间，来到了里面一个比较大的殿堂。

琼布活佛正在大殿的座位上等待我们，趁他和朋友寒暄问候之际，我在一旁仔细观察着他，白净的脸上有着阳光一般的笑容，眼神中透着睿智和淡定，言语从容而温和，只是微笑的面容里带着些许的疲劳。

待众人都进来了，他示意可以开始了。我第一个走上前，低头鞠躬向他献上洁白的哈达，他则接过哈达，用手为我摩顶加持，然后把哈达为我戴上。

一切都很快，有朋友问我，加持的时候有什么样的感觉？当时有些紧张，不知所措，后来回忆起，那一刻，我的心似乎是空的，什么也没有，周围的一切仿佛都不存在，又好像装满了什么？是能量、信念还是其他什么？

加持于我的，我说不清，但是，有一点可以肯定，这次从西藏归来，我未有一字的笔记写下，一切了然于心中，我的记忆从没有这么清晰，几篇文字都是在觉得该写的时候一气呵成，写的时候感情和文字自然交融，倾泻而出。

西藏，我相信是和它有缘的。觉得自己真的好幸运，走近了当年甄选十世班禅的三位转世灵童的两位。前日，我和班禅十一世的父亲刚刚握手言欢，而今日得琼布活佛摩顶加持，若不是前世有佛缘，怎有今世相会？

都说佛法最大的妙处，在于直指人心，见性成佛。佛说：从来处来，往去处去。我想：若无佛根，何谓来处？若无善念，何谓去处？

写到此，西藏之行似乎告一段落。其实，心中还有很多美好的记忆：鲁朗小镇那半日世外田园风光的感受、林芝原始树林的探索、世界柏树王园林的奇妙、神女峰下的憧憬、巴松错宛若世外桃源的美景、罗布林卡那个如宫殿的后花园、藏民家访的亲切、孤儿院里和孩子们的交谈、囊括西藏历史的博物馆，更有那让人回味的美食、高原美酒、酥油茶……

道不完的西藏情，诉不尽的西藏意，西藏行，让我的世界从此不一样。

心中的珠峰

世界山的山峰如林如海，各有千秋，神秘莫测如冈仁波齐、梅里雪山，致命诱惑如南迦巴瓦、乞力马扎罗，可是，有一座山峰既美丽又险峻，既磅礴又巍峨，它就是屹立于世界之巅的珠穆朗玛峰。

珠峰，世界第三极青藏高原的至极，它的山体如金字塔状高耸入云，神圣又庄严，爱慕它的人称它为女神，敬仰它的人面向她一步一叩首，痴情它的人甚至将灵与肉留在她的怀抱。

去过西藏的人，一定会到拉萨、日喀则、林芝，一定会去布达拉宫、大昭寺、扎什伦布寺等等，但是，不是所有的人都能去朝拜珠峰。有人说，去西藏没看到珠峰就有了一半的遗憾，我以为这个遗憾是人生的遗憾。

我和珠峰有割不断的缘分，珠峰仿佛在我的前方，有时可见，有时无形；有时很远，有时又很近。它就在那里，与我不离不弃。

最早知道珠峰是在20世纪70年代，那一年我13岁，一天早上刚要背上书包去上学，就听到收音机里面传出播音员激动的声音：我国女登山家潘多成功登上世界最高峰珠穆朗玛峰，她是世界上首位从北坡登上珠峰的女性。

珠穆朗玛峰，西藏，遥远的、模糊的、神秘的画面留在了我心里。

2013年第一次踏上西藏的土地，我穿过稀薄的空气，站在雄伟壮丽的布达拉宫，仿佛走上了天梯，走上了神秘的天堂。我环顾群山与圣湖，似乎听到了大地的耳语，感到了无法逾越的存在。我试图阅读西藏，就像以往给自己增加勇气，阅读一本深邃的历史书卷。

在西藏，山赋予了神的传说，水蕴藏了神的足迹。神山充满了秘密，仙湖装满了梦幻。我在蓝天下，我在恍惚中，跟着藏民的脚步，转佛塔，转经殿，转寺院，转山水，在尘世的气息中，我的灵魂似乎有了顿悟，迈出的每一步都是走向神灵的期盼，仰视的每一刻都充满了虔诚。

我还在群山中刻意寻找珠穆朗玛峰，那世上最高的山峰，那落在我心里的第一座山峰，我自知不可能攀登，我只想远远地望她一眼，一睹她的风采。

接待我们的第一个导游是个康巴小伙子，提到珠峰，他用手按住胸口，叹了一口气说:“放弃吧，我到了第一大本营就高原反应激烈，不得不下来了。”要知道，他可是康巴汉子啊，他的悲哀直接终止了我的念想。而第三天接待我们的导游是个年轻女子叫李晓莉，提到珠峰，她兴高采烈地告诉我们，她带团去过大本营，她说，这辈子一定要去一次那里，去了后你就会觉得，人生值了。李晓莉把我被浇灭的希望又点燃了。可是，旅游团没有这个行程，我无奈地离去。

第二次进藏，我向朋友提出了这个愿望，朋友说尽量安排。

9 月 21 日，到西藏已经是第八天了，这期间我们拜会了班禅十一世的父亲，幸运地见到了的南迦巴瓦峰，迷醉在巴松错、羊卓雍错和纳木错等神湖，也在玛吉阿米酒吧寻觅仓央嘉措的影子，在布达拉宫、大昭寺、扎什伦布寺一路朝圣……晚上回到日喀则的宾馆，终于得到消息，明天去珠穆朗玛峰第二大本营，多日的疲劳被兴奋驱走，那一夜我几乎没睡。

清晨 7:30，天还没亮（这里和内地有两个小时的时差），司机茨平已经在宾馆的楼下等候我们了。

茨平是个健壮的藏族小伙子，憨厚朴实，茨平看到我们一脸激动的样子，便好意提醒我们："能不能看到珠峰可要凭运气啊，珠峰平均每 5 天才露一次脸，或许等好几天也看不上呀，不过，"他话锋一转，" 你们也很幸运了，从这里出发，有大约 400 公里的路程到第二大本营，最后的 100 公里，就是从定日县到珠峰的那段最难走的沙石路已经修成公路，一个月前刚刚通车，你们可少遭不少罪啊！"听了茨平的话，我心里欣喜，这可是个好兆头。

茨平还告诉我们，从日喀则出发到珠峰第二大本营，要翻过海拔超过 5000 多米的嘉措拉山口，在公路上来回要有 220 个大转弯，身体恐怕要不适应，要有心理准备。

心细的朋友早已在车里放了氧气瓶，我们也都吃上了预防高原反应的药“高原康”，万事俱备，向着珠峰出发！

天渐渐亮了，车子行驶在一望无际的草原上，两侧牧民的毡房和帐篷一闪而过，间或看到放牧的人们悠闲地跟在牛羊后面。西藏的公路上，最牛的就是这些藏羚羊、牦牛、藏獒甚至猎狗了，它们慢慢吞吞、大摇大摆地走在公路中间，本来就限速在 70 公里 / 小时以内的车，看到它们也无奈，只能停下车等着，等着它们缓缓地走过去。

在西藏，人对自然和生物的尊重得到充分体现，几乎没有车辆向公路上的动物鸣笛，也没有和它们争着抢着穿行的，总是耐心地等待它们走过，所以，西藏的动物也就“旁若无人”了。

一边开着车，茨平一边轻声为我们介绍当地的风土人情，渐渐地，也许是因为车在蜿蜒曲折的盘山路攀升而上海拔越来越高，有些困意袭来，头有点儿痛。我明白这是高原反应，可能和这几天休息不好有关系，于是，闭上眼睛假寐。

不知不觉就睡着了，待睁开眼睛时，突然发现窗外的风景不知什么时候变了，车仿佛行驶在云端，脚下是光秃秃的褐红色的山石。一眼望去，大地好像被舒展开的紫色袈裟笼罩着，弯曲的公路像是点缀在袈裟上的飘带，随着车的行驶，袈裟在飞扬，在舞动。而蓝天上的旗云随风而动，似乎触手可及，两侧山峦起伏，穿行在喜马拉雅山脉，真有些腾云驾雾的感觉。

茨平见我醒了，便告诉我，马上就要到嘉措拉山口了，这里海拔高，大家要注意啊。瞅瞅我的伙伴们，精神都不错，也许她们和我一样，心里激动着呢。

通向珠峰的路

时至午时，还有几十公里就要到大本营了，天气晴朗，突然，茨平指着远方的雪山喊道：看，珠穆朗玛峰！

啊，远远地，远远地，似在云雾里，一隅雪山在薄纱似的云雾里露出尖尖角，这就是珠穆朗玛峰啊！茨平把车停在一个露台上，我们赶快拿着相机下来，此时，虽然珠峰“犹抱琵琶半遮面”，但我们也知足了，这是珠峰在和我们打招呼啊！

回到车上继续前行，天有些转阴，路上车逐渐拥堵，原来昨晚山体滑坡，工作人员正在作业，到了跟前看到他们在用一个大大的绳网试图罩住山崖，路段禁止通行。茨平试图说服他们让我们通过，施工的工作人员毫不留情拒绝了，望着他们吃力地在悬崖上结着绳索和网扣，再看看阴雾的天，我的心里一沉，不知道什么时候才能放行。

大约一个小时以后，终于可以通行了，一看表已经 1 点多了，几个人都没有饿意，想的是尽快赶路。

路上出现了密集排列的帐篷，人开始多了起来，路旁除了帐篷，还有食杂店、旅店甚至邮电所，玛尼堆和彩色的经幡随处可见，这是一号大本营，海拔 5100 米。许多人为了看到珠峰，就吃住在帐篷里，据说专业的登山队员另有住处，而即便是到这里，也要有许可证。

车子还在前行，茨平带着我们走过一片沙石路，走了大约 4 公里的路程，把车停了下来，此处海拔 5200 米，茨平指着右前方 10 米高处一个石碑说：去吧，那里是珠峰海拔的标记碑。

此时的我却开始气喘、头晕，明显地感到呼吸有些吃力，走几步便不得不停下来歇口气，可是，为了心中的梦，豁出去了，一步步地往上走，这短短的 10 米，考验了我的耐力和体力，我走了最少五分钟，终于，登到了上面。

标记碑是 2005 年国家测绘局竖立的，标明珠峰最新实际高度为 8844.43 米，而不是先前我们知道的 8848 米（2020 年 12 月 8 日，国家主席习近平同尼泊尔总统班达里共同宣布珠峰最新高程为 8848.86 米），此处离珠峰峰顶直线距离 19 公里。

扶住石碑抬头看，天不知什么时候放晴了，珠峰不知什么时候露出了它的身姿，也许就在我气喘吁吁爬向标记碑的时候。总之，当我镇定下来举目仰望时，它，珠穆朗玛峰就在眼前，它也在看着我。

珠峰标记碑

威武雄壮的金字塔形雪峰傲然挺立，它周围群峰鼎立、重峦叠嶂，一股不可抗拒的魅力迎面而来，面对这庄严肃穆的神女峰，我不由得跪了下来，向着她遥拜。

这是我此生离天空最近的一次拜访，更是我此生最有意义的一次旅程，我终于走进了心中最神秘的雪山神峰。我的眼睛湿润了。

我从小就仰慕的珠峰啊，许多人到你这里来，是为了挑战自我，挑战生命极限,有的人登上你的顶峰说是“征服”了你。你是“大地之母”,你是“人世间的女神”，你那么圣洁、那么高傲，我宁愿他们是去和你拜访，也不愿听到“征服”这个词。

传说在很久以前，这是一片汪洋大海，漫长的岁月湮没在茫茫的特提斯古海之中，在距今 7000 万年前，从冈瓦纳大陆漂泊来的板块和欧亚板块相撞，发生了强烈的喜马拉雅山脉运动，奠定了珠峰现代地貌的基本轮廓。3000 万年前，它不过是十大洋盆地中的一个小山头，不断的地壳运动，海洋深处的岩层受强烈的喜马拉雅造山运动的影响，崛起于沧海，经过几千年的变异，珠峰脱颖而出，成了世界屋脊。

珠峰是有生命的，它用海水和运动的岩石一点点塑造出自己的身体——山川、雪塔、冰林……它在大自然的残酷考验中，经历了艰辛、摧残、凌厉，修成了正果。

珠峰肯定也是有灵魂的，它用不屈的精神，用无畏的态度，用挑战自己极限的耐力，蓄积精气，爆发生机，笑傲江湖。

珠峰的美是力量之美、勇敢之美，还有正义之美，在西藏的传说中，喜马拉雅山脉以珠峰为首的五座山峰是五个仙女姐妹，她们降伏了在海上兴风作浪、无恶不作的毒龙，才有今天黎民的安宁，世间的祥和，而珠峰是五姐妹的首领。

远处的珠峰，直逼云天，摄人心魄，在这壮美的背后，蕴藏着一个生生不息、能量充沛的世界。

同行的姐妹们仿佛和我心有灵犀，一起跪叩珠峰。我们姐妹几个自 18 岁上大学结识，至今友谊深厚，能一起到西藏，一同遥拜珠峰，是前世修的缘分，这一刻，我们与喜马拉雅山脉共呼吸，我们的生命之影和珠穆朗玛峰交映，我们的灵魂经历了物我两忘的境界。

珠峰周围白云缭绕着，她又若隐若现了，在这世上最高的山峰面前，我感到的不仅仅是渺小，更是畏惧，敬重，珠峰，“大音希声，大象无形”。

恋恋不舍走下标记碑，车子刚刚启动，我们回头看，不由得惊诧，珠峰已被云封雾锁，山门只在我们和她对视时打开。我几次回望着她，心中暗自庆幸，若不是山体滑坡，流石下坠，我们等了那一个小时，兴许也看不到她的真面目了。可是，转念又一想，世间万物皆有其因缘，这一生，也许我们就该碰面。

这一转身，没想到的是我还会与她相会。

2019 年 1 月，我从尼泊尔旅游回返中国，飞机从尼泊尔首都加德满都出发飞往成都，据说这是世界上唯一一条飞越喜马拉雅山脉的航线，若是天气好的话，就可以看到珠峰。来的时候珠峰被厚云遮盖，我期待回程时珠峰不负我的期待。换登机牌时我对柜台里的尼泊尔美女讲了我的愿望，她嫣然一笑，给了我一个福利，一个挨着窗子的座位（飞机前进方向的左侧）。

那天的天气超好，万里晴空，时而有轻纱般的云儿飘过，登机时我就和空姐打了招呼，请她们在快到珠峰的时候告知我一声。起飞大约 20 分钟，空姐悄悄来告诉我，快要看到珠峰了。为什么要悄悄的呢，据说曾经有过人群倒向一侧看珠峰，导致飞机失衡的事情发生。

我一直目不转睛盯着窗外，尼泊尔不愧是个山国，飞机出了首都，很快就看到逶迤的山脉，绵延的山势如同起伏的裙摆，白雪像哈达一样飘荡在山川中。

喜马拉雅山脉的山峰都是叫得响的，世界上 14 座海拔超过 8000 米的山峰，其中 8 座就在中尼边界的喜马拉雅山区，包括珠峰、安娜普纳峰（我在尼泊尔看到过）等等。

此刻，我看到了这些世上傲然的山峰，虽然我叫不准它们的名字，这样的高度，这样的角度，这样的视觉，看云集在一起的、高耸入云的山脉，何幸之有啊！

终于，我看到了珠峰，穿透云层，近在眼前的珠峰，我心中的神女峰，依然是卓尔不群，依然是冷峻巍峨，顶天立地。据资料记载，珠峰周围 20 公里的范围内，仅海拔 7000 米以上的高峰就有 40 多座。真可谓峰头汹涌，波澜壮阔。

队友娃娃在飞机上拍下的珠峰

队友娃娃用长焦镜头拍下了清晰的珠峰。我的手机显示，此时是 2019 年 1 月 24 日 16：35，飞机的海拔高度为 10308 米，北纬 27° 22’14”，东经 86° 56’55”。也就是说我们的飞机在珠峰的右侧上方 2000 多米的地方前行。

想起我曾经看过的一篇文章《疯狂的莫里斯》，说的是有个叫莫里斯的英国人，有一天异想天开地琢磨直接飞过珠峰，他设想先驾驶小型飞机到珠峰，然后在珠峰侧面迫降，最后攀升到珠峰上，再飞越。彼时莫里斯既不会开飞机，也没登过山，莫里斯是个心中有远大理想的人，他用了一年的时间为自己速成。1934 年 4 月 16 日，莫里斯出发了，要说明的是，那时还没有人登顶珠峰，莫里斯是多么胆大，多么冒险，他独自驾驶飞机向珠峰冲刺了，莫里斯很不幸，遇上了可怕的暴风雪，他迷路了，后来，他消失了。一年以后，人们在海拔 7041 米的地方找到了他的遗体。莫里斯死得很悲壮，若是他成功了，攀登珠峰的历史将会重写，他没想到 20 年后（1954 年）人类才首次登上珠峰，更没想到 77 年后（2011 年），中国和尼泊尔开通了穿越珠峰的航线，平凡如我之人，轻而易举就可以飞越珠峰，圆梦就在一瞬间。莫里斯，生不逢时啊。

这次与珠峰重逢，从仰望到俯视，不同角度看到不一样的珠峰，很奇怪的是，我的心情反倒平静了，我甚至想到了孙悟空，那个一个跟头就翻十万八千里的家伙，那个一会儿在人间调皮捣蛋，一会儿大闹天宫的猴子。小时候看《西游记》，看天上地上众神仙各显神通好不热闹，现在，我不也成了书中的人了，一会儿在辽阔大地，一会儿在云中天堂，人生真是奇妙得很呀。

有人说珠峰是飞越中尼两国时无与伦比的地标，实至名归。而飞机上看珠峰，绝对是旅途的又一个美妙体验。

我和珠峰的缘分并没有到此为止。

有一天，我结识了一个登过珠峰的男人，他是大连民间攀登珠峰第一人——刘福勇（又称大刘）。我立刻就对这个人产生了兴趣，我想知道他是怎么攀登珠峰的，我还想知道站在珠峰的顶端，他看到了什么，想到了什么？

关于大刘的故事，我将在我的下一篇文章《登过珠峰的男人》中介绍。

总之，和大刘交谈后，珠峰在我心中有了感性的、立体的形象。

从仰望到走近，从遥远到亲见，从无形到有形，珠峰，从不同方位，不同角度，给了我不同的感受。就像我在开篇的时候说的，她，就在那里，不离不弃，而我心中的珠峰，不仅是神圣更觉亲切。

西藏是一本书，一本深奥、神秘甚至孤独的书，走进西藏，你可能迷失双眼，迷茫眩晕。你可能大彻大悟，醍醐灌顶。你可能在神与人中间徘徊。你可能在时间和空间中穿越。你可能在瞬间和永恒中呼吸。寺院、高僧、神山、圣湖、青稞、经幡、唐卡、格桑花……西藏的一切都让你走进去就拔不出来，有人在那里修来世，有人去那里找前世，有人去了一次又一次，不为别的，只为抚慰自己的心灵。

西藏，是一个让人在孤独中享受，在孤独中快乐，在孤独中寻觅的地方。

登过珠峰的男人

登过珠峰的刘福勇

高高的珠穆朗玛峰
你是万山之王
雄鹰只能从你脚下绕行
苍鹰飞过折断了翅膀
高高的珠穆朗玛峰
你像巍峨的城堡耸立云端
只有勇敢的人

才能登上你的巅峰

——选自西藏歌谣

认识“登过珠峰的男人”大刘是在2019年冬天参加大连的一次笔会，他是接待我们的酒店老总刘振江的朋友，大刘近1.9米的个子，颀长的身材，大冷的天穿个短袖T恤，露出健壮的肱二头肌，虽然近60岁的年龄，步履仍然轻盈矫健。刘总和我们介绍说，他是大连民间攀登珠峰第一人，我立刻就对这个人产生了兴趣。

珠峰，是我心中的一个情结，一个永远遥不可及的梦。

如今，登过珠峰的人就这么真真切切站在我面前，我想知道他是怎么攀登珠峰的，我还想知道站在珠峰的顶端，他看到了什么，想到了什么？

一

“登过珠峰的男人”叫刘福勇，大家都叫他大刘，若是在百度打出“大连大刘户外”，一准头条就是他。

大刘不仅登过珠峰，从1999年开始登山到现在，他的登山成绩斐然。他共登过世界著名的山峰75次，其中海拔8000米以上的两次、7000米以上的6次、6000米以上的43次、5000米以上的24次，累计攀登海拔45万米以上。

这些山峰对于普通如我之人可望不可即，哪怕只有一次这样的“战绩”都是奇迹。大刘在我眼里简直就是“大侠”。

我问大刘，攀登完珠峰，你有什么感受？

他反问我，你肯定看过电影《绝命海拔》吧？那是根据1996年攀登珠峰（尼泊尔境内）真实的山难改编的，当时丧生了15位登山者，而就在影片将要上映之前，2014年4月，又一场雪崩夺走了16名登山者的性命，死亡人数超过1996年。

你们在电影里仅仅看到表面的缺氧、风暴、雪崩等等，登山有很多你们看不到的因素，比如，我在玉珠峰就经历过十级大风，人站都站不起来，何况行走。

登峰的过程很艰难，甚至很残酷，但是，珠穆朗玛峰是一座伟大的山峰，它的魅力、给你的震撼与感悟足以超出你追求高度所带来的快感。大刘用这句话做了总结。

二

大刘对我讲了他和珠峰的故事，原来，他竟然和珠峰有过三次交会。

第一次，失之交臂。

那是 2003 年，距人类攀登珠峰恰好 50 周年。5 月 21 日那天，阴云低垂，飘着细碎的雪花，这样的天多少让人有些压抑，大刘在艰难地前行中，身边随处可见彩色的经幡、丢弃的氧气瓶、墓碑，还有像雕塑一样定格在雪山上的勇士。在攀登的过程中寒冷、高反、缺氧、疲劳、疾病、饥饿、雪崩、冰缝等随时袭来，任何一个意外因素，都可能将生命永远留着那里。

当他走到海拔 8300 米左右，感觉呼吸困难，胸口像要炸开一样，氧气也不足了，尽管顶峰近在咫尺诱惑着他，但他还是清醒地意识到，若是盲目自信勉强登峰，后果难料。有经验的登山者都知道，登峰和下山的体力最起码是均等的，甚至下山可能还要多消耗一些，有句老话：登山容易下山难啊。

对大刘而言，做出撤退的决定比决定冲顶更难，那是打碎了梦想的声音。

没有登上顶峰的大刘固然有些遗憾，但让他开心的是，在登顶的头两天，在海拔 7790 米的营地，他和他的队友们看到了世界上最美的日落，晚霞染红了金字塔般的珠峰，冷峻、洁净的珠峰像披上了一件红色的战袍，威武壮观，巨大的冰川在红光的照耀下折射出五彩的光芒，绚丽多姿。

他想，珠峰一定会等他，等他来，向他讲述悠远古老的故事……他的心有了方向，为了这一天，他要拼搏。

第二次，笑傲江湖。

金色的珠峰　摄影　刘福勇

四年以后，大刘重返珠峰，这一次珠峰没有辜负他，他没辜负自己。山还是那座山，心境却不同，为了心中的梦想，四年来大刘从没间断体能训练，没间断登山，他已经攀登过20多座平均海拔6100米山峰了。现在的他更成熟，更历练，更稳重了。

从决定登峰的那天起，他就制订了周密的四个阶段训练计划，共十七周，达四个月之久，包括适应和基础计划、中等强度、大强度和恢复期。后来，大刘在网上公开了他的训练计划，供攀登者参考，只此一事，就看出他坦荡的胸怀。

登峰那天，从海拔6500米到8844.43米（当时的标准）的顶峰，大刘和他的伙伴们用了44个小时。

登峰有多难，难于上青天。

珠峰的地势极端险要，既有高达数十米的冰陡崖，也有冰川，冰川上有千姿百态的冰塔林，还有险象环生的冰崩雪崩区。

登山界普遍认同，在中国方向（北坡）攀登珠峰有5个难点：

第1难点是海拔6500米的前进营地，又被称为"魔鬼营地"，气候干燥寒冷，需要停留十多天训练。

第2难点是海拔6700米到7028米的北坳大冰壁，这里有300多米垂直大冰壁。

第 3 难点是海拔 7500 米的“大风口”，最大风速可达 12 级，能把人吹飞。2003 年大刘就在这里遇到 10 级大风，人被吹了起来。

第 4 难点是 8300 米以上的黄带横切地段，这是珠峰最具标志性的一层岩石，地势突然变陡。从这里往上进入大多数遇难者的“死亡地带”，登山者每走一步，都在与死神较量，如果在这里遇险，几乎没有人有余力提供救助。

第 5 难点是著名的“第二台阶”，在海拔 8680—8700 米之间，曾被称为“鬼门关”。这是一段近乎直立的 4 米左右的峭壁，岩壁光滑，没有借力的地方，英国探险家马洛里 1924 年就是在这里消失的。好在 1975 年中国登山队在这里架起了一架高近 6 米的梯子，为攀登者提供了便利。

2016 年以后，有人添加了第 6 个难点，就是 8800 米后的 44 米，那一段从东面横切到北面，再横切到西面，从西面登顶，整个路程呈螺旋式上升，90 度的仰角，可以落脚的地方很小，冰爪都是卡在石头缝里，特别恐怖。

攀登

大刘和他的伙伴们就是这么一步步攀登着，他们的队伍就像一条蠕动的蛇，不，像一条舞动的龙，用勇气、力量和无畏的精神，向着世界最高峰冲刺。大刘特别难忘一件事，为了减轻负重，向导小旺堆偷偷地从他的背包里拿出了装满一升水的保温瓶，大刘发现后心中一热，攀登到最后，缺氧和无力袭来，别说一升水啊，就是一小杯水背在身上都是负担。

2007 年 5 月 21 日早上 6 点 50 分，这是大刘生命中最难忘的时刻，珠穆朗玛峰向他张开了双臂，接纳了他。

登上珠峰的大刘成了大连人的骄傲。

第三次，王者归来。

2008年初，北京奥运会前夕，从珠峰归来不到一年的大刘接到一个神圣的任务，担任中央电视台奥运火炬珠峰传递高山协助组组长，他又回到珠峰了。

2008年4月中旬到达海拔6500米的营地后，从高山摄影、技术设备到整个摄影组，央视的31个工作人员就归大刘统领了。每天早上，他对着31个人喊："我需要的是每天钻出帐篷就能战斗的战士，而不是被抬出去的烈士！"大刘严格、科学地训练摄影组的人员，他不仅要保证他们有足够的体力和信心，还要保证他们安全地完成艰巨的任务。

登上珠峰的刘福勇

2008年珠峰下留影

5月8日，人类首次将象征"和平、友谊、进步"的奥运火炬在世界最高峰首次点燃，那一刻神州沸腾、举世欢呼。在海拔7028米默默坚守阵地的大刘听到了圣火登顶的消息，他和高山摄像两双手握在一起，两个人哭得一塌糊涂。参与奥运火炬的传递是大刘的梦想，他太自豪了。

三

大刘对我很信任，不仅和我详细谈了攀登珠峰的感受，还把当时的日记也给了我。

现在，我要像放电影一样，用慢镜头“回放”他登峰的详细过程。

按照惯例，登珠峰之前，事先要迂回攀登两座海拔六千米以上的山峰，两座七千以上的山峰，再看实际情况决定是否登珠峰。

登峰日记（节选）

4月6日

启孜峰大本营与去年5月稍有变化，尼姑们在紧挨着登山学校的房子边上盖起了一栋供登山和旅游者住宿，共有九张床的房子。

一日三餐的标准没有因为海拔的上升而降低，居然在海拔4700米的地方出现了甲鱼、溜虾段、水煮鱼片等美食佳肴。

随队的三位教练也是高水准的，个个登顶过珠穆朗玛，其中一位叫边巴顿珠的老兄还无氧登顶过K2（注:乔戈里峰，海拔8611米，世界第二高峰），身手真是了得。

4月7日

上午9：45全队向海拔5400米的启孜峰前进营地出发。按照自己的步伐节奏不紧不慢地走着，感到平素里乏味、艰难、遥远的登山路途仿佛短了很多。启孜峰灰蒙蒙的，山体呈融冰状，显然是去冬今春的降雪不多。5400米的地方小风挺紧，吃罢路餐，跟教练打了个招呼，便转身下撤。

给妻子发去短信：“哈哈，从启孜大本营到ABC（注：前进营地），溜溜达达三小时。ABC回大本营，巡航速度1小时10分钟返回，爽呀！”

4月15日

天气极好，九点钟队伍从定日珠峰宾馆出发，一小时后抵达海拔5200米的决姑拉山口，放眼望去，珠穆朗玛峰、马卡鲁峰、洛子峰、卓奥友峰、希夏邦马峰五座海拔八千米以上山峰映入眼帘。四年之后再次见到珠穆朗玛峰，心情不免有些激动，恭恭敬敬地向圣母峰敬献了哈达，并跪地叩拜……

4月21日

按照计划从珠峰大本营（海拔5200米）到5800米过渡营地适应。这段路2003年我曾上下往返过多次。

这段路程由冰川运动而形成的冰碛石组成，线路上不时还会露出一小段冰面，崎岖的路走起来不是很爽。下雪了，不是很大，但会挺麻烦。还好从大本营到这里3小时50分钟。

雪不知什么时候停下来的，强烈的阳光把帐篷照得暖融融的。按照大队长布置的任务，我们今天要从海拔5800米的过渡营地上升至6000米的地方然后下撤至5200米大本营。

一夜降雪将沿途打扮得分外迷人，昨天我们像登山，今天变得像旅游。

下撤途中迎面遇到了一位光着膀子穿短裤的家伙，这显然是传说中的那位“光膀子”攀登珠峰的荷兰仁兄。

第一阶段适应训练结束。

4月26日

第二阶段的适应开始了。我们将从大本营出发，夜宿海拔5800米过渡营地，明天到达海拔6500米的珠穆朗玛峰前进营地。

旺加队长提醒大家不要靠近北侧的山崖，因为昨天夜里有石块飞落击穿了某队的帐篷伤了人，所幸伤势不重，足见得登山过程充满不测。

5月5日

今天是第二阶段适应性训练的最后一次行动，我们从海拔6500米的前进营地出发，到达海拔7028米的北坳营地过夜，第二天上升至海拔7500米处，然后返回海拔6500米前进营地。

天气依然不错，身体的反应也明显好于5月1日第一次攀登北坳。在负重的情况下，三个半小时后我和向导小旺堆已经钻进了北坳的帐篷。

“去，整点干净的雪，今天晚上我烧水做饭。”我吩咐着笑眯眯的小旺堆。

雪很快就提过来了，炉头喷出蓝色的火苗让帐篷里暖融融的。

5月6日

9：50，我和小旺堆吃饱喝足后开始向海拔7500米攀登。天气非常好，阳光照在雪坡上形成强烈的反射光让我不敢注目前方。

“刘哥，天气太好了，一丝风都没有，我从来没有遇到过的。”小旺堆显得非常兴奋。

海拔7500米处是珠穆朗玛峰著名的大风口，2003年我在这里遇到10级大风，曾被大风吹翻。而今天，竟然这么平静，平静得让人不相信自己在珠峰。

“感谢珠穆朗玛！感谢女神的温柔！”我不禁跪拜于雪地之上……

5月11日

下午2点，登峰行动正式开启。

“二〇〇七·中国业余珠穆朗玛峰登山队”第一组四名队员从海拔6800米的大本营出发。

“刘哥，如果这次登不上去你还会再来吗？”西藏圣山探险公司的赵一兵笑嘻嘻地问了我一句。“会来的，不管这次是否登顶我都会再来。”

5月18日

登山队四名队员按照预定计划，在八名向导的陪同下开始向顶峰突击。

海拔7028米营地、7790米营地……天气出乎意料地晴好，无风无雪，珠峰女神展现了她温柔的一面，但一路上不时遇到的登山遇难者遗体仍然在时刻提醒着我们，女神也有冷漠的一面。

8300米突击营地到了。

“刘哥，刘哥，嫂子询问过你的情况。语言很克制，但我感觉得出她有些着急。”赵一兵通过报话机与我联络。这个高度手机无法接通。

再次到达海拔8300米的珠峰突击营地，四年前在这里曾经发生过的一些事情不可能不让妻子担心。

“小赵，好兄弟。麻烦你代我给你嫂子发一条短信。”我拿起报话机毫无顾忌地表达着内心的情感，“请你告诉她，我们共同生活了二十多年，我从来没有骗过她，今天也是如此。我向她保证，保证这次我会安全地回去。”

嘈杂的报话机一下子静了下来。片刻之后，传来了赵一兵低沉的声音：“谢谢刘哥！”

此刻，我好想妻子，可我不敢多想，对于登山人来说，攀登时杂念多少和体力消耗成正比。

在海拔7790米营地的那天夜里，居然在睡梦中遇到了久违的绿色和大海，令我兴奋不已。

5 月 20 日

23:45，我和新向导阿旺扎西整理完装备钻出了海拔 8300 米突击营地帐篷，迈出了前往珠穆朗玛峰顶峰的脚步。

阿旺扎西用保护铁锁将我与他联结在一起，带领我在攀爬过程中不时灵巧地超过行走缓慢的其他登山者，不知不觉中我们站在了珠穆朗玛峰海拔 8600 米的山脊上。

群星像大网一样将我置身其中，一切宁静而美丽。左侧的半空中仿佛斜挂着一已串灯光，那是沿珠峰南坡尼泊尔方向的登山者的头灯。右侧的大本营方向有一束很亮的灯光，那是我们登山队总指挥其加将四台汽车的大灯开足，给我们送上的鼓励与温暖，他还请来了绒布寺的喇嘛通宵为我们煨桑、念经祝福……

头灯照射在前方不足二十米的地方，除此之外我看不到任何参照物，只在浩瀚的夜空中看到自己的正上方有一颗十分耀眼的恒星在闪烁。

接下来的是接近山脊的一大段横切线路。左侧下方一片漆黑，那是狭窄的岩石和积雪组成的路，任何微小的失误都会造成经过 3 公里以上的落差之后坠入海拔 5300 米的中绒布冰川的后果。

四年来刻苦训练而得来的技术、体能以及稳定的心理素质和适应能力此时发挥了巨大的作用。第一台阶，令许多人望而止步的第二台阶……一个个传说中的攀登难点在我的脚下安全通过。

夜幕在一点点消退，我猛然发现，夜空中那颗闪烁的恒星的正下方居然就是珠穆朗玛峰的顶峰。

翻上第三台阶，我知道自己已经安全通过了通向珠峰的最后一个难点。

“刘哥，那里就是顶了。”走在最前面的向导强巴在一个略微平坦的地方停下了脚步。

微弱的晨曦中，我看见在前方七八十米处的雪坡尽头舞动着许多五颜六色的经幡，几个身影站立在那里。

“那就是顶峰？！”

登顶在即！苦苦追求的目标即将成为现实。

胜利在望

我突然感觉到自己眷恋着通向巅峰路途中的每一步，整个登顶过程中一直非常淡定的心情被一种莫名的感觉触动着……

人生有时会有太多的巧合与契机。2003 年 5 月 21 日我在珠穆朗玛峰海拔 8300 米突击营地停下了攀登脚步，开始了被自己称之为“跨越心中的巅峰”的人生历程。四年后的同一天，我将从世界之巅开始奏响人生新的乐章。

“扎西德勒！扎西德勒！”报话机传来其加总指挥狂热的呼喊。

我从怀里掏出了从世界上海拔最高、有着 1200 年历史的绒布寺敬请的哈达，高高举过头顶之后，郑重地献给了女神珠穆朗玛，为我敬重的人祈福平康，为所有的亲人、朋友送去吉祥……

我仰面向静静的夜空高喊：“感谢珠穆朗玛接纳了我！感谢所有关爱我的人！”

朝阳即将喷薄而出，阿旺扎西手拿相机向我做了一个手势，我展开了那面从 2003 年保存至今的五星红旗……

我和阿旺扎西在顶峰待了五分钟之后便要下撤了。下撤，安全地下撤，为了实现对亲人的承诺，我们小心翼翼走着每一步。

18 点 40 分，通过海拔 8300 米营地、7790 米营地、7028 米营地，我和阿旺扎西安全返回海拔 6500 米前进营地。

从 5 月 20 日上午 7 点开始，我将近 37 个小时没有合眼，且始终在高寒缺氧地带进行高强度的攀登。

回望高高的珠穆朗玛，我突然感到自己好像很了不起！

四

很多人问大刘，登上山顶时是不是特别兴奋？大刘总是用温和的语气回道：兴奋，但不敢太兴奋，更多的是淡定，在我心里已经“攀登”无数次珠峰了，可不知道下山会是什么情况，不能盲目乐观。

大刘对我说，其实很多次我想过放弃，可又总是梦想能超越自己，当一切都过去后，剩下的都是美好的回忆。

从珠峰回来之后，有朋友说他，为什么放着好日子不过，非要冒着危险钻帐篷、住睡袋、受高山反应，冒着危险、耗尽体力地去登山？他回道：如果把登山作为极限运动，那么只有当身体到达极限时，当生存成为第一要素面对死亡时，你才会反思过往，你才会想到你需要什么？后悔什么？遗憾什么？要是再给你一次机会，你会怎么活，如何活得有意义？登山使我发现了自己过去很多没有发现的能量及其弱点，激活了我对新目标的追求和向往。

三次登珠峰，大刘体会了“见山是山，见山不是山，见山还是山”的三个不同层次的境界。

第一次，在他的眼里，珠峰是世界上最高的山峰，她的磅礴让人敬仰，她的威武让人鼓舞，她的神秘让人探求。

第二次，当他站在险峻的峰顶，遥望整个世界时，他的心情极为虔诚，仿佛回到了母亲的怀抱。此时的珠峰在他眼里是女神，是大地之母，神圣、纯洁、高贵，只可敬畏，不可征服，不可侵犯。

第三次，他为祖国而战，为荣誉而来，为守卫圣火而担当，这时的珠峰是祖国大地的山河。

珠峰归来，大刘不论从身体上还是在精神上都接受了一次洗礼，他开始认真思索人生，思索今后的道路。

五

大刘登山是偶然的，也许，也是必然的。

若不是生活有突然的变故，大刘的生活也像普通人一样，他和妻子结婚时一无所有，用他开玩笑的话说，就连当时人们调侃的家电——手电筒都没有。穷则思变，两人不怕吃苦，妻子辞职做起了服装生意，哪知就在两个人的生活刚有些积蓄，憧憬未来美好生活时，1998 年初，一个最好的朋友“借”了他 70 万元钱，然后一声不响地消失了。

这件事给了他沉重的打击，他不想去追究这个朋友，大刘心中“情义”无价，但他的人生开始模糊，几乎又回到起点的他，苦闷、彷徨、纠结，甚至觉得活着都没有意义了。

当年 7 月，心中郁闷的大刘，骑着自行车准备从格尔木去拉萨，途中偶然看到一本杂志有个广告招收登山运动员。大刘心中一动，没有犹豫就报了名，对人生几乎万念俱灰的他需要刺激一点儿的生活，他加入了苦行僧般的训练营。

从此，他的生活和山有了千丝万缕的情结。他用脚步一点点抚摸山川，他用身体一点点融入雪域，他用呼吸一点点汲取天地之气。大山成了他默默相守的朋友，他感情寄托的知己，他可以托付生命的伙伴。

在行走中，他的灵魂越来越感悟到对自然的敬畏，对生命的感恩。他经常觉得自己是那么渺小和脆弱，在艰难和险境中把平时隐藏在内心深处的很多东西都释放出来，这时一切虚伪都不复存在，只有一个真实的自己。登山探险给他提供了一个真正与自己身体和心灵较量的场所，使他懂得了什么是挑战、什么是超越、什么是责任、什么是生活。

大刘一边登山，一边思索……

2014 年是藏历马年，位于西藏阿里的神山冈仁波齐的本命之年，自古以来冈仁波齐就是朝圣者和冒险家心中的神往之地，至今无人登顶过这座神山。

在西藏，一个佛教徒一生最大的心愿莫过于去冈仁波齐朝圣。他们认为：

围绕冈仁波齐转山一圈，可洗尽一生罪孽；转十圈可在500轮回中免受地狱之苦；转百圈者便可升天成佛。而在释迦牟尼诞生的藏历马年转山一圈，则可增加一轮12倍的功德。

那年，他加入了转山的朝圣队伍，他以谦卑之心庄重地转了一圈，并在

做了领队的大刘

山脚下敬献哈达，回返的路上他的大脑一片空白，突然脑海里出现八个字：做好自己，带动他人。

仿佛醍醐灌顶，神山给了他启示，他知道自己要做什么了。

大刘考了向导证，考了登山领队证，走上了一条与山同行的路，他把自己交给了大山。

除了攀登珠穆朗玛峰，他还18次登上海拔6178米的昆仑山东段最高峰玉珠峰（藏语女神峰），并两次实现顶峰南北大跨越；12次登上海拔6206米念青唐古拉山脉上的启孜峰（藏语牧狗的山间）；11次登上海拔5898米的非洲屋脊乞力马扎罗雪山；4次登上帕米尔高原上称为冰山之父的海拔7546米的慕士塔格峰；1次登上被称为北峰的（在珠穆朗玛峰以北）海拔7543米的章子峰；3次登上海拔6962米南美最高峰阿空加瓜峰；5次登上海拔6330米的唐拉昂曲峰（藏语念青唐古拉的经师）；4次登上海拔6010米的洛堆峰；4次登上海拔5642米被称为欧洲第一高峰的厄尔布鲁士峰；4次登上被称为

蜀山皇后、东方阿尔卑斯的海拔 5335 米的四姑娘山；还有岗什卡峰、田海子山、阿妣山等。所有的这些，大部分都是他带队而行。

作为登山队长责任重大，不仅要训练队员的适应能力，还要尽力保证他们的安全。登峰需要勇气，更需要体力、精神和技巧，每一次登峰，他面对的都是挑战、冒险和生与死的抉择。

他一次次帮助他人实现人生的梦想，也完成了一个男人脱胎换骨的蜕变。

六

经历过跌宕起伏人生的大刘，不仅有一副侠义的心肠，还多了男人的柔情和义气。

营地的墓碑

在珠峰营地西侧的坡地上有一片碑林，那是人们为攀登珠穆朗玛峰遇难人员建立的墓碑。

登过珠峰后的那天早上，他和队友走向了那里。简单而极具个性的十几个墓碑散落在山坡上，邬宗岳、王洪宝、尼玛扎西、罗朗、大卫·夏普……一个个熟悉的名字映入眼帘，沉默的墓碑一下子拉近了远处珠穆朗玛峰与他的距离，让他想起了在攀登过程中遇到的那些遗体，那里有他熟悉的和陌生的战友，他们就像他走散了的亲人，用生命守护着神圣之地……大刘默默地献上哈达，送上两个苹果，又将一听饮料打开举过头顶，然后洒在地上，无言地站起身来凝视着珠穆朗玛。

他成了雪山救援队员，在他写的文章《哭泣的玉珠峰》里，详细谈到了 2000 年玉珠峰山难，他和战友们搜索营救遇难的深圳、广州五名登山运动员的过程，那是他第一次参加雪山营救，刚接到任务时，他在电话里对妻子说：“我是一个男人，在这种时刻我不能不上。”那次的经历让他的心灵受到巨大的冲击，从此他不愿意谈山难，不愿意回忆以后的每一次营救。是啊，人是勇敢的，又是脆弱的。即便是男人，面对逝去的难友，他也会哭泣。

他还成了环保主义者。每次攀登之余，只要有可能，他都要尽力清理山上的垃圾，他不能容忍每一座山被污染，被践踏，被藐视。

他也成了体贴入微的丈夫。无数次与死神擦肩而过，他更加珍惜和妻子的感情，珍惜生活。他曾在海拔 8300 米的营地给妻子留言：“登山让我变得极坚强又脆弱。在山上我想你，但只能有一瞬间，因为我怕自己脆弱，坚持不下来。登山需要坚强，也需要爱。爱需要行动，等我，等我回去，好好地爱你，好好地爱我。”

他称他的妻子“小女生”，在他眼里，妻子是个长不大的、必须被他纵容的“孩子”。他带她爬上了乞力马扎罗雪山和厄尔布鲁士峰；只要他在家，就变着花样给他的小女生做饭；“逼”着小女生长跑、游泳；陪着小女生钓鱼、逛街……沉思和庆幸过后，他们一同感受生活的宁静和生机焕发，唯愿生活安宁美满永远。“小女生”被他宠得幸福满满，脸上总是荡漾着满足又开心的笑容。

他结拜了一个有着生死之托的藏族弟弟。那是在 2007 年登珠峰之前，他萌生了一个想法，无论是谁，只要他作为我的向导，陪同我完成珠穆朗玛峰的攀登，我就认定他今生是我的弟弟。

他叫阿旺扎西，当年 25 岁，家住珠穆朗玛峰脚下的扎西宗乡，西藏登山学校第一批学生，曾三次前往世界著名的登山摇篮法国沙木尼登山培训学校进行学习。阿旺扎西被他的伙伴们称作“V8”，爆发力极强，“动力”十足。

大刘和阿旺扎西

阿旺扎西留着长发、笑眯眯的脸。2006 年 5 月，阿旺扎西作为杭州山友毛毛的向导，带领毛毛登顶了珠峰。

“我有一个哥哥，四个姐姐，没有妹妹，也没有弟弟，你愿意做我的弟弟吗？”“我有姐姐、弟弟、妹妹，就是没有哥哥。”

两只手紧紧地握在了一起……

他们一起登上了珠峰，阿旺扎西用相机给他拍下了这一生中最难忘的相片。

阿旺扎西懂英语、日语，如今已经是西藏登山学校的副校长，西藏登山队副队长，国家体育荣誉奖章获得者。阿旺扎西还是 2008 年北京奥运火炬珠峰传递火炬手。

2020 年 12 月 8 日，国家主席习近平同尼泊尔总统班达里共同宣布珠峰最新高程为 8848.86 米，这样的新高度目前还没有攀登记录，大刘又一次跃跃欲试，他说，有生之年我还会再去珠峰。

其实浮世中的你我都是人生路上的朝圣者，有位登山人说得好：你可以一辈子不登山，但你心中要有座山，它使你总有个奋斗方向，它使你任何一刻抬起头，都能看到自己的希望。

只要充满希望，高山也是坦途。登过珠峰的大刘，登山改变了人生，让我们看到了一个普通人别样的生活旅途。

一路寻北

松嫩平原上的人家

一路寻北，自驾前行。

向北的第一站是位于松嫩地区的大草原——梅里斯达斡尔族区。梅里斯达斡尔族区（北湖）位于黑龙江西部，嫩江中游右岸。总面积 2018 平方公里，草原面积 60 万亩，林地面积 27 万亩。梅里斯，达斡尔语意为“有冰的地方”。据说这里的冬天像爱斯基摩人生活的地方。

一下子从喧嚣的城市进入这片绿油油的大地，仿佛从人间飞到另一个星球，到了一个不食人间烟火的世外。

宽阔的草原上，星星落落地开放着白色的打碗花、黄色的油菜花、红色的野菊花和叫不出来名字的五颜六色花朵，还有湖水和野鸭子，清澈的湖水把鸭子、树木、青草的倒影尽情容纳。

举目眺望，一下子触动回忆那根神经，想到了非洲的马赛马拉大草原。也是这般原野茫茫，也是这般空旷无际，只是那里野性十足，空气中飘荡着威慑的气息，犀牛、豹子、狮子、大象、老虎等野兽盘踞在各自的领域，虎视眈眈，令人心颤。而这里是个温顺的世界，除了湖中的野鸭子、白天鹅，空中掠过的鸟儿，只有几处牛羊在聚精会神地吃着青草。

如诗如画的松嫩平原

我穿着通红的衣衫，带着挑战的心情，慢慢踱向牛群，伙伴们急急叫停，远处牧羊人也喊道：若是牛攻击你，千万别跑！

一对刚哺乳完的母子牛儿好奇地看着我，它们在想什么呢？

远处的牧羊人带着上蹿下跳的三条狗走近了，我们恰好被摄入镜头。

世外也有人家。朋友早就踩好了点。开着车，在嫩江平原上行驶，雨中，草地上到处是积水洼地，泥泞的黏土飞溅。快到嫩江边，远远望到一户孤零零的人家，随意搭建的房屋，门前支着大灶台，雨棚下，夫妻俩正等候我们呢。

男主人姓康，中年汉子，憨厚的面孔，端过来一个塑料脸盆，里面是早上在江里打上来活蹦乱跳的鱼儿。女主人姓白，一看就是个爽快的人，她一边撸起袖子收拾鱼，一边给我们指点：这是牛尾巴、鳌花、黄谷子、鲇鱼……都是平日里很难见到的。

说话间，小康又拿来从自家园子里摘的豆角、黄瓜、大葱，自家鸡下的鸡蛋，自家酿的大酱。

小白刚刚收拾完鱼，众人就急不可耐地端到灶台，自己动手，有人洗菜，有人煎鱼，有人炖菜，有人炸酱，很快一桌诱人的饭菜做好了。

大家招呼着小康、小白一同坐了下来。面对香喷喷的鱼，嫩黄的鸡蛋、原汁原味的蔬菜，只有大快朵颐的行动了。

我边吃边和他们俩唠着嗑。从小就出生在这里的小白，一直和父母过着渔民的生活，后来嫁给也是渔民的小康，两个人撑起一个家，每年的大半年都在这里打鱼为生。3 岁的小孙子跟着他们，小孙子 1 岁时发现有心脏病，到省城几经周折找到著名心脏专家刘宏宇（很巧啊，是我大学同班同学），做了成功的手术，如今三个人相依为命。

环视着简陋但干净的室内，问小白觉不觉得清苦。小白笑笑说，习惯了。吃的鱼、肉、菜都是自家收获的，比起城里的东西，都是绿色的，过去没觉得好，现在城里人都往乡下跑，才知道原来咱这里敢情都是原生态。再说，到了冬季封江了，我们就带着孙儿回村里，热热闹闹和家人过年了。

我端着饭碗，看窗外，小雨中的马儿不急不慌地啃着草，草儿翠绿，举目就是一幅幅清晰的山水画。

忽然想到海子的诗：从明天起，做一个幸福的人，喂马、劈柴，周游世界。从明天起，关心粮食和蔬菜，我有一所房子，面朝大海，春暖花开。

这不就是海子向往的生活？

告别时恋恋不舍，夫妻俩再三叮嘱还要来，多住些日子，晴天时和他们一起去打鱼，就在船上做着吃，还说，家里有烤炉，可以烤肉烤鱼……走出老远，回望，夫妻俩还在看着我们的车。

不知道他们是否羡慕城里人的生活，其实，他们的生活更是城里人心中“浪漫的童话”。

回返导航，高德地图显示附近的地址中有个“北朝鲜”，心疑，地理盲的我以为北朝鲜真在附近，后来得知，那是个叫“北朝鲜”的村庄。

在松嫩平原上的“北朝鲜”村庄，一定有故事，若是有机会再去，一定请小康两口子领我去瞧瞧。

俄罗斯族第一村

去拜访“俄罗斯族第一村”的念头，源于有个“网红”，叫邱长利，俄罗斯后裔，在东北农村出生的他，标准的俄罗斯面孔，标准的东北大糙子口音，最近常发“抖音”，展示他的生活、他的村庄，据说他的粉丝上万。

邱长利的爷爷是俄罗斯人，他父亲 9 岁时随家人来到这里，娶了俄罗斯血统的妻子，所以 1953 年出生的他是纯俄罗斯后裔。

邱长利所在的俄罗斯族村上过中央电视台，这个只有一千多人的村落，俄罗斯族占三分之一，是黑龙江南岸俄罗斯后裔最密集的村落。2003 年该村被我国正式命名为第一个俄罗斯民族村。2017 年获批“第二批中国少数民族特色村寨”。

传奇色彩的中俄文化引起了我的好奇心，也想去小村子看看那些长着蓝眼睛、深眼窝、高鼻梁、金发，说着汉语的“邱长利”，谁知去的路上却费了一番周折。

导航上没有“俄罗斯族民族村”，那就导“逊克镇”吧，沿黑河一路国道前行，通过孙吴县，在一个十字路口纠结了，导航指示有两个选择，一条是柏油马路，大约 100 公里；一条是乡道，大约 30 公里。路旁有个小超市，进去打听，正在烙韭菜合子的热情女主人也如是说，遂决定抄近路。

乡道是砂石路，勉强行两辆车的宽度，起初路还算平坦，哪知走了大约 5 公里，路面就出现凹凸不平的积水洼地，高低不平的车辙痕迹，车在不断的颠簸中前行。正当我后悔选择砂石路时，不经意间抬头看，蓝蓝的天空下面，两侧不知什么时候出现茂密的白桦树，霞光懒懒地照在它四周，将更多的锦绣洒满它的枝头。笔直的白桦树冲上云霄，像是护卫队，树叶婆娑摇曳，又像是在欢迎我们，穿行其间，享受着它的静谧和安详。再往前行，一片炫目的红松林迎面而来，稠密的树叶翠绿晶莹，小塔似的树冠使劲向远处舒展。忽而，树木渐次后退，前方是绿油油的草地，几汪湖水泛着晶莹的光彩，像珍珠一样镶嵌其中，轻风夹着清新的空气拂面而来。

蔚蓝的天空下，连绵起伏的白桦林、山花烂漫的草甸子、迎风跳跃的庄稼地，还有幽静的乡间小路，我想起在中俄文化大集展览馆看到的一幅油画，也是这般的景致，这般的色彩，这般的宁静，而我此刻就游走在“油画”里啊。这美好的景色让我忘记了颠簸的苦楚，只顾欣赏大自然美好的风光，我庆幸选择了这条乡路，甚至希望时光停滞，容我在这里慢慢游移。

人生，有时也是这样，泥泞崎岖的道路并非只会带来苦楚。

终究，路是有尽头的。到了目的地才发现这里是“逊河镇”，而不是“逊克镇”。我竟然没有沮丧的心情，而是在路边大货车司机的指导下，高高兴兴启动车子，在美丽的砂石路又行了三十公里，终于到了逊克县。

“俄罗斯族第一村”距县城只有 20 多公里，沿着江堤前行，渐渐有俄罗斯人面孔的司机对面驶过，很快，“俄罗斯族第一村”那几个刻在大石头上的红字映入眼帘。

正午的村庄格外安静，一条主干道整洁干净，街道贯通东西大约 5 里，两侧俄罗斯木刻楞房子和东北的泥瓦房错落有致地分布着。

俄罗斯的房子显然是修缮过的了，红色的屋顶向四周延伸形成廊檐，黄色的立柱，白色的门窗和栅栏，每个房子都有一个门斗、长廊。房屋四周砌有院墙，庭院内栽植有各种花木，后院建有畜圈、地窖和库房。间或看见长廊里若隐若现的人们在打着瞌睡。

我的车子就在村子里慢慢地前行，这“午睡”的村庄给人慵懒、随意的印象，就在我东张西望想找个人打听路的时候，听见一座俄罗斯房子传来阵阵笑声，循声而去，轻轻叩门，里面传来爽朗的女声：“进来吧。”

嚯，几个俄罗斯面孔的女子和一个大哥在午餐，炸鱼、花生米、红肠、黄瓜、柿子摆在桌子上，每个人面前有一缸子啤酒。看见我，他们热情无比地用东北口音拽着我坐下，不待我开口，一杯啤酒已经送到手里。

“喝吧，俺们俄罗斯人就是这么豪爽。”一位胖乎乎的大姐笑着对我说。

“干，俺们哈尔滨人也这样，一个脾气。”我一口喝了一杯啤酒。

一听我是哈尔滨人，两位大姐更兴奋了，她们的孩子都在哈尔滨念过书，有的现在还在那儿工作，她们经常去哈尔滨看孩子。

不由分说，她们像是见到了亲人，把我按在凳子上，拿起啤酒瓶子要继续喝下去，我急忙摆手："大姐们，我喝不多少，再说这一天走了上百里路才到这里，让我好好参观参观吧。"听到我的拒绝，一位大姐放下酒杯，扭身走到旁边房间，我能感到她不高兴了，我有些不安，旁边的大姐拍拍我的手，安慰我说："没事的，她就这么直性，一会儿就好了。"

我走进屋拉起她的手，把她拉回来，眼睛里还含着泪花的她像个孩子似的笑了，是不是她看到我想起了远在哈尔滨的亲人？

我们又回到桌旁，聊起了家常。

他们向我介绍他们的祖先当年是如何来到中国的，介绍俄罗斯民族的习俗和节日，更多的是介绍 1985 年土地承包后，他们的生活和经济条件越来越好。上面领导非常关注村里的建设，为他们安装了太阳能的路灯，对泥草房进行了维修翻新，更换了塑钢窗，新建了 300 平方米活动室及 1000 平方米村活动广场，还在村广场里面建了村史馆，村头有俄罗斯风情的特色餐厅，俄罗斯特色风情一条街已然形成。

几个人轮番抢着向我介绍，从他们快乐的脸上我能感到发自内心的幸福和开心。他们说，邱长利现在不在村子，在另一个地方居住，但是我一定要去村史馆看看，那里介绍得非常全面。

恋恋不舍和他们告别，他们要我下个月来，那个时候荷花开了，村里更美了。

村广场就在不远处，几位老人在休闲的长廊里晒着太阳，有一句没一句地聊着天。

村史馆在广场的里侧，是一排黄色的房子，村史馆的门口有一辆马车雕塑，那是当年载着"爷爷奶奶"来这里的交通工具，这是一个马车拉来的村庄啊。馆里面有 300 平方米左右的面积。空旷、黝黑，没有人，我和先生打着手电，一点点看下去。

村史馆详尽地介绍了本村的来历，历史的沿革，中、俄生活习俗，重点提到改革开放以后政府对村庄的改建和发展规划。

村史馆前的马车雕塑

小村的历史要追溯到百年前，1889年前，一个叫吴双丁的鄂伦春人，带着一家老小捕鱼来到此地，放眼望去，这地方背依波光粼粼的黑水，面向连绵起伏的丘陵，没有人烟，可耕田、可狩猎、可捕鱼，于是一家在此扎根，开荒种地，吴双丁的名字带个“丁”，人们就把这儿叫“小丁子村”。与小丁子村隔江相望的是俄罗斯阿穆尔州的波亚尔科沃镇，两岸鸡犬相闻，清晰地可望见相互的房舍牲畜。

后来，小丁子村陆陆续续来了闯关东的山东人、河南人等，风水宝地让他们留恋，他们也不走了，在这里或淘金，或伐木，或种地。

隔江两相望，同饮一江水，早在19世纪中期，边境居民就与俄罗斯居民自由往来贸易，当地人嫌“波亚尔科沃”这几个字拗口，习惯于叫它“白雅罗”。山东人把自家酿的烧酒、玉米背到白雅罗去换油、盐，两岸人家就在这交易中熟络了。有的年轻后生干脆就在那儿租房子住下，当地美丽的俄罗斯姑娘喜欢这些勤劳憨厚、不酗酒、不打老婆的中国小伙子，跨国婚姻悄悄形成。

十月革命后，集体农庄改革，一些苏联人不适应，加上德国入侵，促使一批苏联妇女和老弱病残坐着马车，拉着列巴炉，投奔到了小丁子村。而小丁子村的情况恰好是男多女少，光棍汉热情接纳了对岸躲避战乱的女子，至此繁衍生息下来。再加上原先在对岸做生意，携妻带子返回小丁子村的生意人，小丁子村日渐繁荣起来，形成了中俄两种文化相交融的独特村落。

新中国成立，村子大约有50户人家了。“小丁子村”改名“边疆村”。流着斯拉夫人的血液，说着流利的汉语，生活习俗中、俄两个民族秉承相融，但他们的国籍从此都是中国，他们是中国五十六个民族大家庭中的一分子，名字叫“俄罗斯族”。

走出广场，路旁显眼处伫立着一座教堂，似乎在提醒人们，这里，是“俄罗斯族”的村庄。

小小的小丁子村，经历过战乱、经历过苦难、经历过践踏，从一户人家，发展到一个村落，形成了一个新的民族……只有在中华人民共和国成立后，才过上安稳的日子，而改革开放后，更让他们感受到祖国的关怀，让他们奔向小康的生活。

告别俄罗斯村，路，渐行渐远，身边不断有俄罗斯面孔的年轻人开着车从旁边走过，我们互相鸣笛以示友好。俄罗斯族村是两个民族友好的结晶，俄罗斯族是中华民族大家庭的一员，并且早就融入了华夏文化之中，因为他们的加入，中华民族的历史又多了丰富、独特的色彩。

找不找得到邱长利已经不重要了，这里每个人都有他的身影，甚至更丰满。

这里才是最北的地方

这才是最北的村庄

北红村位于黑龙江漠河市北极镇，原是有一个质朴的名字，叫“大草甸子村”，20世纪60年代改成“北红村”，名字有时代的色彩，村民们以种地、养猪牛、采山货、打零工为生。

说它最北是有依据的，我们熟知的北极村北纬 53° 29’，而北红村北纬 53° 33'，比北极村多了 4 分，往北了 50 多公里。只是北极村占了“极”字，让人误解为最北。而它，不声不响在那儿，黑龙江由西到东从村北穿过，这里三面环山林木茂密，均为未开发的原始森林，它像一枚沉睡的棋子，落于边疆最北的一隅。

黑龙江那边还是俄罗斯，北红村和我刚去的俄罗斯族第一村“边疆村”一样，也是俄罗斯族村庄。从塔河 18 站出发到北红村，大约 200 多公里的路程，沿途风景如诗如画，油菜花开满了山野，逶迤的黑龙江水盘旋在绿色的原野，几次忍不住下来拍照，龙江大地好一派北国风光啊。

中午到达村庄，远远看到“北红”两个字的石碑。

众人一致喜欢叫“北国”的民宿，大门上挂着国旗和大红的灯笼，院落里种着时令蔬菜，木刻楞房前的木色长廊充满异国风味，后院有餐厅和露台，房间和走廊装点着小饰物，温馨浪漫，每个房间费用不超过 100 元。

异国风情的民宿

院子里有口井，先打上来一桶水洗洗身上的风尘，再打上一桶水洗车，走了这么多天，车身上沾满了各种小动物的遗骸，清清爽爽地给车洗个澡。

睡过午觉，先生和我起身来到院子，旅馆的老板正在择菜，这是个小伙子，很热情，向我们大致介绍了一番村里的情况。村子有 146 户人家，其中 67 户 119 人拥有俄罗斯血统。近年来，凭借得天独厚的地理优势和特色的旅游资源，村里大力倡导、扶植旅游产业，现在村里有家庭宾馆 70 多家，全村 366 人中有 220 多人从事旅游业。昔日的贫困村过上了幸福的小康生活。

小老板再三叮嘱我们不要去村边的原始森林，会迷路的。好的，我们和他挥挥手，开着车子，慢慢在村里逛着。

村庄似乎还在沉睡，偶有车驶过，尘土飞扬，此时阳光斜照，岁月静好，我在这只有一条街的村中而行，时光仿佛慢了下来，容我徜徉。

路两旁的房子有俄罗斯风情的，也有东北砖瓦房，到处挂着“民宿”“家庭旅馆”“旅舍”“东北菜”“渔村”……的招牌，偶尔有一两个村民坐在自家的旅店前，热情地向我介绍本家的特色，招揽着生意，我微笑地摆手，我独独喜欢看那些老房子。

俄罗斯风格的木刻楞房子是我的最爱，特别是带着图案的房檐、小小的门斗和窗下的长廊。我曾无数次幻想有一所木屋，门斗里插把伞，雨天，就倚在门斗的长柱子上听雨，或者拿着伞去雨里走走；平日里就在窗下的长廊里，坐在摇椅上晒太阳、喝茶、看书、听音乐、抚琴，房前是田间风光，屋后是山峦起伏，就在夕阳的余晖里慢慢变老……

我的幻想止于远方，而眼前的东北民房又勾起我的回忆，想起我小时候常去的老家，泥巴做的土房、土炕、土灶，黄土里埋着岁月和贫穷，那是老家的气息，老家的味道，童年的记忆。我从未有过嫌弃，每每想起只有怀念，我过世的亲人，我至亲的兄弟姐妹们，还有老婶家曾经丢过的老母猪、大姑家那条摇头摆尾的黄狗、村子里那个水泡子……

穿行在村中的黑龙江

亦真亦幻，我们在村子里悄然前行。那所只有三个老师、十五个学生的最北小学已经放假，寂静的校园广场里有两个大大的篮球架。

号称也是俄罗斯村的北红村可不像我刚去过的“俄罗斯族第一村”，村中偶遇的行人鲜有俄罗斯面孔，眼前有个“混血儿俄罗斯商品店”。推门进去，售货的是个胖胖的中国女孩，问店主是否在？女孩轻轻一笑，告知，她经常不在这儿。这让我怀疑店名的真实性。

村里最醒目的是教堂，洋葱头的顶，蓝色的房盖，教堂广场前摆放着六个俄罗斯套娃。我走向教堂，门紧闭着，可当我抬头看门上的标牌时，禁不住愣住了，以为自己看错了字，揉揉眼睛仔细看，上面用中英文写着“最北酒吧”，天啊，教堂用作酒吧，这个创意够新颖，可惜关门了，否则的话应该进里面喝一杯咖啡。

最北村中的教堂

教堂旁边，是网红的“俄罗斯面包房”，推开房门，一位老妇人在里面忙着，方盘子里分别装着炸鱼和面包，老妇人边卖东西边说，她是女主人的妈妈，帮着她打理，她去外边办事去了。

说话间房门打开，女主人赵银华走了进来，之前在网上看过写她的文章，所以见了也不陌生。赵银华中等个头，有些瘦弱，穿着红白印花的上衣，性格开朗，和我侃侃而谈。

赵银华做面包的手艺来自婆婆，一个纯俄罗斯人。公婆都不在了，赵银华利用自家的房子开了十年面包房，由于她做的面包正宗好吃，口碑渐渐传开，连中央电视台都采访过她。旅游旺季的时候，她一天能卖出去几十个面包，可以挣二三百元。

赵银华见我愿意和她聊天，就拉着我的手，在她房屋前后走着，她说：“你看，我家的窗户政府给换了俄罗斯风格的木窗，昨天又把我家房盖翻新，还有……”她拽着我看她家的后墙上面的图片，“政府在我家下了大手笔，你看看这几张照片，第一张是我家旧时的老房子，第二张是现在的新房子，第三张是政府给我家改造后的规划图。”第三张规划图上，她家房子旁边接了一条L行的木色长廊，长廊里有座椅，四周种着鲜花，水泥的道板一直铺到教堂旁。

“好漂亮啊。”我禁不住称赞，转念又有疑问，“赵银华，这么大的工程，你家得拿多少钱啊？”“一分不用。”她笑着回道，这又让我惊愕，她似乎对我的反应不介意，咯咯笑着，热情地邀请我过段时间再来，“你来就住在咱家，干净的通铺，还能自己做饭，我这也是对外的民宿，这儿都有Wi-Fi。再说，咱这农家菜新鲜，鱼都是黑龙江的冷水鱼，老香了。还有，冬天的雪景更美，一下雪，你们城里人就带着照相机四处照啊，照出来的相片可漂亮了。”

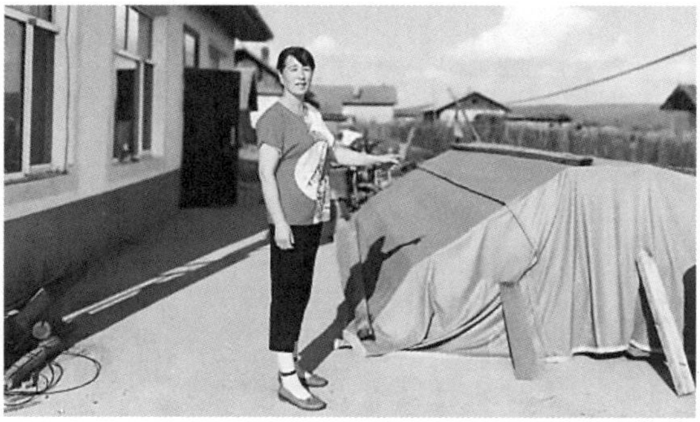

赵银华特别自豪地给我介绍未来的前景

赵银华的爱人是共产党员，退休后在村里的学校义务做教师。她说，现时政策好，家家户户都受益，村民积极性高，对未来充满了憧憬和希望，也愿意尽自己的力为村里做点儿事。

赵银华家的走访让我的心情豁然开朗，在这祖国版图最北的地方，党的政策就像阳光一样，普照在每一个角落。

告别赵银华，我走向黑龙江旁的最北哨所，哨所有两层楼房高，隔着黑龙江对面就是俄罗斯，水面不过数十米宽，俄罗斯境内绵延的群山清晰可见，不见人和村庄，不知当年俄罗斯人是从哪儿过来的。坐在江坝上回望北红村，旖旎的黑龙江给朴素的村庄添了几分瑰丽，几分优雅。

夜晚，先生和我没有选择去饭店晚餐，而是在房间里支上桌子，拿出在黑河“俄品多”市场买的酸黄瓜、鱼罐头，赵银华家里买的炸鱼和面包，自带的咸鸭蛋，大酱、火腿肠，园子里刚摘下来的小葱、黄瓜，还有在超市买的凉凉的俄罗斯啤酒，月光清澈明亮，凉风习习，饮一口沁人心脾的啤酒，吃一口蘸着大酱清脆的黄瓜和甜辣的小葱，惬意无比。客栈里那条褐色的小比熊似乎闻到火腿肠的香味，在门口探头探脑，也不叫，也不走，只是痴痴地望着你，好吧，送它一块火腿肠，它迅速叼走，很快就回来，还是如此这般表情，三番五次，贪得无厌的小狗，给我们增添了乐趣。

就这样，我们在北红村吃了一顿一生中最“北”的丰富晚餐。

次日，晨曦中启程，奔向百里之外的北极村。四年前我去过那里，此番故地重游，感觉北极村的设施又完备，景色又多了一些，印象最深的是北极村的服务，特别是游览车的服务人员，态度和蔼、讲解详尽、周到热情，让人觉得温馨。

北红村和北极村犹如一奶同胞，仅有一字之差，一个奔放一个内敛，一个张扬一个沉稳。

北极村大气，一个“北”字犹如星星洒落，点缀在山丛草原上，广场上那个大大的“北”字雕塑，冲上云霄，洁白的颜色如冰雪般圣洁，又像个威武的小伙子，英俊潇洒。北红村婉约，静悄悄镶嵌在黑龙江边，她藏身在大兴安岭深处，犹如一个素面朝天的少女，充满羞涩，少女的心扉尚未打开，让人向往又我见犹怜。

北极村的旅游已然成熟，穿行其中，举手就是美景，转身就留下倩影，“最北邮局”“最北餐厅”“最北气象台”“最北人家”……比比皆是，而那个“找到北了”的大石碑，谁站在它身边都会顿生自豪感。北红村却原始自然，尚未开发，一切都那么淳朴，没有车水马龙的热闹，没有人造的美景，偶尔传来邻家鸭子几声清脆的鸣叫，若是不小心走进原始森林，还容易迷路。这里是远离城市喧嚣的净土，适合小憩，闲暇时坐在黑龙江的坝上，或者徜徉在村子里的小路上，抑或就在客栈发呆，心，犹如饮一杯清澈的茶水般，遍体畅快。

北红村附近有壮观的黑龙江第一湾和乌苏里江浅滩，我遗憾地擦身而过，未及留住美景。最北的村庄，起身离去时，心中又是不舍，惦记着择日再来，去赵银华家睡睡火炕，熨熨先生那个受过风寒的老腰，去感受一下她家装修后的美丽，也惦记自己动手炖一锅黑龙江的冷水鱼，解解馋……

横道河子，有故事的小镇

野百合陪伴的情人节

在黑龙江省海林市有个小镇，居张广才岭岭脊东侧，早年因为有一条南北道路横穿河流，故名“横道河子”。

这座只有不到八百平方公里，三万多人口的小镇却是百年小镇，小镇现在很火，很知名，很网红，被称为“东北最美小镇”“历史文化名镇”“第六批全国重点文物保护单位”等等。

2018 年七夕的夜晚，先生和我是在这里度过的。

小镇很安静，下过雨的夜空气清爽干净，这里似乎没有七夕的概念，当地人早早就回到家里，路上偶尔走过的是游人。

横道河子民宿　宋兴文提供

我的心里却装着七夕，夜晚的天空如洗，星星闪烁，看不见牛郎织女，看得见心中的长桥。房东家门前开满了深橘色的野百合，每一朵野百合的花瓣洒满了青点，伸展又回旋的姿态，远看就像灯笼，嫩嫩的花蕊顶着花粉，似乎要向远方飞翔。

采一束野百合，和在来时路边采摘的野菊花放在一起，一个橘黄，一个橘红，在夜色中分外妖娆，把刚买的两瓶俄罗斯啤酒放在她们面前，啤酒和鲜花相映成趣，就让她们来一次七夕的约会，都说“野百合也有春天”，今宵就把她的春天融化在酒色中，迎接醇厚香浓的秋日吧。

房东家是俄罗斯老建筑，铁门里有个庭院，放着秋千和带着遮阳伞的桌子，一家人围坐着吃饭，聊天，喝茶，打发时光。而门外也放了两排木椅和桌子，也有遮阳伞，我喜欢坐在外面看路人，看穿行的车，看天空和每家门前开满的野百合鲜花。就在这里，一边喝着俄罗斯啤酒，闻着花香，一边吃着在饭店里买的炸蔬菜丸子和野菜炒鸡蛋，还有自带的熟食，很惬意。

吃完晚餐，趁着夜色未重，起身沿着老街漫步，这里没有朱自清的“荷塘”，但这里的月色很美，那200多个俄罗斯民居像星星点缀着小镇的夜晚，只不过它的颜色都是黄色的，黄得有点儿俗气，不知当初建房的人怎么会选择这个颜色，大概是觉得在黑色的土地上，或者银白色的雪中比较醒目吧。

许多民居已是人走屋空，黑黝黝的窗前荒凉的小院，寂静无声，厚厚的砖墙经过百年仍如当年，淅淅沥沥的风雨留在墙缝砖瓦里，留下无言的沧桑和不同版本的故事。

在萧瑟的风中，在偶尔一两声的猫叫中走着，眼前出现了教堂，教堂上方霓虹灯发着暖色的光，白日里我已来过这里，紧锁的大门让我止住了脚步，在数十级台阶之上，一座绿色的教堂伫立在那儿，游人在下面仰视，据说教堂里面在维修。

小镇的故事从这里就开启了篇章。

约金斯克教堂

约金斯克教堂

据史料记载，1897年修建绥满铁路时，大批俄国铁路专家和工程技术人员来到这里，俄国人在这里建起了住宅、办公楼、教堂、机车库和治安所等设施。之后，商贾云集，高楼林立，有“花园城镇”之称。

拥入的俄罗斯人除了带着特色的饮食、音乐、风俗融入当地，但最重要的事情是，要有心灵和精神上的寄托，于是，一所前所未有教堂于1903年12月在期望中盖成了。教堂的名称叫约金斯克教堂（又叫圣母进堂教堂），可是当地人叫它喇嘛台，不知道是否和它的顶端那个东正教特有的洋葱头有关。

这是全国迄今为止唯一的木制教堂，通体的绿色，窗沿和屋檐的纹饰雕刻精美，整个建筑用上好的木材榫卯而成的木刻楞结构，据说不仅外表神圣庄严，里面也是金碧辉煌，除了漂亮又华丽的枝形大吊灯，还有圣像壁、帝王门、神龛、耶稣受难十字架等等。

盖成的教堂成了流落他乡人的朝圣之地，可容纳500多人的教堂最兴旺时西起石头砬子、亚布力乃至哈尔滨，东到海林、铁岭河一带的人们每逢节日纷纷拥来，小镇车水马龙，川流不息。

最值得书写一笔的是，教堂还见证了一个伟大的历史时刻。1945年8月13日，苏联红军第26军军长斯克沃佐夫在这里主持了接受日军投降的仪式。从此，小镇回到了人民的怀抱。

没有了战争，教堂的钟声也远去了，但小镇依然保留着自然古朴。

远处传来火车的汽笛声，越来越近，火车像一条浑身发光的长龙，喘息着，穿过小镇，渐行渐远。

夜晚，汽笛声隐隐约约传来，时而惊扰了睡梦，像是在提醒你，这个小镇和铁路有关。

火车站

小镇的火车站被各界（官方和民间）评为“中国最特别火车站”“中国最有特色火车站”“中国十大最美火车站”“中国最迷人最文艺十个火车站”“西洋画里的俄罗斯城堡”“中国九大经典老火车站”……

够了，这些光环足以说明小镇火车站的与众不同。

这是屈辱的开始，一百多年前，俄国人凭借不平等的条约把铁路修进了清朝皇室的老家——中国的东北。

据史料记载，1897 年沙俄修建中东铁路要穿过张广才岭，翻越大山，横道河子是个节点，是哈尔滨通往牡丹江的必经之路，俄罗斯人发现这里山清水秀，地域辽阔，资源丰富，遂决定在这里建火车站。

火车的汽笛惊醒了沉寂的土地，也带来了人气，随着火车到来的有来自俄国的铁路工程技术人员，有来自中国关内的铁路劳工，建设火车站的同时，俄国人在这里建起了员工住宅、办公楼、教堂、机车库和治安所等设施。

最早的火车站　宋兴文提供

火车站于1901年建成。火车站作为中东铁路建筑群的龙头，双层白色站楼，两座砖红色塔楼立在两侧，整座建筑的线条清晰，与小镇众多俄式建筑风格相同。

1903年7月中东铁路开通以后，更多的苏联侨民乘坐中东铁路的列车来到这里，也有中国的商人。他们看好了这个地方，在这里开设工厂、商行，修建别墅和俄罗斯建筑风格的公寓，这个沉寂千百年的曾经不为人知的世外桃源，几乎在一夜之间被这些外国人和闯关东的中国人建成了一座花园城镇。在20世纪初，它就享有“中东铁路上的一朵奇葩”和“上帝赐予的美丽的花园城镇”之称，当年这里十分繁华，镇街上洋泾浜的商店、饭店、酒吧比比皆是。

这里还是中东铁路的一个重要的枢纽驿站，火车满载着中国的木材、煤炭、粮食，通过这里，经过绥芬河口岸，运往俄罗斯远东地区，甚至莫斯科、圣彼得堡。火车也把俄罗斯军队和战略物资运往中国境内的各个咽喉要道。所以，在军事上，它有着举足轻重的战略位置，在经济上，可以称之为一条黄金通道。

火车带来了小镇独特的风情和习俗，形成了小镇特有的文化和风俗，也见证了小镇百年的沧桑和发展。火车的车轮碾压着时光前行，火车的烟雾在小镇上笼罩了上百年，火车的汽笛述说着小镇的前世和今生。

火车承载着形形色色的人在小镇来来去去，小镇上的人有的老去了，有的远走了，有的还在生活，只有火车站亘古不变地伫立在那里，只有火车仍然周而复始地运行着，喘息着，鸣叫着，仿佛在告诉我们，我把小镇的味道都收集到车厢里了，想了解小镇吗？那就先和我对话吧。

机车库

晨起，第一件事就是去参观有名的“中东铁路博物馆”。

今年冬日里，我曾和先生来过这里，皑皑白雪上的机车库显得有些陈旧孤寂，抵挡不住严寒的我们匆忙进入库内参观，未及太注意它的外部。

而今天，在晨曦中走向它的时候，我竟一下子有些目眩和惊呆，夏日的朝阳给它披上一层金色的羽衣，眼前排列成一排的15个机车库宛若是手风琴。每个机车库就像是琴键，琴键里面藏着机车，琴键前面的铁路线宛若琴弦，琴弦被一个大大的圆盘收拢，随着圆盘的旋转，琴弦拨动，琴键开启，一列列机车从里面唱着歌滑向圆盘，飞向远方……这样的美妙、浪漫，简直只可意会不可言传。

像风琴一样的机车库

这个建于1903年的铁路机车库，于2014年被改建成中东铁路博物馆，利用闲置的机车库，收集了火车机车、机车配件、铁路工人生活和工作用品300多件。里面不仅有珍贵的历史图片，而且还有解说员现场讲解蒸汽机运行原理、实际操作等，许多家长带着孩子来这里，对物理课上的蒸汽机运行原理和杠杆原理有了立体的认识，为决策者喝彩。

王洛宾纪念馆

铁路里面还有故事，谁也想不到大名鼎鼎的“西部歌王”王洛宾老先生15岁时曾在这里工作过。

那是1928年的事情，刚刚丧父的王洛宾来到了哈尔滨姐姐家报信，在南满做翻译的姐夫看他在家闲着，就给他介绍到横道河子上班，往返于哈尔滨和横道河子的他很快结识了一批志同道合的朋友：赛克、金剑啸、沙蒙、萧红、萧军等。在这里，他不仅接受了共产主义思想的熏陶，也受到了音乐教育的启蒙，他跟赛克学弹七弦琴（吉他），学作曲，和俄侨音乐家学习声乐基础，他为赛克的诗集谱曲，为萧军的小说《八月的乡村》创作插曲，同时创作多首抗战爱国歌曲。

王洛宾纪念馆

在哈尔滨和横道河子的孜孜不倦学习和创作，奠定了他中西融合，亲切优美流畅的音乐风格。

小小的横道河子，走出来一位大名鼎鼎的音乐家。

人们为了纪念他，就在机车库后面的广场修建了一座“王洛宾纪念馆”。广场上伫立着一把大大的胡琴雕塑。

我和老人还是有缘的。

拜访这个纪念馆是我此行的目的之一，哪知道一早过去就吃了闭门羹，一把铁锁止住了我的脚步，广场上的清扫员告诉我，这里经常不开，得去找领导批示方可，而领导经常不在，也没有他的电话。这让人真沮丧。我在纪念馆的台阶上坐了许久方才不情愿地往回走。

那条长长的木画廊通向停车的地方，走到一半我不甘心，又回返。

是不是我的虔诚打动了上天，我走进游客服务中心，刚才还空无一人的地方坐着一位工作人员，他竟然就是纪念馆的管理员老辛。老辛也许感到了我迫切的心情，懒洋洋地一边起身拿着钥匙，一边和我发着牢骚，原来机车库和纪念馆的卫生和管理只有他一人，他每天要打扫两个地方的卫生，他刚才在机车库清扫，为了怕纪念馆的东西遗失，他只能锁上。

老辛嘟嘟囔囔地边走边说，我一边应付一边在心里乐开了花，恨不得从背包里变出两盒烟犒劳他一下。要知道我从哈尔滨出发，300 多公里的车程啊，看不到“王洛宾纪念馆”，我的心情得多么难过。

走过大门我的眼里就只有王洛宾了，那个留着山羊胡子的老头。老辛不催我，只是站在旁边默默地跟着，我知道，这是为我特意打开的，他在等着我。

纪念馆介绍的内容图文并茂，我仔细看着，觉得有些地方似乎和历史欠妥，一一拍了下来。

大概老辛被我的虔诚感动，竟然送了我一本王洛宾儿子王海成写的《我的父亲王洛宾》，老辛的举动让我喜不自禁，拿到书赶快放到书包里，顾不上问书的出处，生怕老辛后悔，马上亲切地和老辛告别，把正锁大门的老辛丢在了身后。

回家后，我利用两天时间通读了这本书，对老人家有了更深刻的认识，这是后话。

没想到四年后王洛宾先生的儿子王海成先生来到哈尔滨，我们在朋友的牵线下进行了接触。他为我提供了大量的有关老先生的资料，我得以写出《曾经的东北老乡，王洛宾》的文章，发表在《黑龙江日报》。王海成先生和我约定，他一定找个机会来横道河子看看，我承诺相陪，期待着这一天。

俄罗斯老街

独特的民风

小镇的民俗风情堪称一绝。

在这里我们可以随处看到那些俄国人建的民宅（据说保存有 200 多个），

它构成了小镇独有的建筑群落。

这里也是闯关东人的天地。早些年，这里的中国居民，大多曾经是中东铁路的员工或是当地的林业工人，他们和外来的俄罗斯侨民不由自主地融合在一起，生活、交流，甚至婚配。

如今，你随便推开某一家的房门，就可能看到他们保存的俄罗斯铁制的壁炉，铜制的茶炉，以及各种俄罗斯玻璃器皿，甚至在他们日常的交流中，尤其是老一辈人，还会时不时地流露出几句俄语。人们一直喜欢喝果酒、啤酒和烈性白酒，喜欢吃香肠、面包和果酱，女人们冬天也习惯穿裙子。

他们喜欢在自己的院落里像俄罗斯人一样，种植五颜六色的格桑花，门前种着野百合，几乎家家院子里都有一两棵樱桃树、沙果树，或者葡萄藤。当然，这些闯关东的后代们也依然顽强地坚守着自己的传统和饮食爱好，如果你走在横道河子小镇上，随处都可以看到卖山东大煎饼、干豆腐的招牌。蜂蜜、野菜、大酱、面包、香肠、啤酒是这里永恒的风景和永远的诱惑。

油画村

油画村里的萨克斯雕塑

油画村是小镇近年修缮的一个地方，尽管是近年修的，我绝对认为当初来的那些俄罗斯人里，肯定有美术家。一个喜欢音乐、美食，研究建筑的民族，不可能在生活中没有画，而俄罗斯的油画又是多么出名，哈尔滨第一所艺术学校就是俄罗斯人在20世纪20年代创办的。油画村是俄罗斯文化在本地的延续，是文化元素之一的再现。

油画村里面的标志是一个大

大的萨克斯管，为什么是萨克斯？这让我不解。想到之前在机车库看到的手风琴造型、王洛宾纪念馆看到的胡琴，也许，是想表达音乐无处不在吧。

油画村全部由俄罗斯老房子改建，因为还在“修缮”，我又无缘进入，但听说这里已经成为全国美术系统的培训基地，有五百多人在村里接受过培训，有美院的学生在这里实习。建村之初，100 多位中外画家在这里创作，创作油画近 300 幅。这里还举办过中俄油画大赛。

没进去也不影响我的欣赏，油画村外墙围上都是精美的油画：圣母进堂教堂、日本人投降的画面、机车库、大白楼、特色俄罗斯民宅、小镇的四季美景……

尤喜欢小镇四处似乎是随意，又好像是特意安置在老街的木椅，斑驳的表面，黄色的底板，每一椅子上刻着不同的暖心话语，比如，这个萨克斯下面的木椅上写道:“只有一个人在旅行时，才听得到自己的声音，它会告诉你，这世界比想象的宽阔。”还有的写下：“生命不是你活了多少日子，而是你记住了多少日子。”“阳光正好，你嘴角带笑。”……

多么温馨的语言，阳光正好，你嘴角带笑。

横道河子，让你无法忘记。

返回，走在高处的路上回望小镇，群山环绕中，茂密的森林，盛开的鲜花，清新的空气，独特的建筑，一切都那么超凡脱俗，这个和铁路、建筑、音乐、饮食、绘画等有关的百年小镇，有故事，有味道。

横道河子也在心中留下小小的遗憾，我觉得这里缺少一个“讲故事”的地方，在我走过的地方，留下印象最深的是俄罗斯族第一村——边疆村，村里有个“村史馆”，从当初只有一家丁姓的渔民开始，像放电影一样讲述历史长河中村庄的演变发展过程，让看的人明明白白，也给子孙后代有个清晰的交代。

期待这个百年小镇越来越完善，美好。

后记

有时候我也想，一个做医生的人，不好好去看病，却总是惦记着旅游，写作，读书，做旅游笔记，这条路是不是走偏了。说起来，一个人的行为，凡事都有他的源头。学医其实并非我的本意，而是父母的期望。家庭出身地主的父亲是我们家的统帅。当然他在单位里就是一个很小很小的角色。但是在家里他就是恺撒大帝，在我考大学填志愿的时候说了一句让我一辈子都忘不了的话：你还是学医，报考医学院。将来就是进监狱也是狱医。若干年后我忽然醒悟过来，为什么我要进监狱啊？现在看这显然是老爹极度悲观主义的一个观点。但是正是这个观点捆绑了我的一生，压抑了我心中的文学梦、作家梦、外交家梦……各种梦。

说到梦。小时我的梦想还挺多，经常在家里没人的时候我望着天花板，想我什么时候能长成像邻居大姐那样，梳着又粗又黑的大辫子，提着装着饭盒的兜子去上班，这样，就可以逃脱父母的管教了。我父亲对我们姐仨看管得紧，四十年后，我的同学中还有人记得，我们去野游，父亲不愿意让我去那副表情。可是我当时就是一个乖乖女。父亲说什么就听什么。我本应该具备的逆反心理是一点点形成的，就像我的心智一样发育缓慢。等我真的长大了，工作了，由于业务好，工作认真，还当了副院长。从此以后，在工作岗位我的目标和追求，是如何做一个好医生，好领导。我尽力做，并且做到了。终于有一天，我成为了一个自由人。我的事可以自己做主了，在我的内心深处，骨子里要先圆我的作家梦，我是一个闲不住的人，那几年精力充沛的我开始全国各地，包括国外的自助游，边走边写。路上的感觉和收获让我幸福满满，无比快乐。有朋友劝我开一个私人诊所。我具备这样的条件，我是副主任医师和执业药师，完全能够做到，还可以挣到相当不菲的收入，但是我拒绝了。我一直以鲁迅、孙中山、契诃夫、毛姆、柯南道尔……做自己的榜样，弃医从文，坚定不移。

如此20年来，是我人生轻松、快乐、自信、幸福的20年。这期间我加入了中国散文学会、黑龙江省作家协会、哈尔滨作家协会、黑龙江省哈尔滨历史文化研究会，等等，我结识了许多良师益友，与他们交往开阔了我的视野，我心中的文学之梦越来越强烈。我开始在全国的报纸、杂志，甚至在《人民日报（海外版）》发表散文、游记和随笔，并且成为哈尔滨作家协会散文专业委员会主任。在盘点这些作品的时候，出版个人著作的想法日趋成熟。是啊，我应当给自己的创作做出一个阶段性的总结。这是我的兴趣，我的心血，我的热情，更是我的追求和梦想。这些年我写了近百万字散文和游记，除此之外，还有报告文学、纪实文学、小说等，还先后获得了一些文学奖。这既是成绩，也是鞭策。于是，我出了自己的首部作品《城里的人们》，在那本书里，我写了城里人的感受、经历、见闻和故事。

这次我非常感谢作家出版社对我的厚爱，出版我的个人专辑，我深感荣幸。

人间小，梦想大。我十分期待着和我怀有同样梦想的广大读者，和我一起神游这美好的世界，一块儿去领略这天南地北的迷人风情，当你翻开这本书的时候，我们就是同行人，就是朋友，就是知音。

感谢著名画家王焕堤老师，本书封面选自他在悉尼创作的一幅作品。还要感谢为本书提供图片的好友们。

最后我要感谢家人对我的理解、支持和鼓励，没有他们，我的梦想只能止于梦想。

2023年4月